btb

»Trotz allem, was du vielleicht glaubst, bist du nicht wichtig für die Welt.« Das waren die Worte, die Adalbert Hanzons Vater ihm als Kind mitgab. Vielleicht nicht das ermutigendste Motto, aber Adalbert kommt trotzdem ganz gut zurecht. Zumindest bis die Liebe und der Wahnsinn, der so oft darauf folgt, zuschlagen. 43 Jahre und eine Haftstrafe später ist Adalbert Hanzon ein dem Alkohol zugeneigter älterer Herr mit Rückenproblemen und zunehmend nachlassendem Gedächtnis. Plötzlich holt ihn die Vergangenheit ein: bei einem Apothekenbesuch glaubt er die einzige Frau, die ihm jemals etwas bedeutet hat, wiederzuerkennen. Und die einzigen Menschen, die ihm helfen können, Licht in das Dunkel zu bringen, was vor fast einem halben Jahrhundert passiert ist, sind sein nervtötender Nachbar und seine allzu gesprächige Cousine. Aber Not ist die Mutter der Erfindung, und Adalbert fest entschlossen, der Wahrheit auf den Grund zu gehen.

Håkan Nesser, geboren 1950, ist einer der beliebtesten Schriftsteller Schwedens. Für seine Kriminalromane erhielt er zahlreiche Auszeichnungen, sie sind in über zwanzig Sprachen übersetzt und mehrmals erfolgreich verfilmt worden. Håkan Nesser lebt abwechselnd in Stockholm und auf Gotland.

Håkan Nesser

Der Halbmörder

Die Chronik des Adalbert Hanzon
in Gegenwart und Vergangenheit
Von ihm selbst verfasst

Aus dem Schwedischen
von Paul Berf

btb

Die schwedische Originalausgabe erschien 2019 unter dem Titel »Halvmördaren. Krönika över Adalbert Hanzon i nutid och dåtid författad av honom själv« im Albert Bonniers Förlag, Stockholm.

Zitat auf Seite 284 aus Jón Kalman Stefánsson: *Himmel und Hölle.*
Aus dem Isländischen von Karl-Ludwig Wetzig.
Stuttgart: Reclam 2009.

MIX
Papier | Fördert gute Waldnutzung
FSC® C014496
FSC
www.fsc.org

Penguin Random House Verlagsgruppe FSC® N001967

1. Auflage
Genehmigte Taschenbuchausgabe Dezember 2023

Neumarkter Straße 28, 81673 München
Umschlaggestaltung: semper smile, München
Umschlagmotiv: © Shutterstock/eragraphics;
© Stocksy / ZHPH Production
Druck und Einband: GGP Media GmbH, Pößneck
SL · Herstellung: sc
Printed in Germany
ISBN 978-3-442-77371-8

www.btb-verlag.de
www.facebook.com/penguinbuecher

»Mit ihm stimmte von Anfang an etwas nicht.«

Rune Larsson

1

Zwei Mieter wohnen in meinem Kopf. Sie leben dort seit Langem, bezahlen keine Miete und ziehen niemals aus. Ihre Namen sind Schuld und Scham, sie müssen erwähnt werden, und jetzt ist es getan.

Aber ich möchte meine Chronik nicht mit diesen beklemmenden Begleitern einleiten, da verliere ich gleich den Mut. Ich schiebe sie in die Zukunft, vielleicht bis ans Ende, und beginne stattdessen mit einem anderen Namen. Meinem eigenen.

Ich heiße Adalbert Hanzon.

Es gab eine Zeit, in der ich Bert Hansson hieß, aber das ist lange her. Heute bin ich dreiundsiebzig, und mein Gedächtnis ist nicht mehr, was es einmal war. Vielleicht bin ich auch einen Hauch dement, aber falls es so sein sollte, habe ich keine Lust, mich näher damit zu befassen. Dazu besteht keine Veranlassung, und ich versuche, meinem mentalen Verfall entgegenzuwirken, so gut es eben geht. Mit der Zeit werde ich auf das eine wie das andere zurückkommen, aber das ist kein Versprechen. Ich habe noch nie ein Buch geschrieben, und es ist nicht gesagt, dass es mir gelingt, die Sache glücklich zu Ende zu bringen, aber seit einiger Zeit treibt mich ein innerer Zwang an, es wenigstens zu versuchen. Dafür gibt es gute Gründe.

Ich sitze an meinem Küchentisch. Es ist ein grauer Vormittag in der ersten Septemberhälfte. Durch das Fenster kann ich Henry Ullberg sehen, der auf der anderen Straßenseite aus seiner Haustür tritt und sich mit seinem Rollator in Richtung Marktplatz und Einkaufsmöglichkeiten schleppt. Er geht jeden Tag einkaufen, auch wenn es gar nicht nötig ist. Manchmal sehe ich ihn mit kaum mehr als einer Tüte Möhren und einer Zeitung zurückkommen.

Henry Ullberg ist im Großen und Ganzen der einzige Mensch, mit dem ich in Kontakt stehe. Er ist sturer als ein Esel. Wir treffen uns ungefähr einmal im Monat, meistens bei ihm, weil ihm das Gehen schwerfällt, wenn er besoffen ist. Und besoffen werden wir immer, wir trinken nämlich Drinks, die wir aus Single Malt Whisky und Trocadero mixen. Ich könnte mir durchaus vorstellen, die Getränke zu variieren, aber Henry, dieser starrsinnige Dickkopf, weigert sich. Und weil er stets den Whisky beisteuert, mache ich gute Miene zum bösen Spiel. Sein Sohn Robert schickt ihm das Gesöff aus Schottland, wo er als eine Art Jurist arbeitet. Er hat seinen Vater seit fünfzehn Jahren nicht mehr besucht, aber die Pullen kommen regelmäßig an.

Bei unseren Trinkgelagen zerstreiten wir uns häufig, Henry Ullberg und ich, und beschließen fast immer, uns nie wieder zu sehen. Er ist jedoch genauso einsam wie ich, und nach zwei oder drei Wochen greift deshalb immer einer von uns zum Telefonhörer und schlägt vor, dass wir demnächst einen Drink nehmen und ein bisschen quatschen. Meistens rufe ich an, Henry ist generell ein ziemlich zugeknöpfter Typ. Er ist etwas älter als ich, und wir kennen uns seit mehr als vierzig Jahren. Gott sei Dank haben wir uns nicht durchgehend gesehen, aber während einer ziemlich langen Zeitspanne war es täglich und sogar stündlich. Ob wir wollten oder nicht, auch darauf werde ich zurückkommen.

Das Schreiben zehrt an meinen Kräften. Ich sitze hier gerade einmal eine halbe Stunde, bin aber bereits erschöpft und ein wenig entmutigt. Ich bringe meine Worte in einem ziemlich großen Notizbuch mit einem festen, gelben Einband zu Papier. Ich besitze vier Stück davon, gekauft im Sommerschlussverkauf, ohne zu wissen, wofür es gut sein sollte. Ich schreibe nur auf den rechten Seiten, das habe ich vor vielen Jahren bei meiner ersten und einzigen Begegnung mit einem professionellen Schriftsteller gelernt. Es war ein halbwegs berühmter schwedischer Autor, eine Frau schleifte mich dorthin; mir fallen gerade ihre Namen nicht ein, weder der des Schriftstellers noch der der Frau. Dagegen erinnere ich mich, dass ich mitten in seinem Vortrag eingeschlafen bin. Die Frau, sie war groß und rothaarig, weckte mich mit einem ärgerlichen Ellbogenschubser, als es Zeit war zu applaudieren, also muss er das, nur auf den rechten Seiten zu schreiben, am Anfang gesagt haben. Er war übrigens groß und erinnerte mich ein bisschen an einen alten Bandyspieler aus meiner Heimatstadt, der Frasse Finkel hieß. Manche Namen sitzen wie Warzen in der Erinnerung, und jetzt mache ich eine Pause und lege mich im Wohnzimmer einen Moment hin.

Ich habe eine Methode, um gegen das Vergessen anzukämpfen. Man sagt ja, dass das Gehirn beschäftigt werden muss, damit es nicht völlig einrostet. Es tut ihm einfach gut, zu arbeiten und sich anzustrengen, deshalb versuchen Menschen in meinem Alter wohl auch, auf unterschiedliche Weise aktiv zu bleiben. Man löst Sudokus und Kreuzworträtsel, man nimmt an Preisausschreiben teil, man bloggt, schreibt Beiträge für den Eurovision Song Contest und wird Mitglied im Verein der vitalen Senioren. Abgesehen von den Kreuzworträtseln spricht mich nichts von all dem an. Aber ich lese recht viel und schaue die Fernsehnachrichten, das reicht mir völlig.

Meine Methode, mich besser zu erinnern, besteht darin, mir ins Gedächtnis zu rufen, wie manche Leute heißen. Oder hießen, falls sie schon tot sind, was häufig der Fall ist.

Sonntagabends greife ich nach einem Papier (halbsteifer Karton, Postkartenformat, ich besitze einen Vorrat davon) und schreibe eine Liste mit sieben Personen. Auf der einen Seite notiere ich eine kurze Beschreibung der fraglichen Person, auf der anderen ihren Namen. Zum Beispiel: Der Mann, der im Fernsehen Löffel verbogen hat – *Uri Geller*.

In der folgenden Woche lese ich jeden Morgen die Beschreibung und versuche anschließend, mich an den Namen zu erinnern. Natürlich ohne das Blatt umzudrehen und mir die Auflösung anzuschauen. Ich darf erst aufstehen, wenn ich mindestens sechs geschafft habe. Manchmal dauert das ziemlich lange, das gebe ich gerne zu.

So sieht die Liste für die laufende Woche aus:

Das deutsche Spionweib – *Mata Hari*
Der Typ, der den Schlager *34* gesungen hat – *Per Myrberg*
Linker Mittelfeldspieler bei Djurgården und in der Nationalmannschaft – *Sigge Parling*
Der erste Mann auf dem Mond – *Neil Armstrong*
Meine Handarbeitslehrerin – *Elvira Stalin*
Die Frau, die im Fernsehen immer mit dem Handrücken winkte – *Ria Wägner*
Dieser Fensterputzer – *Gösta Pumpman*

Es kann sich also um allseits bekannte Menschen handeln wie Sigge Parling oder Neil Armstrong – aber auch um Leute, zu denen ich eine persönliche Beziehung hatte und von denen kein anderer jemals gehört hat. Zum Beispiel Elvira Stalin und Gösta Pumpman; Letzterer schuldet mir übrigens immer noch fünf Kronen, aber da er mittlerweile tot sein dürfte, werde ich sie wohl niemals zurückbekommen.

Wenn man an jemanden denkt und anfängt, sich die Person vorzustellen, taucht das Individuum selbst ja meistens lange vor dem Namen auf. Man sieht sozusagen den ganzen Menschen vor seinem inneren Auge, und obwohl man sich an eine Menge Details und Zusammenhänge erinnert, ist es manchmal verflucht schwer, sich ins Gedächtnis zu rufen, wie dieser Bursche hieß, der *34* gesungen hat. Oder diese hinkende Handarbeitslehrerin, die später, lange nach ihrer Pensionierung, zwischen Flen und Katrineholm vom Zug überfahren wurde. Jedenfalls funktioniert es in meinem Schädel so, und es hilft nicht immer, dass ich den Namen einen oder drei oder sechs Tage vorher auf ein Blatt geschrieben habe.

Und wenn ich mich nun anschicke, die Geschichte zu erzählen, die ich mir zu erzählen vorgenommen habe, ja, wie um Himmels willen soll das gehen?

Aber es ist nun einmal so, dass ich spüre, ich muss es tun. A man's gotta do what a man's gotta do. Man muss es zumindest versuchen; es geht ja auch gar nicht darum, das Ganze einfach nur zu erzählen, es gibt da vielmehr ein paar Dinge, die genauer untersucht werden müssen. *Ein Rätsel,* würde ich beinahe behaupten wollen, und es erfordert wohl einen so aufgeblasenen Idioten wie mich alten Schreiberling, um einen derart zum Scheitern verurteilten Auftrag zu übernehmen.

Nein, nicht zum Scheitern verurteilt, ich weigere mich, diese Beschreibung zu akzeptieren. Wenn ich nicht glauben würde, dass es möglich ist, die Sache auf unergründliche Weise hinzukriegen, würde ich keinen Finger rühren. So einfältig bin ich nun auch wieder nicht.

Und das alles, dieses ganze Gefühl, dass ich wirklich etwas Wichtiges zu erledigen habe, etwas Ernstes und Drängendes, bevor ich den Löffel abgebe, hängt also damit zusammen, dass mir vor einem Monat eine ganz bestimmte Frau ins Auge gefallen ist. Wäre ich an jenem warmen Nachmittag des sechsten August nicht zur Apotheke gegangen, würde ich hier nicht mit meinem Notizbuch, meinen vier kürzlich erworbenen Stiften und einem Schädel voller Fragezeichen sitzen. Das Leben ist schon ein seltsamer Schlamassel.

Aber ich bin nun einmal dorthin gelatscht. Mir war das Samarin ausgegangen, und wenn es etwas gibt, woran ich leide und was ich verabscheue, dann ist es mein regelmäßiges nächtliches Sodbrennen. Vor allem, wenn ich etwas zu viel oder abends etwas zu spät gegessen habe. Oder mit Henry Ullberg Whisky und Trocadero getrunken habe, dann ist es am schlimmsten. Selbst wenn ich nach einem solchen Besäufnis mein übliches Glas vor dem Schlafen hinuntergekippt habe, muss ich in den frühen Morgenstunden fast immer noch einmal aufstehen und ein weiteres Glas trinken. Es ist vielleicht noch keiner an Sodbrennen gestorben, aber mein Gott, es ist unangenehm.

Vermutlich wäre es gar nicht nötig gewesen, zur Apotheke zu gehen, um an Samarin zu kommen; wahrscheinlich führt der Drogeriemarkt es auch, aber die Einrichtungen liegen direkt nebeneinander, es war also egal. Hätte ich mich allerdings für den Drogeriemarkt entschieden, würde ich jetzt nicht hier am Küchentisch sitzen und im Schweiße meines Angesichts arbeiten.

Sie war hübsch, das war das Erste, was mir an der Frau auffiel, die in Erwartung eines Rezepts auf einem der roten Stühle saß. Soweit man noch hübsch sein kann, wenn man um die siebzig ist. Denn das muss sie sein.

Wenn sie es wirklich war, und das war der zweite Gedanke, der mir durch den Kopf schoss. Gütiger Herr im Himmel, schrie es in meinem Schädel, das gibt es doch gar nicht! Die Frau da drüben sieht tatsächlich aus wie ... und dann stellte sich kein Name ein. Wie kann man nur den Namen der einzigen Frau vergessen, die man jemals geliebt hat? Wenn auch nur für ein paar Sekunden. (Den Namen vergessen, meine ich, die Liebe währte etwas länger.)

Andrea Altman.

In diesem Kaff. In dieser erbärmlichen Apotheke. Nach all den Jahren. Folglich am Leben.

Kein Wunder, dass mir schwindlig wurde. Aber wenn sie es tatsächlich war, wollte ich natürlich ganz sicher nicht ohnmächtig werden und wie ein umgekippter Müllsack vor ihren Füßen landen. Ich bekam etwas zu packen, vermutlich den Arm eines jungen Mannes, der gerade durch die Tür trat, machte eine Kehrtwende und verließ das Drogengeschäft *Krone*, oder wie der Laden heute heißt, nachdem sie das Apothekenmonopol abgeschafft haben, unverrichteter Dinge. Wie gesagt, an etwas Sodbrennen ist noch keiner gestorben.

Fünfundvierzig Jahre, rechnete ich aus, als ich am Fluss war und mich auf einer Bank niedergelassen hatte. So lange war es her, dass ich sie zum ersten Mal gesehen hatte. In jenen schicksalsschweren Tagen im August 1974. Ja, die Zeit hat es nicht eilig, aber sie verrinnt, das tut sie. Und sie macht keine Pausen, nicht für eine einzige blasse Sekunde.

Aber war sie es wirklich? Wie konnte das sein? Wahrlich eine berechtigte Frage, und noch berechtigter: Ist es überhaupt möglich, jemanden nach fast einem halben Jahrhundert wiederzuerkennen?

Während ich auf meiner Bank saß und auf das träge fließende Gewässer blickte, dachte ich, dass mir das ungefähr so wahrscheinlich erschien wie, dass Greta Garbo die große Schwester des Papstes war.

Und trotzdem. Trotzdem?

O ja, denke ich, heute genauso wie damals auf der Bank. Ich muss das sehr ernst nehmen. Alles *aufschreiben,* was ich fast vergessen habe. Denn erst wenn man die Dinge nicht mehr in Worte fasst, die Verhältnisse und Ereignisse, verschwinden sie unter der Oberfläche, jede Wette, dass es so ist. Wie Ria Wägner und Mata Hari. Denn die Worte sind die Haken, an denen man sie herausfischt: die wichtigen Dinge, die man im Strom der Zeit verloren hat.

Sieh einer an, eine richtig gediegene Beobachtung eines alten Schädels noch dazu, wenn ich das an dieser Stelle sagen darf. Und ich habe nichts überstürzt. Fast einen Monat habe ich gewartet und gedacht, dass es mich vielleicht wieder loslassen würde, dieses unbezwingbare Gefühl, diese unwahrscheinliche Begegnung in einer ganz gewöhnlichen, allgemeingültigen Apotheke in einer gewöhnlichen, allgemeingültigen schwedischen Stadt. Dass die Sache im Sande verlaufen würde wie alles andere. Aber das tut sie einfach nicht. Sie lässt mich nicht los und verläuft nicht im Sand, aber genug davon.

Jetzt lege ich eine weitere Denkpause ein, was das Hineingleiten in die Vergangenheit angeht. Ich werfe einen Blick aus dem Fenster und sehe, dass Henry Ullberg von seiner Besorgungsrunde zurückgekehrt ist. Heute ist es eine ungewöhnlich ausgedehnte Eskapade gewesen, vielleicht ist er beim Zahnarzt oder in der Poliklinik gewesen, im Korb seines abgenutzten Rollators liegt jedenfalls nur eine jämmerlich kleine Tüte, die nichts anderes zu enthalten scheint als eine Packung Würstchen und eine Tube Kaviarpaste. Und natürlich eine Zeitung. Mit zunehmendem Alter mag ich mich selbst immer weniger, aber es tut gut, festhalten zu können, dass es zumindest einen alten Sack in unserer Stadt gibt, der noch schlimmer ist als ich.

2

Wo fängt man an?

Vielleicht mit dem Ersten, was in der Erinnerung auftaucht, und wenn nichts auftaucht, ist es wohl besser, man fängt erst gar nicht an.

Doch nun sehe ich tatsächlich dieses verschwommene, aber nach und nach immer deutlicher werdende alte Bild von einem Schulhof Mitte der fünfziger Jahre. Die Stavaschule. Es ist ein ganz normaler Herbsttag. Spätsommer würde manch einer sagen, denn das Wetter ist schön. Sonne und ein wolkenbetupfter Himmel, warme Luft, ginge man nicht in die Schule, könnte man barfuß laufen. Vielleicht zum Hultsjön radeln und schwimmen gehen. Eine Woche ist seit Schulbeginn vergangen. Einige von uns lungern rund um den toten Kastanienbaum vor dem Werkraum herum und warten darauf, dass es zum Ende der großen Vormittagspause klingelt. Damals gab es zwei große Pausen, eine zwischen Viertel vor zehn und zehn am Morgen, eine zweite zwischen zwei und Viertel nach zwei am Nachmittag. Beide verfolgen unausgesprochen den gleichen Zweck: Die Lehrer, Bröstlund, Allansson, Fintling und die anderen, sollen eine wohlverdiente Pause von der heranwachsenden Generation erhalten. Im Lehrerzimmer in der dritten Etage in Sesseln und auf Sofas sitzen und mit höchst wünschenswertem Wohlbefinden Kaffee trinken. Mit Zimtschnecken und einer zweiten Tasse, ist anzunehmen. Vielleicht auch mit einem Stück Marmorkuchen aus der Konditorei Svea.

Einige bevorzugen andere Orte als den Kastanienbaum. Manche treiben sich auf der Rückseite des Schulgebäudes herum und spielen Fußball. Andere, vor allem die Mädchen aus den beiden sechsten Klassen, treffen sich gern hinter den Fahrradständern zur Hagagatan hin, wo sie aus fast allen Winkeln und Ecken außer Sichtweite sind – während manche gemischten Gruppen beiderlei Geschlechts ein wenig ziellos auf dem gesamten Schulhof umhertreiben. Seilchen springen, einander an den Haaren ziehen, Bälle werfen oder Filmstars und Gedanken austauschen.

Ich bin zehn Jahre alt. Bis zu diesem Tag, ich bin mir ziemlich sicher, dass es ein Donnerstag ist, ist mein Name Bert Hansson gewesen. Ich trage eine kurze Hose, ein kariertes Hemd und blaue Turnschuhe, die meisten haben lange Hosen an, aber ich bin nicht der Einzige, der seine Knie zeigt. Mein bester Freund Rune zum Beispiel trägt auch eine kurze Hose. Er steht neben mir und kratzt Wundschorf von seinem Ellbogen. Rune erfährt es als Erster von allen.

»Ab heute heiße ich Adalbert Hanzon.«

Das *z* hört man natürlich nicht, aber ich habe mir das reiflich überlegt. Das eine wie das andere.

»Adalbert?«, sagt Rune. »So kann man doch echt nicht heißen.«

Ich: »Und ob man das kann. So steht es in meiner Geburtsurkunde.«

Rune: »In deiner Geburtsurkunde?«

Ich: »Genau.«

Rune: »Adalbert?«

Ich: »Ja.«

Rune: »Das ist ja ein Ding.«

Ich habe tatsächlich in besagter Geburtsurkunde nachgesehen. Sie liegt in der obersten Schublade für wichtige Papiere in der Kommode im Wohnzimmer in einem braunen Umschlag, zusammen mit meinen Zeugnissen aus der Stavaschule und einer Bescheinigung mit drei Stempeln, aus der hervorgeht, dass Tante Gunhild meine Erziehungsberechtigte ist. *Stig Adalbert Hansson* steht dort. Geboren am sechzehnten Oktober 1945. Mutter Claudine Colbert, Vater Hans Teodor Hansson.

Auf dem Blatt mit den Stempeln steht darüber hinaus, dass meine Mutter drei Monate nach meiner Geburt gestorben ist und mein Vater sieben Jahre später.

Er hat sich mit einem Jagdgewehr in den Mund geschossen, von seinem Schädel ist nichts übrig geblieben, aber dieses Detail wird nicht erwähnt. Auch gut. Die Büchse hatte er von meinem Großvater Stig geerbt, der gerne Füchse und Hasen jagte und wiederum lange vor meiner Ankunft in dieser Welt bei einem Grubenunglück in Stråssa umgekommen war. Mein Vater hat auf unserem Hinterhof manchmal auf Flaschen und Blechdosen geschossen, aber das einzige Lebewesen, dem er jemals das Leben genommen hat, war er selbst.

Kurz bevor das geschah, erzählte er mir, meine Mutter habe auf dem Namen Adalbert bestanden. Sie wollte, dass mich etwas Französisches auf meinem Lebensweg begleitete, weil sie dorther stammte. Mitten im Krieg war sie nach Schweden gekommen, meinem Vater zufolge gingen in ihrem Heimatland die Männer aus, die auf den Schlachtfeldern wie die Fliegen starben, deshalb hatte sie sich auf den Weg nach Norden gemacht. Aber ich weiß nicht, über ihre Geschichte ist mir im Grunde nichts bekannt. Im Sommer 1944 taucht sie jedenfalls in der Gegend von Vretestorp auf einem Tanzboden auf und lernt meinen Vater kennen. Die beiden heiraten ein halbes Jahr später, sie bringt mich zur Welt, lebt noch eine Zeitlang und verschwindet aus der Geschichte. Es gibt zwei Fotos von ihr, eins zusammen mit meinem Vater und eins, auf dem sie neben einem Fahrrad vor einer Herde schwarz-weißer Kühe steht. Sie lacht auf beiden Bildern, sie hat dunkle, lockige Haare, und ich finde sie ziemlich hübsch. Es hat mir immer leidgetan, dass sie gestorben ist.

Mein Vater nahm dieses *Adal-* niemals in den Mund, es wurde schlicht *Bert* daraus. Bevor er sich erschoss, arbeitete er als Maler. Er soff und war unglücklich. Wenn er betrunken war, sprach er mit mir häufig über ernste Themen.

»Du spielst keine Rolle«, pflegte er zu sagen. »Vergiss das nicht, Bert. Auch wenn du es glaubst, spielst du auf der Welt nicht die geringste Rolle. Ich auch nicht. Es wäre besser gewesen, wenn es dich und mich gar nicht gäbe.«

Ich begriff nicht immer, was er meinte, ich war ja erst siebeneinhalb, als er sich das Leben nahm, aber dass ich kein besonders wichtiger Mensch war, das verstand ich. Und wenn es seine Schwester Gunhild nicht gegeben hätte, weiß ich nicht, wohin es mich verschlagen hätte. In irgendein Kinderheim vermutlich. Vielleicht nach Söderbacka, das Heim lag fünf Kilometer von der Stadt entfernt auf dem flachen Land, und ein paar der Kinder dort gingen in die Stavaschule, allerdings nicht in Runes und meine Klasse.

»Ich verstehe«, sagt Rune jetzt. Wir sind auf dem Weg in unsere Klasse. »Der verdammte Typ aus Hällefors.«

»Genau«, erwidere ich. »Der Typ aus Hällefors.«

Eine Woche zuvor, zwei oder drei Tage nach Beginn des Schulhalbjahrs, war er in unsere Klasse gekommen. Ein ziemlich kräftig gebauter Junge mit großen Ohren und einem Topfschnitt. In seinem Oberkiefer fehlt ein halber Schneidezahn. Eine blaue, leicht abgewetzte Trainingsjacke, auf deren Rücken in einem Halbkreis SPORTVEREIN HÄLLEFORS stand.

Nichts von all dem ist ein Problem. Nicht die Frisur. Nicht der kaputte Zahn. Nicht die Jacke.

Das Problem ist, dass er, genau wie ich, Bert Hansson heißt.

Als er uns den Neuankömmling vorstellt, erlaubt sich unser Klassenlehrer Allansson eine scherzhafte Bemerkung darüber. »Jetzt haben wir zwei Bert Hanssons in der Klasse«, sagt er. »Das ist toll, denn wenn wir bei den Mathearbeiten ihre Punktzahlen zusammenzählen, kommen sie gemeinsam vielleicht sogar auf eine Vier.«

Alle lachen außer Bert Hansson und Bert Hansson. Ich selbst lande in der Regel bei einer Vier minus, was bedeutet, dass ich nur zwei oder drei Aufgaben von zwölf geschafft habe. Oder ich bekomme schlimmstenfalls eine Fünf, wenn ich einen schlechten Tag habe und gar nichts hinbekomme. Rune ist ein bisschen besser, aber wir sind uns einig, dass Mathematik nicht unsere Paradedisziplin ist.

Wenn man keine Rolle in der Welt spielt, dann spielt es verdammt noch mal auch keine Rolle, ob man rechnen kann oder nicht, denke ich des Öfteren.

Aber dass es einen zweiten Bert Hansson gibt, spielt eine Rolle. Als ich ihn da vorne am Lehrerpult stehen und etwas zurückhaltend mit Allanssons Hand auf seiner Schulter grinsen sehe, finde ich das richtig traurig. Fast so, als würde ich verschwinden. Als wäre ein anderer, dieser Fremde mit dem Topfschnitt, in die Stavaschule gekommen, um meinen Platz in der Welt einzunehmen. Es ist ein seltsames Gefühl, nie zuvor habe ich etwas Vergleichbares erlebt, und mir schießen Tränen in die Augen.

Glücklicherweise heule ich nicht los, denn das wäre der endgültige Beweis dafür gewesen, was für ein hoffnungsloser Fall ich bin. Stattdessen balle ich die Hände zu Fäusten und denke: Verflucht, ich muss mir etwas einfallen lassen. Das geht einfach nicht; wenn man nicht einmal seinen Namen für sich behalten darf, gilt es, sich zu wehren.

Eine Prügelei auf dem Schulhof wäre natürlich eine alternative Lösung, aber der Junge aus Hällefors ist mindestens fünf Zentimeter größer als ich und außerdem kräftiger. Ich habe mich noch nie an einer richtigen Schlägerei beteiligt, und bei einer Niederlage wäre ich für alle Zeit blamiert.

Es dauert ein paar Tage, bis mir das mit meinem Namen einfällt, aber sobald der Gedanke auftaucht, spätabends, kurz vor dem Einschlafen, erkenne ich, dass ich die Lösung gefunden habe. *Adalbert Hansson* … nein, zum Teufel, *Hanzon*! Ich habe das Gefühl, dass eine schwere Bürde von meinen hängenden Schultern fällt, und am nächsten Tag sorge ich dafür, dass Rune es als Erster erfährt. Ihm geht ziemlich schnell ein Licht auf.

Etwas schwerer von Begriff ist Studienrat Allansson, aber als ich ihm zwei Tage später meine Geburtsurkunde zeige, ist er einverstanden. Die Änderung von Hansson zu Hanzon geht einfach mit durch, und ab Mitte September ist mein neuer Name im Klassenbuch und an allen anderen wichtigen Stellen vermerkt.

Ich spiele vielleicht noch immer keine Rolle im großen Ganzen, aber wenigstens befinde ich mich mit meiner Nase wieder über der Wasseroberfläche.

So viel dazu. Ansonsten soll nicht unerwähnt bleiben, dass der Junge aus Hällefors die Klasse schon im nächsten Jahr wieder verlässt, ich glaube, er zieht nach Säffle, möglicherweise auch nach Åmål, aber es kommt mir niemals in den Sinn, zu meinem alten Namen zurückzukehren. Wenn ich recht sehe, gibt es genügend Berts auf der Welt.

3

Es vergehen ein paar Tage, bis ich mich mit meinem gelben Schreibheft erneut an den Küchentisch setze. Es ist nach wie vor September und ein weiteres Mal früher Vormittag. Es ist ein grauer Tag, und der Wind zerrt an der lichten Hecke auf der anderen Straßenseite vor der Reihe von Mietshäusern, wo Henry Ullberg in Nummer 14 wohnt. Es ist bald zehn, und ich gehe davon aus, dass der alte Sack in einer halben Stunde, plus minus einige Minuten, aus seinem Bau kommt. Menschen in unserem Alter haben feste Gewohnheiten, man steht immer um die gleiche Uhrzeit auf, man frühstückt immer das Gleiche, und passend zu den Nachrichten und zum Wetterbericht schaltet man das Radio ein. Belegte Brote zum Mittagessen und ein Nickerchen am Nachmittag. Und so weiter.

Nun aber werde ich diese Schreibarbeit in meinen Zeitplan einschieben. Und da mein Tagesablauf ungefähr so luftig ist wie eine Wolke oder ein Furz, sollte das wohl kein Problem darstellen. Von Zeit zu Zeit eine oder zwei Stunden, es dauert so lange, wie es dauert. Die einzige Deadline, die ich mir auferlege, ist diese: Das Ganze soll fertig sein, bevor ich sterbe. Oder es kommt ins Stocken, und ich verbrenne den ganzen Mist. Plan B, wie man so sagt.

Eins ärgert mich ein wenig. Als ich sie auf dem Stuhl im Drogengeschäft *Krone* gesehen habe, warum bin ich da nicht einfach zu ihr gegangen und habe sie gefragt, ob sie möglicherweise identisch mit einer gewissen Andrea Altman ist? Schlicht und ergreifend, damit wäre die Sache ja gewissermaßen aus der Welt gewesen.

Aber dann fällt mir ein, dass ich in dem Moment, in dem sie mir ins Auge gefallen ist, beinahe ohnmächtig geworden wäre und es nur mit Mühe und Not wieder auf den Platz hinausgeschafft habe. Darauf schiebe ich es, aber es ist eine unsinnige Entschuldigung; im tiefsten Inneren weiß ich, dass ich mich das unter gar keinen Umständen getraut hätte.

Man kennt sich selbst eben ganz gut. Andrea Altman ist eine Größe, der ich mich mit äußerster Vorsicht nähern muss, oder gar nicht. Wie Napoleon oder Marilyn Monroe. Nicht dass Andreas Ruhm auch nur annähernd an Napoleons oder Marilyns heranreichen würde, so meine ich das nicht. Aber für mich persönlich, für den Menschen, der Adalbert Hanzon heißt und im Spillkråkevägen 17 in dieser Stadt in der Ebene wohnt, ist – oder vielleicht sollte ich sagen, *war* – sie die Achse, um die das Leben kreist. Verzeihung, *kreiste*. Einst, als das Gras noch duftete und die Kirschen noch nach Kirschen schmeckten.

Sollte ich stattdessen lieber ein Gedicht schreiben? Ein Sonett, so heißen diese Vierzehnzeiler doch? An diesem bleichen Vormittag beschleicht mich das Gefühl, dass mein Genre als Schriftsteller eher der Lyrik als der Prosa zuzuordnen ist. Aber wie soll das gehen, wie soll ich alles, was ich sagen möchte, in ein erbärmliches, kleines Gedicht zwängen? Nein, es gibt keine Abkürzungen, und die Poesie ist, zumindest in meinem Fall, wohl nichts anderes als eine verlockende, aber faule Abkürzung. Ich labere mir heute vielleicht etwas zusammen. Man könnte meinen, ich säße für ein paar Drinks mit Henry Ullberg zusammen, und zum Teufel, als mir dieser Gedanke in den Sinn kommt und ich ihn aufs Papier kritzele, tritt er da unten auf der anderen Straßenseite torkelnd aus seinem Hauseingang.

Ich schreibe *torkelnd,* weil es fast so aussieht, als wäre er betrunken. Aber mein Gott, es ist doch noch früh am Tag. Ich nehme fürs Erste an, dass er schlecht geschlafen oder auch einen dieser Minigehirnschläge bekommen hat, von denen man liest, und lege ihn vorerst zu den Akten. Wenn er in einer Stunde nicht zurück ist, werde ich wohl ausrücken müssen.

Vier Tage sind vergangen, seit ich mit jemandem gesprochen habe, wenn man von den rudimentären Konversationen absieht, die ich mit Nachbarn und Menschen im Dienstleistungsbereich geführt habe. *Guten Morgen – Moin. Das ist alles? – Ja. Möchten Sie die Quittung? – Brauche ich nicht.*

Von den Nachbarn grüße ich übrigens nur zwei. Einen jungen Einwanderer vom Erdgeschoss, ich glaube, er heißt Hassan, und Witwe Bolin gleich nebenan. Sie ist einiges über achtzig und hat einen Hauskater, der manchmal, allerdings höchstens dreimal im Jahr, ins Treppenhaus entwischt, wo es ihm große Freude bereitet, pinkelnd sein Revier abzustecken. Er heißt Sixten, genau wie Frau Bolins verblichener Gatte. Vielleicht schlich sich Sixten, der Erste, auch ab und zu hinaus, es erscheint mir nicht undenkbar. Nein, Moment, darüber weiß ich nun wirklich nichts. Ich muss mich am Riemen reißen, richtige Schriftsteller bringen bestimmt nicht jeden leichtfertigen Gedanken zu Papier, den ihre düsteren Gehirne absondern.

Der Mensch, mit dem ich vor vier Tagen gesprochen habe, war Ingvor Stridh. Wie üblich am Telefon. Wie üblich rief sie an. Sie behauptet, sie sei eine Cousine von mir, oder zumindest eine Großcousine, aber ich bin mir nicht sicher, wie es sich damit eigentlich verhält. Mein Vater soll eine Halbschwester gehabt haben (das heißt, abgesehen von seiner Schwester Gunhild, von der ich später erzählen werde), und Ingvor ist die Tochter dieser Rigmor. Und wenn ich es recht bedenke: Warum sollte sie bei so etwas lügen? Es ist ja beim besten Willen keine Ehre, mit Adalbert Hanzon verwandt zu sein. So schlecht kann es um keinen Menschen bestellt sein.

Ein gutes Jahrzehnt ist es mittlerweile her, dass sie zum ersten Mal Kontakt zu mir aufgenommen hat, bis dahin hatte sie im Ausland gelebt, war aber nach Schweden zurückgekehrt. Später, als sie in Rente gegangen ist, hat sie sich außerdem hier in der Stadt niedergelassen, das ist jetzt auch schon ein paar Jahre her, und von Angesicht zu Angesicht begegnet sind wir uns bei drei Gelegenheiten. Zweimal bei ihr daheim in der Prästgårdsgatan (ein Weihnachtstag und ein Ostersamstag), einmal im Restaurant des Stadthotels (ihr Geburtstag, ich habe sie eingeladen).

Es ist nicht so, dass ich etwas gegen Ingvor vorzubringen, ihr irgendetwas vorzuwerfen hätte, aber sie redet so, dass einem die Trommelfelle wehtun, und sie geht mit Walking-Stöcken. Letzteres ist mir eigentlich völlig egal, aber sie kann es einfach nicht lassen, darüber auch noch zu reden – und darüber, was für eine große und positive Veränderung für mich damit verbunden wäre, wenn ich auch mit diesem Stöckchenschlurfen anfangen würde. Sie könne mir Instruktionen geben, sagt sie, theoretische und praktische, und anschließend könnten wir gemeinsam lange, sinnvolle Spaziergänge machen. Wenn ich nur daran denke, graut es mir schon. Wenn ich sterbe und in die Hölle komme, gehe ich jede Wette ein, dass Ingvor an der Pforte steht und mir ein Paar dieser erbärmlichen Glasfaserstöcke überreicht.

Sie behauptet, ich hätte ein paar Kilo zu viel auf den Rippen. Einem Verwandten könne man so etwas sagen, behauptet sie außerdem. Ich meinerseits behaupte, dass ich diese Kilos während des letzten Vierteljahrhunderts mit mir herumgeschleppt habe, und sollte man mich nicht in den Sarg kriegen, wenn der Tag gekommen ist, wird man sie wohl abschaben müssen.

Ich würde das alles über Ingvor nicht schreiben, wenn ich nicht einen Plan hätte. Er ist vermutlich fast etwas einfältig, aber ich habe zwei Tage über ihn nachgedacht, und mir ist einfach nichts Besseres eingefallen. Wenn er nicht funktioniert, hat er auch keinen Schaden angerichtet. Also warum nicht?

Alles hängt von zwei Dingen ab: vom Schwimmen und einer Tätowierung.

Ich beginne mit der Tätowierung. Zu jener Zeit (der allzu kurzen Zeit in meiner Jugend wunderschönstem Frühling, kann ich mir nicht verkneifen hinzuzufügen, obwohl ich damals eigentlich schon auf die dreißig zuging), als ich Andrea Altman ein wenig näher kannte, war diese Form der Körperkunst nicht sonderlich weit verbreitet. Oder wie man es nennen soll. Ich spreche von der ersten Hälfte der siebziger Jahre. Meines Wissens ließen sich vor allem Seeleute und Verbrecher tätowieren, aber das mag eine Fehleinschätzung sein, ich bin der Sache niemals auf den Grund gegangen. Jedenfalls hatte Andrea Altman eine kleine Tätowierung. Es war ein Datum, so geschrieben, wie man es früher machte: 14/6. Keine Jahreszahl, nur diese Ziffern und der Schrägstrich, und sie war so klein, dass sie auf einer Briefmarke Platz gefunden hätte. Die Stelle war hübsch gewählt: hoch oben auf der linken Brust, aber sie hatte nichts mit ihrem hübschen Busen zu tun. Es war vielmehr so gedacht, dass die

Tätowierung genau über dem Herzen sitzen sollte, und das Datum war der Tag, an dem ihr Vater gestorben war. Ein Zeichen dafür, dass sie ihn liebte und er ihr für immer in Erinnerung bleiben würde als der beste, edelste, lustigste, intelligenteste und liebevollste Mensch, der jemals in einem Paar Schuhe gegangen war. Das alles erläuterte sie mir ziemlich ausführlich, aber auch, wie er gestorben war. Sein Tod war ein wenig speziell, und als es passierte, hatte Andrea gerade ihren vierzehnten Geburtstag gefeiert.

Andris Altman war Fallschirm gesprungen, und sein Fallschirm hatte sich nicht geöffnet. Er war keine fünfzig Meter von der Stelle aufgeschlagen, an der Andrea und ihre Mutter als Zuschauer standen. Es hatte sich um eine Art Vorführung gehandelt, die auf einem Militärflughafen in der näheren Umgebung der Stadt stattfand, in der sie aufgewachsen war und wo wir uns einige Jahre später begegnen sollten. Ich werde sie *M* nennen.

Am fünften Jahrestag des Unfalls ließ sie sich das Datum eintätowieren, heimlich auf einer Klassenfahrt nach Kopenhagen. Ihre Mutter, die nach dem Unfall zu einem äußerst komplizierten Menschen geworden war, hätte ihr das niemals erlaubt. Aber für Andrea war es eine wichtige Maßnahme, die sie seit Jahren geplant hatte.

Jetzt beschleicht mich allerdings das Gefühl, dass ich den Ereignissen vorgreife. Andererseits muss ich das mit der Tätowierung natürlich erklären, und auch meinen Plan.

Gerade sehe ich übrigens Henry Ullberg aus der Stadt zurückkommen. Er torkelt nicht mehr, schlurft nur auf seine typische, steifbeinige Art, und im Korb liegt die obligatorische halb leere Plastiktüte aus dem ICA-Supermarkt. Ich entschließe mich zu einem Nickerchen, bevor ich die zweite Zutat meines Plans in Angriff nehme: das Schwimmen.

Sie war verrückt nach Wasser. Ich weiß nicht, ob es irgendwie mit ihrer Flugangst zusammenhing; dass sie es nach dem traurigen Tod ihres Vaters nicht mochte, hoch in der Luft zu sein. Aber vielleicht war es so. Wasser soll ja das Gegenteil von Luft sein, einem anderen Element, wie man es in früheren Zeiten betrachtete, und Andrea ging es so gut wie nie, wenn sie in einem See umherschwimmen durfte. Oder einem Meer, einem Fluss oder einem Schwimmbecken, das spielte keine Rolle.

Wenn ich nicht mindestens eine Stunde am Tag schwimmen darf, sterbe ich, sagte sie manchmal. Verstehst du, Adalbert?

Ich erwiderte, dass ich es verstünde. So lautet meine Standardantwort, wenn mir jemand diese Frage stellt. Zu sagen, dass man etwas nicht versteht, wird leicht als unhöflich empfunden, und wenn mir in Bezug auf Andrea Altman etwas wichtig war, dann, höflich zu sein. Mich ganz generell als fürsorglicher, talentierter und gütiger Gentleman zu präsentieren. Auf Dauer half das nicht, aber so hat mein Leben nun einmal ausgesehen: Früher oder später geht alles zum Teufel. Im Laufe der Jahre habe ich gelernt, von Anfang an darauf gefasst zu sein. Wenn man mit der Niete in der Hand dasteht, kann es ein recht befriedigendes Gefühl sein, innerlich ausrufen zu können: *So, so, habe ich es nicht gesagt? Das habe ich mir doch gleich gedacht.*

Aber zurück zu Andrea Altman. In der kurzen Zeit, die wir zusammen waren, badeten und schwammen wir viel. Im Sommer im Rossvaggasjön (es waren ja zwei Sommer, der erste war der bessere), im Lyssnaviksbad und während der anderen Jahreszeiten im Hallenbad von *M*. Vor allem im letztgenannten, in den Herbst- und Wintermonaten waren wir treue Besucher des alten Chlorpalasts. So wurde er im

Volksmund genannt, *Der Chlorpalast*, und Andrea ging nicht selten zweimal am Tag dorthin. Morgens vor der Arbeit allein, abends zusammen mit mir. Ich erinnere mich, dass wir ausrechneten, dass sie im Durchschnitt zwanzig Stunden in der Woche im Wasser verbrachte, auf und ab schwimmend, Bahn für Bahn in einem ruhigen Rhythmus im Fünfundzwanzigmeterbecken, in ihrem roten Badeanzug und der gelben Badekappe. Ich selbst verbrachte in der Regel die Hälfte der Zeit mit einer Zeitung und einer Thermoskanne Kaffee auf der Tribüne, und wenn das Bad um neun Uhr abends geschlossen wurde, waren sie und ich und ein Schwimmmeister nicht selten die Einzigen, die sich noch in dem ganzen Palast aufhielten. Ich meine mich zu entsinnen, dass das Gebäude ein paar Jahre später abgerissen wurde.

Ich fragte mich wie gesagt, woher es wohl rührte, dieses intensive Bedürfnis, von Wasser umgeben zu sein. Ob es auf irgendeine Weise mit dem Tod ihres Vaters zusammenhing oder ob es dafür andere Gründe gab. Aber wir sprachen nicht viel darüber.

»Es ist, wie es ist«, sagte sie beispielweise. »Manche Menschen brauchen fünf Tassen Kaffee am Tag, um zu funktionieren, ich brauche das Schwimmen.«

»Vielleicht bist du ja in einem früheren Leben ein Hai gewesen?«, versuchte ich bei irgendeiner Gelegenheit zu scherzen.

»Es würde mir schon reichen, wenn ich im nächsten eine Makrele sein darf«, erwiderte Andrea.

Aber ich warte mit der Geschichte von Andrea Altman und mir noch etwas. Zurück zu meinem einfältigen Plan.

Wenn, denke ich also ... *wenn* es sich wirklich so verhalten sollte, dass die Frau, die ich auf dem Wartestuhl im Drogengeschäft *Krone* gesehen habe, identisch ist mit Andrea Altman, dann müsste sie süchtig nach diesem Element sein: dem Wasser. Auch heute noch, oder? Und wie befriedigt man ein solches Bedürfnis in einer Stadt wie unserer? (Wenn es mir gelingt, es in diesem Stil aufzuschreiben, finde ich trotz allem, dass es logisch und scharfsinnig klingt, dieses Lob bin ich mir schuldig.) Nun, man geht ins Bollgren-Bad.

Lars Gustaf Bollgren, LG genannt, war bis zu seinem Tod vor ein paar Jahren der starke Mann der Stadt. Mehr als drei Jahrzehnte ein lokaler Sozibonze und Strippenzieher, der überall seine Finger im Spiel hatte, und zu den Spuren, die er hinterlassen hat, zählt ein prächtiges Schwimmbad in unmittelbarer Nähe der Sportplätze oben in Väster. Ich habe es einige Male besucht, in letzter Zeit allerdings nicht mehr; ich finde überhaupt immer weniger Gefallen daran, unter Menschen zu gehen, und wenn man alt, blässlich fett und misanthropisch ist, bekleckert man sich in halb nackter Gesellschaft wahrlich nicht mit Ruhm.

Ich wundere mich darüber, welche Worte und Begriffe mir in den Sinn kommen, wenn ich beim Schreiben erst einmal richtig in Schwung gerate … *blässlich fett und misanthropisch … bekleckert man sich wahrlich nicht mit Ruhm …* Woher kommen diese Worte? Ich habe natürlich ziemlich viel gelesen, das hat schon in meiner Pubertät angefangen. Über den Daumen gepeilt drei, vier Bücher im Monat. Ich besuche regelmäßig die Stadtbücherei; oft bringe ich die Bücher ein paar Tage zu spät zurück, aber sie drücken immer ein Auge zu.

Darüber hinaus werden die Leerräume in meiner Zeit von Kreuzworträtseln gefüllt, was ich möglicherweise schon erwähnt habe. Jede Woche kaufe ich ein Kreuzworträtselheft und jeden Freitag die Zeitung *Svenska Dagbladet* mit dem großen Rätselteil. Ich würde schätzen, dass ich mindestens eine Stunde am Tag der Aufgabe widme, waagerecht und senkrecht die richtigen Buchstaben zu finden. Aber ich schicke meine fertigen Lösungen niemals ein, das ist die Mühe nicht wert.

Aber jetzt habe ich mal wieder den Faden verloren, und es kommt mir vor, als würde die Geschichte, oder womit ich hier beschäftigt sein mag, in alle möglichen Richtungen schwenken, wenn ich nicht aufpasse. Wo war ich?

Ach ja. Das Bollgren-Bad. Mein Plan.

Ich denke es mir so. Wenn Andrea Altman immer noch, nach all der Zeit, die Andrea Altman ist, die ich früher einmal kannte – und wenn sie aus unerklärlichen Gründen in dieser Stadt lebt und wohnt –, dann erscheint es doch alles andere als abwegig anzunehmen, dass sie in dem schicken Bad in Väster schwimmen geht. Andererseits erscheint es völlig abwegig, dass der blässlich fette Misanthrop, der diese Geschichte erzählt, seine schlabberige Badehose aus den frühen siebziger Jahren anzieht – falls sie noch in irgendeiner Kommodenschublade herumliegen und ihm noch passen sollte – und sich dorthin begibt, um der Sache nachzugehen. Um am Beckenrand herumzulungern und Ausschau nach ihr zu halten. Großer Gott, schon beim bloßen Gedanken daran wird mir übel, und es würde mich nicht wundern, wenn man zu allem Überfluss auch noch eingelocht würde. Einen *notgeilen alten Bock* nennt man so jemanden wohl heute.

Und hier kommt Ingvor Stridh ins Bild. Sie muss bei dieser formidablen Unternehmung meine Mitarbeiterin sein, und ich glaube nicht, dass es besonders schwer sein wird, sie dazu zu überreden. Wenn sich ihr die Gelegenheit bietet, ihre lange Nase in anderer Leute Angelegenheiten zu stecken, ergreift sie die Chance, das passt perfekt zu ihrem Charakter.

Letztlich kommt es ja auch nur darauf an, von Zeit zu Zeit in der Dusche zu stehen oder in der Frauensauna zu sitzen und nach einer Frau mit einem eintätowierten Datum auf der Brust Ausschau zu halten.

So schwer kann das ja wohl nicht sein. Wenn sie Erfolg hat, werde ich sie vermutlich in irgendeiner Form belohnen müssen. Warum nicht mit einem neuerlichen Abendessen im Stadthotel?

Ich stehe vom Küchentisch auf und strecke mich. Spähe aus dem Fenster, entdecke, dass der Himmel über Henry Ullbergs Dach blau ist, und beschließe daraufhin, einen Spaziergang zu machen, ehe ich mir ein Herz fasse und meine Halbcousine anrufe. Alles hat seine Zeit.

4

Als ich anfangen will, über Tante Gunhild zu schreiben, breche ich auf einmal in Tränen aus. Das kommt so überraschend, dass ich ins Wohnzimmer gehen und mich auf der Couch ausstrecken muss.

Ich versuche mich zu erinnern, wann ich das letzte Mal geweint habe, aber es will mir nicht einfallen. Ist es selbst in der schlimmsten Zeit, als Andrea Altman gerade aus meinem Leben verschwand, nicht vorgefallen? Ich weiß es nicht mehr. Als ich ein Kind war, ist es mir natürlich einige Male passiert, zum Beispiel, als ich mir auf der Schlittschuhbahn den Arm gebrochen habe und als mein Vater sich erschossen hat. Aber später? Könnte es nicht sogar sein, dass ich meinen Tränen seit über fünfzig Jahren nicht mehr freien Lauf gelassen habe?

Auf der Beerdigung meiner Tante habe ich jedenfalls nicht geweint, da bin ich mir sicher. Das war 1992. Gunhild Margareta Hansson war zu der Zeit über neunzig, und in dem Alter ist es ganz natürlich, dass man genug hat. Wir waren zu zehnt in der Kirche, ich kannte keinen der anderen, weiß bis heute nicht, wer sie gewesen sein könnten. Und kein Schluchzen war zu vernehmen, weder von mir noch von jemand anderem.

Und was ist dann vorhin passiert?, frage ich mich auf dem Sofa liegend und bekomme meine Tränen in den Griff. Warum dieser plötzliche Gefühlsausbruch wegen eines Menschen, an den ich seit Tausenden und Abertausenden Tagen und Nächten keinen Gedanken mehr verschwendet habe? Doch, aufgetaucht ist sie natürlich manchmal, danach aber immer genauso schnell wieder verschwunden, wie sie gekommen ist. Still und taktvoll, ganz die diskrete Frau, die sie einst war.

Gehört das zu den Dingen, die einen überwältigen, wenn man ernsthaft schreibt? Wenn man *versucht,* ernsthaft zu schreiben, sollte ich vielleicht sagen, denn ganz so weit bin ich noch nicht. Aber wenn man sich wirklich die Zeit nimmt, einem Menschen in sich *Raum zu geben.* Wenn man sich dazu zwingt, zu begreifen, wer er wirklich war. Dann passiert etwas, dann wird die Wand zwischen Mensch und Mensch sehr dünn, so ist es doch, nicht wahr?

O ja, so ungefähr, denke ich. So verhält es sich mit der Schreibkunst und der Beziehung zu unseren Nächsten.

Mit *meiner* Beziehung zu *meiner* Nächsten, meine ich. Nicht jeder gute Gedanke ist allgemeingültig. Ich merke, dass ich mich schäme. Rappele mich von der Couch auf, putze mir die Nase und kehre zum Küchentisch und meiner verantwortungsvollen Tätigkeit zurück.

Es war also nicht so, dass ich zu meiner Tante ziehen musste, nachdem mein Vater sich erschossen hatte. Stattdessen war sie es, die in unser kleines Haus in der Rökargatan zog, in dem ich mein ganzes siebeneinhalbjähriges Leben gewohnt hatte. Sie kam schon am Abend des Tages, an dem das Unglück passiert war. In jeder Hand einen Koffer mit dem Nötigsten. Man hätte fast meinen können, es wäre im Voraus so abgesprochen gewesen, obwohl das ein Gedanke ist, der mir erst viel später gekommen ist.

Dass sie darauf vorbereitet war, dass etwas passieren könnte.

Gunhild war sechs Jahre älter als ihr Bruder, und vielleicht hatte sie einen Blick dafür, was für ein Mensch mein Vater war. Einer, der eine kränkliche Französin auf einem Tanzboden aufliest, mit ihr ein Kind bekommt und anschließend, als die Französin unter der Erde ist, dafür sorgt, dass er selbst ebenfalls dort landet. Jemand, der sich selbst entleibte, wie man es früher ausdrückte. Ein schwaches Nervenkostüm, und noch das eine oder andere mehr. Ein Träumer, ein Trinker.

Ich weiß nicht, wie zutreffend dieses Bild von meinem Vater ist, aber Tante Gunhild war jedenfalls aus einem ganz anderen Holz geschnitzt. Wäre sie ein Baum gewesen, sie wäre eine Zwergbirke oder Krüppelkiefer gewesen. Klein, drahtig und anspruchslos. Hätte sie einen Wahlspruch gehabt, er hätte gelautet: *Man soll in der Welt nicht so viel Raum einnehmen.* Und ich glaube tatsächlich, dass sie genau diese Worte einmal vor sich hin murmelte, aber vielleicht möchte ich mir das auch nur einbilden.

Denn das tat sie nicht. Raum einnehmen. Sie arbeitete in der Schuhfabrik Stringman, was sie seit Kriegsbeginn getan hatte, und davor war sie bei Bolinder tätig gewesen, auch das eine Schuhfabrik. In den Zeiten des Wirtschaftswunders, den Jahrzehnten nach dem Krieg, gab es davon mehr als ein Dutzend in unserer Stadt.

Tante Gunhild kümmerte sich um die Buchführung und das Rechnungswesen, ich hatte keine Ahnung, was sich hinter diesen Worten verbarg, aber sie saß in dem, was als *das Büro* bezeichnet wurde, und hatte einen Chef, der *Ture mit dem Fuß* genannt wurde, weil er einen Klumpfuß hatte. Als meiner Tante das Sorgerecht für mich zugesprochen wurde, erhielt sie die Erlaubnis, eine Stunde später anzufangen und eine Stunde früher aufzuhören. Um dafür zu sorgen, dass ich gut zur Schule kam, und um da zu sein, wenn ich heimkam.

Wenn ich es recht bedenke, komme ich zu dem Schluss, dass ich so gut wie nie alleine zu Hause war. Tante Gunhild war immer da in dem schiefen Holzhaus in der Rökargatan 6, auf die gleiche selbstverständliche Art wie die Möbel, die Badewanne im Keller, der alte Holzofen und die Geranie im Küchenfenster.

Abgesehen von Rune hatten wir nur selten Besuch. Tante Gunhild hatte nicht viele Freunde oder Bekannte, die einzigen, an die ich mich erinnere, waren zwei andere alleinstehende Damen, beides Kolleginnen bei Stringman, die eine hieß Hedvig, die andere Gullan. Sie tranken Kaffee und unterhielten sich, sie kamen wohl immer am Sonntagnachmittag zu Besuch. Jedes Mal brachten sie eine große Form Kalter Hund mit und ließen den Kuchen da, der dann für die ganze folgende Woche reichte. Aber wir nahmen uns natürlich nur ein Stück pro Tag, meine Tante und ich, und Rune kriegte natürlich auch eins, wenn er nach der Schule zu uns mitkam.

Manchmal, aber nicht besonders oft, vielleicht einmal im Jahr, brachte eine der Frauen einen kleinen Mann mit. Er war nicht ihr Mann, sondern ihr Bruder. Er war einfältig und hieß Bengt-Göran. Die meiste Zeit saß er in einer Ecke auf dem Fußboden und spielte mit ein paar kleinen, ausgestopften Tieren, die er in einem karierten Rucksack dabeihatte. Er sagte nie ein Wort, was vor allem daran lag, dass er nicht sprechen konnte.

Ich hatte mein Zimmer in der oberen Etage, meine Tante schlief unten in einer Kammer hinter der Küche. Das Schlafzimmer meines Vaters war gegenüber von meinem gewesen, auf der anderen Seite eines engen Flurs, aber nach seinem Tod wurde es in erster Linie als Abstellraum genutzt: für die alten Möbel meiner Tante, einen kaputten Webstuhl, ein altes Grammofon unbekannter Herkunft und eine Reihe anderer kleiner und großer Dinge. Wenn Rune zu Besuch kam, was ungefähr dreimal in der Woche nach der Schule passierte, saßen wir häufig oben in meinem Zimmer und spielten, wir wären Robin Hood und Little John. Manchmal auch Davy Crockett oder ein paar Westernhelden, aber am liebsten tummelten wir uns im Sherwood Forest.

Natürlich waren wir auch oft draußen, schnitzten Bögen und Pfeile und schossen auf Ziele, bauten Hütten und klauten Äpfel, und in seltenen Fällen spielten wir auch bei Rune in der Solhemsgatan. Er hatte jedoch zwei quengelige kleinere Schwestern, und wenn ich mehr als sechzig Jahre später versuche, ein deutliches Bild von uns heraufzubeschwören, taucht mein Jungenzimmer unter der Dachschräge auf. Wir sitzen dort, ich im Schneidersitz auf dem Bett, Rune auf dem Drehstuhl unter dem Fenster. Auf dem flachen, länglichen und schmalen Tisch eine Ansammlung von Figuren aus Holz oder Zinn. Mit ihnen spielen wir, ihnen leihen wir unsere Stimmen.

Verflucht.

Wir müssen mit Bruder Tuck sprechen.

Hands up.

Das Spiel ist aus, verdammte Rothaut.

Bei allen Elchhörnern.

Acht Jahre alt. Oder zehn. Oder zwölf, aber da irgendwo neigt es sich allmählich dem Ende zu, denn nach der sechsten Klasse in der Stavaschule gehen wir getrennte Wege und sehen uns immer seltener. Wir geraten wohl auch in diesen Zustand, der Pubertät genannt wird, und in diesem Chaos fällt es Davy Crockett und Hopalong Cassidy schwer, sich weiterhin Gehör zu verschaffen. In diesem fremden Land, wo die Kindheit den Namen wechselt.

Aber unsere eigenen Namen behalten wir. Rune Larsson und Adalbert Hanzon. Für kurze Zeit heißt er Rüne Larzon, aber das geht vorbei. Und es gibt in der gesamten Stavaschule auch niemals einen zweiten Rune.

Warum soll man sich erinnern? Wäre es nicht besser, alles zu vergessen?

Wenn schon nicht alles, dann doch wenigstens das meiste. Was nützt es, dass ich hier auf meine alten Tage sitze und mich mühe, mir alles ins Gedächtnis zu rufen? Dass ich versuche, den alten Lumpen in Worte zu fassen, der sich Leben nennt, und sogar eine Geschichte daraus zu stricken?

Ich starre eine Weile aus dem Fenster, betrachte einen Schwarm Singvögel, die über den gelb gewordenen Linden durch die Luft jagt, und versuche tatsächlich, diese Frage zu beantworten. Welchen Sinn es hat, nach dem zu fischen, was verschwunden ist. Bekomme mit der Zeit auch einen Gedanken zu fassen, der in die richtige Richtung zu deuten scheint.

Es ist die Zukunft, die angepeilt werden muss. Das ist der Haken, an dem die Erinnerung hängen soll, erst dann hat es einen Sinn. Was gewesen ist, diese verschwommenen oder messerscharfen Bilder, müssen mit dem Heute und dem Morgen verknüpft werden. Auf irgendeine verflixte Art, und das ist wahrlich nicht leicht zu bewerkstelligen.

Doch im Moment sieht es tatsächlich ganz erfreulich aus. Denn wenn Andrea Altman wirklich neulich auf diesem Plastikstuhl in der Apotheke gesessen hat, habe ich jeden Grund der Welt, mich an das eine oder andere zu erinnern.

Oder etwa nicht?

Ja, antworte ich mir selbst und schreibe es auf.

Man verzeihe mir die Abschweifung. Meine Worte versuchen, meine Gedanken einzuholen. Die vergebliche Jagd der Schnecke der entfliehenden Schildkröte hinterher.

Dass Rune und ich nach der sechsten Klasse getrennte Wege gingen, lag an Tante Gunhilds Ehrgeiz. Sie verlangte nie sonderlich viel von mir, Benimm, Tischsitten und so weiter, aber sie verlangte, dass ich mich bei der kommunalen Realschule bewarb. Das tat ich und wurde angenommen. Rune bewarb sich nicht, ging stattdessen in die siebte Klasse der Stavaschule und anschließend in die Berufsschule. Ich nehme an, dass er damals vorhatte, Schreiner zu werden wie sein Vater. Ich wurde etwas anderes. Rune auch, was sich etwas später meiner Darstellung entnehmen lassen wird.

Ich habe jedoch nicht die Absicht, mich in meine Kindheit und meine Unzulänglichkeiten in der Jugend zu vertiefen. Ich versuche hier nicht, diese monotone Geschichte festzuhalten, ich habe viele Schilderungen dieser Art gelesen, und auch wenn sie mich nicht immer gelangweilt haben, weiß ich doch, dass die Erzählung meiner eigenen frühen Entwicklung es tun würde. Ganz zu schweigen davon, wie sehr sie einen Leser langweilen würde. Nein, es ist dieses Rätsel um Andrea Altman, das ich lösen muss, und wenn ich einige Worte über die Freundschaft zwischen Rune Larsson und mir in meiner Kindheit verloren habe, liegt es daran, dass Rune eine gewisse, wenngleich sehr kleine Rolle bei den Ereignissen gespielt hat, die, zu denen es wesentlich später kommt, in den siebziger Jahren, als unsere Leben seit Langem unterschiedliche Richtungen eingeschlagen hatten.

Als ich in den weißen Würfel der Realschule in der Kvarngatan komme, sind wir noch in den fünfziger Jahren. Es ist das Zeitalter von Sputnik und Lajka, und bald wird die Zeit gekommen sein für legendäre Fußballer wie Kurre Hamrin und Nacka Skoglund, Pelé und Garrincha. Den Boxer Ingemar Johansson nicht zu vergessen, Schwedens ersten und einzigen Weltmeister im Schwergewicht; aber auch darüber werde ich nicht schreiben. Das haben andere bereits getan.

Jetzt lege ich den Stift für heute beiseite. Ich will einen Spaziergang zum Wasserturm hinauf unternehmen, ein bisschen mehr an Tante Gunhild denken und zu verstehen versuchen, warum sie mich nach all den Jahren zu Tränen gerührt hat. Ist die Erinnerung in Wahrheit das Spielfeld der Trauer? Und umgekehrt?

5

»Das ist der dümmste beschissene Plan, von dem ich jemals gehört habe! Hat man dir ins Gehirn geschissen?«

Es ist Abend. Wir sitzen mit Single Malt Whisky und Trocadero bei Henry Ullberg. Wir haben jeder zwei Drinks getrunken, sind beim dritten. Ich bereue, dass ich ihm vom Stand der Dinge erzählt habe, aber der Alkohol hat wie üblich mein Gehirn ausgehöhlt, und passiert ist passiert.

»Du solltest zum Arzt gehen und dich untersuchen lassen«, fährt Henry fort, ehe ich dazu komme, etwas zu erwidern. »Besorg dir wenigstens eine neue Brille. Verdammt, man kann doch einen Menschen nicht wiedererkennen, den man seit … was hast du gesagt … seit vierzig Jahren nicht mehr gesehen hat?«

»Seit fünfundvierzig«, erwidere ich. »Du findest also, ich soll es vergessen?«

»Aber so was von«, murrt Henry und zündet sich eine Zigarette an. »Du hättest zu mir kommen können, statt zu deiner dementen Cousine zu gehen.«

Ich zünde mir auch eine Zigarette an. Wir sind keine professionellen Raucher, weder Henry noch ich, aber an unseren sporadischen Trinkabenden geben wir der Versuchung nach, weil wir eine Ergänzung zum Whisky brauchen. Manchmal knabbern wir auch Erdnüsse, aber an diesem Abend hat keiner von uns daran gedacht, welche zu kaufen. Dagegen habe ich die Rauchwaren besorgt. Chesterfield ohne Filter, wie immer, man bekommt sie noch in Lundins Tabakgeschäft, und was das betrifft, sind wir ausnahmsweise einer Meinung, Henry Ullberg und ich. Wir haben sowohl Pall Mall als auch Ritz getestet, aber keine dieser Marken kommt auch nur ansatzweise an Chesterfield heran.

»Jetzt habe ich sie aber schon eingespannt«, sage ich. »Und wenn sie nichts findet, ist ja nichts Schlimmes passiert. Sie geht ohnehin zweimal in der Woche schwimmen. Was regst du dich eigentlich so auf?«

»Du einfältiger Idiot«, sagt Henry.

»Selber einfältig«, entgegne ich. »Warum hätte ich zu dir kommen sollen? Was könntest du erreichen, was Ingvor nicht erledigen kann? Was würdest du tun, um einen Blick auf eine Tätowierung auf einer Frauenbrust werfen zu können?«

»Vollkommen richtig«, sagt Henry. »Ich bin mir zu schade dafür, in einer Frauensauna zu sitzen und auf Titten zu glotzen. Ich hätte dir selbstverständlich gesagt, dass du den ganzen Mist vergessen sollst. Oder, wie gesagt, besser mal mit einem Arzt sprechen solltest.«

Ich spüre, dass ich wütend werde, und trinke einen großen Schluck, um mich zu beruhigen. Henry steckt die Hand zwischen zwei Knöpfe seines Hemds und kratzt sich am Bauch. Das ist eine seiner Unarten, und als er fertig gekratzt hat, hebt er die Hand zu seiner krummen Nase und riecht an den Fingern. Ich denke, dass ich aufstehen und nach Hause gehen sollte, aber die Flasche ist noch halb voll, und es ist erst halb neun.

»Du bist neidisch«, sage ich. »Das ist die simple Wahrheit.«

Ich lehne mich in dem billigen Plastiksessel zurück, ziehe an der Zigarette und spüre, dass dies eine gute Bemerkung war. Ich habe die Oberhand gewonnen, und Henry geht nicht sofort zum Gegenangriff über. Er wäre auch gern auf der Suche nach einer verschwundenen Frau, das ist ziemlich offensichtlich.

»Scheiße«, sagt er nur. »Dass du dir das überhaupt einbilden kannst.«

Ich betrachte ihn während der folgenden stillen Sekunden. Er ist wirklich ein Wrack. Die Kleider hängen an ihm wie Lumpen an einer Vogelscheuche, und seine grau lila gefärbte, ausgetrocknete Haut hängt in ganz ähnlicher Weise an seinem Skelett. Mager wie der Erlöser am Kreuz, über dem drei Nummern zu großen Hemdkragen (Nylon von 1961), sieht er aus wie ein Hecht. Ein toter Hecht mit Brille. Sein leberfleckiger Scheitel ist seit vielen Jahren kahl, aber lange, dünne Haare sprießen hier und da an unpassenden Stellen: aus Nasenlöchern, Ohren und Hals. Es fällt einem schwer, sich einen hässlicheren Menschen vorzustellen.

»Du hast ja schon einmal von ihr erzählt«, sagt er jetzt und blinzelt durch den Rauch. »Das weißt du doch noch?«

»Gut möglich«, sage ich und blinzele zurück. »Aber ich bereue, dass ich es heute Abend getan habe. Du bist ein fantasieloser Idiot, Henry. Ist dir in den letzten zwanzig Jahren auch nur ein neuer Gedanke durch den Kopf gespukt?«

Ich finde, dass ich ruhig ein bisschen in die Offensive gehen kann, denn unsere Gespräche funktionieren am besten, wenn wir unterschiedlicher Meinung sind. Aber im Grunde ist das keine bewusste Taktik, ich mag Henry Ullberg nicht, mich mit ihm zu verkrachen, ist so einfach, wie zu rülpsen.

Er lehnt sich zurück, raucht und stiert mich an.

»Mach doch, was du willst, du Depp. Aber es wäre echt interessant zu wissen, wie du …«

Er unterbricht sich und beginnt zu lachen. Es klingt wie ein Auto, das nicht anspringen will, und wie immer geht sein Lachen in einen Hustenanfall über.

»Was zu wissen?«, frage ich, nachdem er sich erholt hat.

»Was du … was du vorhast, wenn sie es wirklich ist«, prustet Henry. »Wenn deine badende Cousine im Bollgren eine Frau mit einem Datum auf der Titte sieht … was willst du dann tun?«

Ich zucke mit den Schultern. Kommt Zeit, kommt Rat, denke ich, sage aber nichts. Trinke stattdessen einen Schluck und rauche zwei Züge. Es wäre wirklich unerträglich, ohne Whisky und Zigaretten Henry Ullberg gegenüberzusitzen, und ich bin sicher, dass er das Gleiche denkt. Eine Minute herrscht Stille. Währenddessen betrachte ich den einzigen leidlich aufsehenerregenden Gegenstand in Henrys muffiger Wohnung. Es handelt sich um einen Elchkopf, der an der Wand hängt, er hat ihn von einem Freund geerbt, zumindest behauptet er das. Sein Kumpel hieß Holger und vermachte Henry den Schädel, es ist eine rührende Geschichte, wenn man in der richtigen Stimmung dafür ist, und mittlerweile hängt um den Hals des toten Königs des Waldes ein Schild. *Zum Gedenken an Holger.* Außerdem Henrys gesammelter Vorrat an Krawatten. Drei Stück: eine rote, eine blaue, eine schwarz-weiß gestreifte.

»Möchtest du Schach spielen?«

»Nein, danke«, antworte ich.

Er fragt jedes Mal, und ich antworte jedes Mal Nein. Die letzte Partie haben wir vor einem Jahr gespielt, und ich habe gewonnen. Auch das bedeutet eine gewisse Überlegenheit, und ich habe es nicht eilig, sie mir wieder nehmen zu lassen. Wir sind beide ziemlich schlechte Schachspieler, aber so haben wir uns kennengelernt. In dem dürftigen Bekanntenkreis, den wir hinter Gittern hatten, gab es keinen anderen, der auch nur die Namen der Spielfiguren kannte, und so trafen wir zweimal in der Woche aufeinander. Keiner von uns hat eine Liste geführt, aber ich würde schätzen, dass Henry fünf von zehn Partien gewonnen hat, ich drei, zwei sind remis ausgegangen. Aber sollte er diese Zahlen jemals nennen, würde ich sie um nichts in der Welt unterschreiben.

»Ne, ne, du feige Ratte«, sagt er und erzählt von seinen Wehwehchen (Arthrose, Hühneraugen, die Galle, der Blutdruck, Rheuma, Skoliose, Star, Vorkammerflimmern, Magengeschwüre, Schwindel und mehr) und von dem erbärmlichen Gesundheitssystem, das wir in diesem Land haben. Das dauert eine ganze Weile, und wir gehen zu unserem vierten Drink über, aber noch ehe die Gläser geleert sind, kann er es dann doch nicht lassen, auf Andrea Altman zurückzukommen.

»Du hast in deinem Leben zu wenig Frauen gehabt«, sagt er. »Deshalb bist du so auf diese Braut fixiert.«

Henry selbst ist dreimal verheiratet gewesen. Keine seiner Ehen hat länger gehalten als ein, zwei Jahre, und er hat keine anderen Nachkommen als den Sohn in Schottland. Der ihm die Flaschen schickt, ohne die ich vermutlich nicht hier sitzen würde. Wie viele lose Beziehungen Henry hatte, entzieht sich meiner Kenntnis, und ich will es auch gar nicht wissen, aber wenn man bedenkt, wie abstoßend er heute aussieht, fällt es mir schwer, mir vorzustellen, dass er im letzten Vierteljahrhundert hautengen Kontakt zu einer Frau gehabt haben soll.

Das gilt allerdings auch für mich. 1993 lag ich das letzte Mal im selben Bett wie ein Wesen des anderen Geschlechts, ich weiß nicht mehr, wie sie hieß, und das Einzige, was wir dort machten, war zu schlafen. Ich erinnere mich, dass sie schnarchte, und es blieb bei dieser einen Nacht. Es war in einem Hotel in Borås, wir waren beide betrunken, sie mehr als ich, wenn ich es grob einschätzen sollte. Ich habe natürlich auch nicht im selben Bett gelegen wie irgendein Kerl, damit wäre auch das geklärt.

»Unsinn«, sage ich als Antwort auf Henrys Vorstoß zum Mangel an Frauen in meinem Leben. »Aber du brauchst dir über diese Angelegenheit nicht den Kopf zu zerbrechen. Ich kümmere mich mit Ingvors Hilfe darum.«

Das ist nicht das, was er hören will. Eine Weile sitzt er murmelnd da und zieht dabei an der schlaffen, faltigen Haut über seinem Kehlkopf, eine andere seiner Unarten. Ich trinke einen Schluck und schaue zur Decke.

»Wenn sie es tatsächlich war, liegt die Vermutung nahe, dass sie hier in der Nähe wohnt«, erklärt er schließlich. »Es wäre ein Leichtes, auf dem Marktplatz und im Einkaufszentrum ein wenig die Augen aufzuhalten.«

Ich antworte nicht.

Henry: »Wie war sie zum Beispiel gekleidet, vielleicht muss man sie ja gar nicht nackt sehen, um sie zu identifizieren?«

Ich: »Was meinst du?«

Henry: »Das kapierst du schon.«

Ich: »Ne.«

Henry: »Du und ich gehen doch jeden Tag dahin. Man könnte im Betsys sitzen und … wie heißt das? … sie ausspähen.«

Betsys ist die Konditorei am Marktplatz, manchmal lasse ich mich dort mit einem Kaffee und einem Marzipanteilchen nieder, aber nicht besonders oft.

Ich: »Ich gehe da nicht jeden Tag hin. Das tust du.«

Henry: »Verdammt, das spielt ja wohl keine Rolle. Du kapierst, was ich meine, oder?«

Ich: »Sie trug ein blaues Halstuch.«

Henry: »Hä?«

Ich: »In der Apotheke.«

Henry: »Aha? Ist das alles?«

Ich: »Sie hatte auch noch andere Kleider an, aber an die erinnere ich mich nicht.«

Henry: »Ist ja ein Ding. Dann ist sie also nicht nackt in den Laden gegangen. Es ist schön, das zu hören.«

Wir trinken und schweigen wieder eine Weile. Zünden uns beide eine neue Chesterfield an und starren uns an. Ich merke, dass ich ziemlich betrunken bin, und die Whiskyflasche ist zu zwei Dritteln geleert, es gibt dafür also eine natürliche Erklärung. Ich sehe außerdem, dass Henrys Lider hinter den schmutzigen Brillengläsern ein wenig hinabgerutscht sind, ein sicheres Zeichen dafür, dass er mindestens genauso voll ist wie ich.

»Blaues Halssuch«, lallt er. »Ich muss schon sagen.«

»Es hatte auch gelbe Punkte«, fällt mir ein.

»Gelb und blau«, sagt Henry. »Mit anderen Worten eine patrotische Braut.«

Ich vermute, dass er *patriotisch* meint, korrigiere ihn aber nicht. Stattdessen denke ich darüber nach, wie es eigentlich aussah, dieses lose gebundene, schlabberige Ding, das sie um den Hals trug. Seit ich es erwähnt habe, kann ich es beinahe vor mir sehen.

»Vögel«, erkläre ich. »Es könnten kleine Vögel gewesen sein.«

»Hä?«, sagt Henry und verliert Asche von der Zigarette auf seinen Schoß, merkt es aber nicht. »Was hast du gesagt?«

Ich: »Das Muster auf ihrem Halstuch. Wenn ich es recht bedenke, glaube ich, dass es kleine Vögel waren.«

Henry: »Gelbe?«

Ich: »Ja.«
Henry: »Gelbe Drecksvögel?«
Ich: »Ja … aber nur vielleicht.«
Henry: »Auf diesem … Sch … Schaal?«
Ich: »Mm.«

Henry rülpst. Anschließend leert er sein Glas. Ich folge seinem Beispiel und denke, dass ich nach Hause gehen sollte. Aber ich kann mich nicht aufraffen, und kurz darauf hat Henry uns den letzten Drink eingeschenkt. Die Whiskyflasche ist leer und der Tisch klebrig von verschütteter Limonade. Ich schaue auf die Uhr, aber es gelingt mir nicht abzulesen, wie spät es ist. Ich begreife, dass das ein schlechtes Zeichen ist, und überlege, ob ich wirklich noch die Kraft dafür habe, heimzugehen. Raus aus dem Sessel, raus aus Henrys deprimierender Wohnung, zwei Treppen hinunter, zur Tür hinaus, schräg über die Straße und danach das Gleiche, nur umgekehrt, zu meiner eigenen, genauso traurigen Behausung. Während Henry auf seine unverständliche Weise lallt und murmelt, sitze ich da und versuche, mir diese taumelnde Albtraumwanderung vorzustellen, mehr oder weniger Schritt für Schritt, aber dann taucht die Alternative auf: bei ihm zu übernachten, in meinen Kleidern auf Henrys Couch zu schlafen, am nächsten Morgen schweißgebadet und verkatert aufzuwachen – und der bloße Gedanke ist so ekelerregend, dass ich mich mit einer resoluten Willensanstrengung aus dem Sessel stemme und verkünde, dass ich nun nach Hause gehen werde.

»Ja, verdammt, das wird auch Zeit«, sagt Henry Ullberg.

Ich kann mich nicht erinnern, wie ich die strapaziöse Wanderung vom Spillkråkevägen 14 zum Spillkråkevägen 17 durchführe, aber eine Reihe von Minuten später stehe ich in meinem eigenen Flur an die Wand gelehnt und habe Schuhe und Jacke ausgezogen. Ich habe sogar noch genügend Geistesgegenwart, ein großes Glas Samarin zu trinken und Hemd und Hose auszuziehen, bevor ich ins Bett stolpere, und der letzte Gedanke, der mich in den Schlaf verfolgt, lautet, dass mir der arme Teufel leidtut, der mich an einem der nächsten Tage findet, wenn ich in dieser Nacht sterben sollte.

6

Ein Bild aus dem Jahr 1965. Es taucht auf, das ist verständlich.

Es ist ein Tag Anfang Juni. Halb sechs Uhr morgens, ich habe gerade ein schlichtes Frühstück zu mir genommen. Nun stehe ich in unserem engen Hausflur und kontrolliere den Inhalt in meinem Pausenbeutel: eine Thermoskanne mit Kaffee, belegte Brote, zwei Zimtschnecken, eine Flasche Milch und eine weitere mit Rhabarbersuppe. Wie üblich hat Tante Gunhild für alles gesorgt, obwohl ich beteuert habe, dass ich mich selbst darum kümmern kann.

Sie winkt mir zum Abschied zu und meint, ich solle vorsichtig fahren. In Richtung Äggesta könne es zu dieser frühen Stunde viel Verkehr geben. Ich bin mir sicher, dass ich höchstens fünf andere Fahrzeuge sehen werde, gähne aber, nicke und breche auf.

In groben Zügen sieht es folgendermaßen aus. Tante Gunhild hat mich nicht nur durch die Realschule, sondern auch durch das Gymnasium gepeitscht. Drei Wochen vor dem Vorsommermorgen, über den ich schreibe, habe ich an der Höheren Allgemeinen Lehranstalt in *H* mein Abitur gemacht. Ich werde bald zwanzig und bin der gebildetste Mensch, den es in unserer Familie jemals gegeben hat. Zumindest so weit, wie sich das rückwärts und seitwärts überblicken lässt. Meine

Tante ist mächtig stolz auf mich, ich selbst weiß dagegen, dass meine Schulleistungen ziemlich mittelmäßig sind. In den meisten Fächern bin ich nicht über eine Drei hinausgekommen, nur in den Fächern Schwedische Aufsätze und Französisch ist es mir gelungen, eine Zwei zu bekommen. Im Fach Schwedische Schriften mag es daran liegen, dass ich ein gewisses Talent habe, in Französisch hängt es mit meinem Namen zusammen.

Letzteres ist ein bisschen bizarr. Unser Französischlehrer, Studienrat Paulun – ein karierter (Anzug, Weste, Hemd Fliege) Sonderling von etwa fünfundsechzig Jahren (oder fünfundvierzig, das hat sich nicht feststellen lassen) – war von Anfang an ganz vernarrt in meinen Vornamen, und als er erfuhr, dass meine Mutter eine verblichene Französin war, war ich all meine Sorgen los. In den drei Jahren auf dem Gymnasium hat er mich stets mit Vor- und Nachnamen angesprochen, mit einer kraftvollen französischen Aussprache und Betonung auf den Endsilben: *Mussjö Adalbäär Anzong*. Möglicherweise habe ich auch besonders viel für das Fach getan, um den guten Studienrat nicht zu enttäuschen, aber eine Zwei hatte ich definitiv nicht verdient.

Ich habe nicht nur das Abitur gemacht, sondern auch den Führerschein. Er ist mittlerweile zwei Monate alt, und das Auto, in das ich an diesem Morgen vor unserem Haus in der Rökargatan steige, ist noch frischeren Datums. Seit gerade einmal zwölf Tagen gehört es meiner Tante und mir. Das Auto selbst, ein schwarzer Volvo PV 444, ist natürlich älter; es hat vierzehn Jahre auf dem Buckel und einhundertzehntausend Kilometer unter der Motorhaube, und weil meine Tante keinen Führerschein hat und selbst im Traum nicht auf die Idee käme, sich hinters Steuer zu setzen, kann ich es als mein eigenes betrachten. Ich habe es Schwarzer Hengst getauft. Während des Sommers, in dem ich jobben werde, lautet die Übereinkunft, dass ich meiner Tante als eine Pauschale für Essen, Auto und allgemeine Fürsorge hundert Kronen im Monat zahle. Wenn ich ab dem Herbst meinen Wehrdienst ableiste, werde ich mir solche finanziellen Verbindlichkeiten ohnehin nicht leisten können. Ich habe Tante Gunhild viel zu verdanken.

Meiner Arbeit gehe ich bei Örjans Beton AB (im Volksmund ÖBAB) in einem kleinen Kaff nach, das Äggesta heißt und gut zehn Kilometer östlich der Stadt liegt. Dort wohnen ungefähr fünfzig Menschen, und die meisten von ihnen sind in irgendeiner Weise mit Örjan verwandt. Ich habe die Stelle rein zufällig bekommen. Einer von Örjans Söhnen ist auf dem Gymnasium in meine Klasse gegangen und soll natürlich in der Firma anfangen, sobald die weiße Abiturmütze aufgezogen und wieder abgesetzt worden ist. So war es geplant, aber ein paar Tage vor dem Examen bricht ein Gegenspieler bei einem brutalen Fußballspiel zwischen Äggesta und Örhult in der sechsten Liga Bengt-Erik mit einem Tritt den Oberschenkelknochen. Man geht davon aus, dass er den ganzen Sommer einen Gips tragen muss und nicht einsatzfähig ist; aus irgendeinem Grund werde ich daraufhin gefragt, ob ich für ihn einspringen kann, und nehme das Angebot ohne weitere Bedenkzeit an.

Beton armieren, darum geht es, und nachdem ich drei Tage bei ihnen gearbeitet habe, beherrsche ich jede Arbeitsaufgabe, als wäre ich schon zwanzig Jahre dabei. Was ungefähr so lange ist, wie einer der anderen in meinem vierköpfigen Team dort gearbeitet hat. Er heißt Sven Stark, wählt die Kommunisten und verbraucht zwei Dosen Schnupftabak am Tag. Ich glaube, er ist mit einer Schwester von Örjan persönlich verheiratet, die unter dem Namen Fette Frida bekannt ist und im Büro sitzt. Meine beiden weiteren Arbeitskollegen heißen Sixten und Leffe, beide sind um die dreißig, schweigsam und friedfertig und spielen in jeder freien Minute Rommé. Leffe ist mit einer jungen Frau namens Berit verheiratet, sie ist hübsch und schwanger und arbeitet ebenfalls im Büro. Sixten ist Single, kann aber alle Boxweltmeister im Schwergewicht seit John L. Sullivan aufzählen. Sowie die einzelnen Titelkämpfe.

Ich denke, was immer mit mir geschehen mag, zu ÖBAB werde ich niemals zurückkehren, wenn meine verabredete Zeit dort abgelaufen ist. Also Mitte September. Am ersten Oktober werde ich meinen Wehrdienst als Kabelträger im Fernmelderegiment in Uppsala antreten, mein Leben ist also für mindestens ein weiteres Jahr vorgezeichnet. Im Grunde genauso, wie es vorgezeichnet war, seit Tante Gunhild das Ruder übernommen hat, nachdem mein Vater den Freitod wählte. Wie man so sagt.

Obwohl es so gedacht ist, dass ich den Schwarzen Hengst abbezahle, betrachte ich das Auto als ein Geschenk meiner Tante als Belohnung für gute Arbeit. Der Erste in unserer Familie mit einem Abitur in der Tasche, nicht schlecht, Herr Specht.

Ich habe noch ein Geschenk bekommen. Einen Plattenspieler. Er steht auf dem Tisch in meinem Zimmer, in dem ich immer gewohnt habe, mein ganzes, fast zwanzigjähriges Leben lang. Bisher besitze ich drei LPs (Beach Boys, Beatles und Roy Orbison) und vier Singles (alle von Tante Gunhild gekauft, ich verzichte darauf, die Künstler aufzuzählen).

Ich bin kein typischer Vertreter meiner Generation. Meine Haare sind kurz, samstags höre ich die Hitparade, weiß hingegen nicht, wie die Mitglieder jeder einzelnen englischen Popband heißen, ein Wissen, über das viele meiner Klassenkameraden verfügen. Mein Freundeskreis besteht aus Sigge, Korven und Flaxman. Wir sind alle drei bei den Pfadfindern gewesen, seit wir uns auf der Realschule kennengelernt haben. Wir treffen uns und spielen Poker; wir rauchen Pfeife, wir machen Fahrradausflüge und zelten. In letzter Zeit trinken wir auch Bier, und wir haben alle drei noch nie mit einer Frau geschlafen. Über Letzteres sprechen wir nie.

Als ich vierundfünfzig Jahre später hier sitze und versuche, etwas Sinnvolles und Prägnantes über diese Zeit in meinem Leben zu schreiben, habe ich das Gefühl, dass mich sowohl die Erinnerungen als auch die Worte im Stich lassen. Vielleicht ist es aber auch nur das Interesse; ich habe keine Lust, hiervon zu erzählen, es kommt mir vor, als würde ich mich mit obligatorischen, aber sinnlosen Trockenschwimmübungen abmühen, um anschließend zu etwas zu kommen ... ja, genau: zu jenem Freitagabend Ende Juli, an dem ich im Schwarzen Hengst jemanden mitnehme, der trampt. Vielleicht reiße ich die letzten Seiten heraus und verbrenne sie, ja, mit ziemlich großer Wahrscheinlichkeit mache ich das.

Der zweiundzwanzigste Juli. Genauer gesagt, der Namenstag von Magdalena, mitten in der sogenannten Weibsbilderwoche, in der ausschließlich Frauen Namenstag haben.

Ich habe eine Doppelschicht bei ÖBAB hinter mir. Das Armieren hört niemals auf, nicht einmal während der landesweiten Betriebsferien im Juli. Als ich gegen halb elf Uhr abends in meinen Volvo steige, habe ich sechzehn Stunden gearbeitet. So sind die drei Schichten eingeteilt: sechs Uhr früh bis zwei Uhr nachmittags, von zwei bis zehn Uhr abends, gefolgt von der Nachtschicht von zehn bis sechs. Ich habe auch vorher schon Doppelschichten gearbeitet, weil ich das Geld gut gebrauchen kann, aber am Ende hat man nur noch Matsch in der Birne. Immerhin ist es ein Freitagabend, und ich habe bis Montagmorgen frei. Ich gehe davon aus, dass ich den halben Samstag verschlafen werde.

Es ist ein stiller und schöner Sommerabend, aber im Westen ist eine dunkle Wolkenbank zu sehen, und ich denke, dass es regnen wird, bevor ich zu Hause bin. Ich drehe das Seitenfenster herunter, ein bisschen Wind im Gesicht kann nicht schaden, um den Schlaf fernzuhalten. In der letzten Stunde auf der Baustelle habe ich das Bild meines Betts auf der Netzhaut gehabt; ich bin so müde, dass meine Hände auf dem Lenkrad zittern, das tun sie sonst nicht.

Von Äggesta bis in die Stadt brauche ich nicht mehr als eine Viertelstunde, und ich habe ungefähr die Hälfte zurückgelegt, als sie am Straßenrand steht und eine Hand hochhält. Mitten im Nirgendwo scheint sie zu stehen, denn an dieser Stelle gibt es auf gut und gerne einem Kilometer keine Abzweigungen, und ich hätte sie beinahe nicht gesehen. Das Scheinwerferlicht trifft sie nur für einen kurzen Moment, sie flammt gewissermaßen auf und verschwindet wieder, und ich bremse, ohne eigentlich zu verstehen, warum ich es tue. Ich habe noch nie einen Anhalter mitgenommen, es nicht einmal in Erwägung gezogen. Nicht, dass ich sonderlich viele gesehen hätte, den einen oder anderen aber schon.

Ich habe noch immer das Seitenfenster heruntergedreht, und als ich dreißig Meter weiter halte, merke ich, dass es angefangen hat zu regnen. Oder dass es in den Sekunden anfängt, die sie benötigt, um zum Auto zu kommen. Sie beugt sich herab und fragt, ob ich sie ein paar Kilometer mitnehmen kann. Zu meiner Überraschung sehe ich, dass es sich um eine ziemlich alte Frau handelt, jedenfalls ist sie über fünfzig. Sie trägt einen dunklen, halblangen Mantel mit Kapuze, und ihr Gesicht wirkt fast gipsartig weiß und wird von dunklen, aber etwas grau melierten Haaren umrahmt. Viele Jahre später sehe ich ein Plakat, das für einen Film mit dem Titel *Die Geliebte des französischen Leutnants* wirbt; ich habe den Film nie gesehen, aber so wie die Frau auf dem Plakat, ungefähr so sieht meine Anhalterin an diesem Juliabend aus. Oder genauso *wirkt* sie, und ich nehme an, dass es einen Altersunterschied gibt. Frauen auf Kinoplakaten sind in der Regel selten älter als dreißig.

Ich frage, wohin sie möchte, und sie erklärt, sie müsse vor Mitternacht im Gutshof *Berga* sein. Ihre Stimme ist dunkel, wenn ich sie nicht vor mir sähe, würde es mir schwerfallen, zu entscheiden, ob sie einem Mann oder einer Frau gehört.

»Gutshof Berga?«, frage ich erstaunt.

»Ja. Kennen Sie ihn?«

Das tue ich. Zweimal habe ich in den Sommerferien auf dem Gut gearbeitet. Bei der Bekämpfung von Flughafer geholfen und anderes mehr. Aber Berga liegt auf der anderen Seite der Stadt, wenn ich sie dorthin fahre, bedeutet das einen Umweg von mindestens zwanzig Minuten, und die Müdigkeit brennt in meinem Körper. Ich bereue, dass ich angehalten habe, aber gleichzeitig gab es etwas Dringliches in ihrem Auftauchen aus der Dunkelheit am Straßenrand. Ich begreife nicht, woher dieses Gefühl rührt, aber es ist jedenfalls da.

»Ich fahre nur bis in die Stadt«, sage ich.

Ohne etwas zu erwidern, geht sie um den Wagen herum, öffnet die Tür und nimmt auf dem Beifahrersitz Platz. Stellt eine Schultertasche zwischen ihren Füßen auf den Boden. Ich zögere ein paar Sekunden, drehe dann mein Seitenfenster hoch und fahre los.

»Sie haben gearbeitet und sind müde«, sagt sie.

»Das stimmt«, sage ich.

»Sie wollen nach Hause.«

»Ja. Woher wissen Sie das?«

»Ich weiß diese Dinge«, antwortet sie. »So ist das bei solchen wie mir.«

Solchen wie mir? Ich verstehe nicht, was sie da sagt. Verstohlen betrachte ich sie aus den Augenwinkeln, sie hat ihre Kapuze abgesetzt, aber so volle und lockige Haare, dass ich trotzdem nicht viel von ihrem Gesicht sehe. Sie hält den Blick nach vorn gerichtet, auf die dunkle, nasse Straße. Auf einmal regnet es heftig; die Scheibenwischer des Schwarzen Hengstes lassen einiges zu wünschen übrig, und ich bin gezwungen, langsam zu fahren, wesentlich langsamer, als ich es gewöhnt bin.

»Es reicht, wenn Sie mich in der Stadt absetzen«, sagt sie. »Aber ich habe das Gefühl, dass Sie mich bis nach Berga fahren werden.«

»Ah ja?«, sage ich. »Und wie … wie kommt es, dass Sie das fühlen? Ich will Sie natürlich nicht im Regen stehen lassen, aber auf der anderen Seite …«

Mir fällt nicht ein, was ich sagen will, und ich verstumme. Plötzlich legt sie eine Hand auf meinen Arm.

»Ich kann Ihnen gewisse Dinge erzählen.«

»Aha?«

Ich fühle mich dumm. Müde und dumm. Zum ersten Mal in meinem Leben habe ich eine Anhalterin mitgenommen, und jetzt sitze ich hier mit einer merkwürdigen Frau im Auto, die mehr oder weniger unverständliche Behauptungen aufstellt. Sie ist natürlich verrückt, denke ich. Sie ist aus einer Nervenheilanstalt abgehauen, das muss es sein.

Ich bin schon so weit, mich zu fragen, ob sie einen langen, scharfen Dolch unter ihrem Mantel verbirgt, als sie weiterspricht:

»Ihre Zukunft, zum Beispiel. Darüber könnte ich Ihnen das eine oder andere erzählen. Allerdings nur …«

»Allerdings nur?«, wiederhole ich.

»Nur wenn Sie mich zum Gutshof Berga fahren. Ich habe dort eine wichtige Besprechung.«

Definitiv verrückt, beschließe ich. Warum sollte man mitten in der Nacht eine Besprechung auf einem abgelegenen Gutshof haben. Aber mitgefangen, mitgehangen. Es wird das Beste sein, sie nach *Berga* zu fahren, um unangenehme Überraschungen zu vermeiden.

»Wäre schon interessant, einen Einblick in die Zukunft zu bekommen«, sage ich und versuche, meinen Worten einen leicht scherzhaften Ton zu geben. Es klingt falsch, ich höre selbst, dass ich mich eher ängstlich anhöre. Sie lässt meinen Arm los und wühlt sekundenlang in ihrer Tasche. Zieht etwas heraus.

»Geben Sie mir Ihre Hand.«

Ich strecke meine Hand aus, und sie legt etwas Weiches und Kaltes in meine Handfläche. Schließt meine Finger um den Gegenstand, was immer es ist. Er fühlt sich an wie eine kleine Frucht oder vielleicht auch wie ein Stück Fleisch, das gerade aus dem Kühlschrank geholt worden ist.

»Sie dürfen nicht nachsehen, was es ist. Halten Sie Ihre Hand geschlossen, und nennen Sie mir das Datum und den Wochentag Ihrer Geburt.«

Das tue ich. Sie schweigt eine Weile.

»Ihre Eltern sind tot, richtig?«

Ich schlucke. »Ja …«

Die Frau: »An Ihre Mutter können Sie sich nicht erinnern?«

Ich: »Nein.«

Die Frau: »Sie sind ein guter junger Mann.«

Ich: »Ich weiß nicht, ob …«

Die Frau: »Sie stehen gerade im Begriff, ein neues Kapitel in Ihrem Leben aufzuschlagen?«

Ich: »Ja, ich habe gerade Abitur gemacht und …«

Sie hält ihre Hand hoch. »Sie müssen nicht darauf antworten, was ich sage. Es ist besser, wenn sie still sind und zuhören.«

Ich: »Ich verstehe.«

Das Ganze kommt mir so unwirklich vor, dass ich mir auf die Zunge beiße, um mich zu vergewissern, dass ich wach bin.

Die Frau: »Sie werden nicht viele Frauen in Ihrem Leben haben.«

Ich drücke das kalte, weiche Ding in meiner Hand, sage aber nichts.

Die Frau: »Aber Sie werden eine haben, die Ihnen viel bedeutet.«

Wir haben die Straßenkreuzung erreicht, und ohne weiter darüber nachzudenken, biege ich auf die Straße nach Westen, Richtung Åby und Berga. Ich schalte mit geballter Faust, es ist ein bisschen schwierig, aber es geht.

Die Frau: »Die Frau wird Sie sehr glücklich, aber auch unglücklich machen.«

Ich: »Mhm?«

Die Frau: »Erst das eine für kürzere Zeit, danach das andere für eine lange Zeit. Für Jahre, würde ich schätzen, vielleicht Ihr ganzes Leben lang.«

Ich schweige. Plötzlich fällt mir ein, was mein Vater immer gesagt hat. *Du spielst keine Rolle.* Ich begreife nicht, warum mir das ausgerechnet jetzt in den Sinn kommt.

»Sie werden sich unter speziellen Umständen kennenlernen.«

Danach schweigt auch sie. Der Regen trommelt weiter auf das Dach des Schwarzen Hengstes, die Scheibenwischer arbeiten auf Hochtouren. Ich denke, dass ich etwas sagen, ihr Fragen stellen sollte, finde aber keine Worte. Wir sind schon fast in Berga, als sie die nächste Prophezeiung verkündet, die letzte, bevor ich sie vor dem großen Hauptgebäude absetze. In mehreren Fenstern brennt Licht, es scheint fast, als würde sie erwartet.

»Ihren Namen bekomme ich nicht zu fassen, aber ihre Initialen werden AA sein. Geben Sie mir jetzt zurück, was Sie in der Hand halten.«

Ich reiche ihr das Kalte und Weiche, die Kühle ist geblieben, obwohl ich das Ding mehr als zehn Minuten gehalten habe. Aber ich weiß bis heute nicht, was es gewesen sein könnte.

Sie öffnet die Autotür und bedankt sich, ehe sie die Tür wieder zuschlägt, und danach sehe ich sie zu dem schwach beleuchteten Eingang des Gutshofs eilen. Als sie sich auf der kurzen Treppe befindet, die vom Vorplatz aus hinaufführt, wird die Tür aufgeschlagen. Sie wird hineingelassen, und die Tür fällt wieder zu.

Sie werden sich unter speziellen Umständen kennenlernen.

Ihre Initialen werden AA sein.

Ich beiße mir noch einmal auf die Zunge, lege den Gang ein und fahre durch die Nacht davon.

Als ich am Samstag um die Mittagszeit aufwache, bin ich sehr verwirrt. Ich kann mich nicht entscheiden, ob ich tatsächlich eine Anhalterin mitgenommen oder das Ganze nur geträumt habe. Lange Zeit begegne ich auch keiner Frau mit den genannten Initialen, und mit jedem neuen Jahr, das vergeht, neige ich mehr dazu, die Episode als reine Einbildung zu betrachten. Sofern sie sich überhaupt in Erinnerung ruft.

7

Ich liege auf einer Pritsche bei Malvina.

Das tue ich natürlich nicht. Ich sitze wie üblich an meinem Küchentisch und schreibe. Drei Stunden sind vergangen, seit ich bei Malvina war, aber ich habe beschlossen, mich beim Erzählen an das Präsens zu halten, und möchte in dieser Hinsicht gerne konsequent sein.

Ich liege also auf dieser rostfarbigen Pritsche. Malvina sitzt auf einem Hocker zu meinen Füßen. Um sie geht es. Die Füße.

Insbesondere um die Zehen, diese misshandelten Tentakel, zu denen man in meinem Alter nicht mehr hinunterreicht, deren Nägel aber nach Herzenslust weiterwachsen. Immer dicker, immer schiefer, immer verfärbter. Ich besuche Malvinas Haut- und Fußklinik alle drei Wochen, und wenn ich meine Strümpfe ausziehe (eine Prozedur, die ich meistens, wenn auch mit Mühe, bewältige), überkommt mich ein Gefühl von Scham. Ich will mich dafür entschuldigen, dass ich mit den hässlichsten aller Körperteile zu ihr komme und darum bitte, dass sie renoviert werden. Gefeilt, geschnitten und gesalbt werden.

Aber Malvina behandelt meine traurigen Extremitäten, als wären sie ihre frisch geschlüpften Jungen. Ich liege auf dem Rücken, schließe die Augen und höre mir an, wie sie mit meinen Zehen brabbelt. In einer Sprache, die ich nicht verstehe.

Malvina stammt aus dem früheren Jugoslawien, und wahrscheinlich hat sie mir erzählt, ob sie nun Serbin oder Kroatin oder etwas anderes ist, aber ich habe es vergessen. Die Behandlung dauert fünfundvierzig Minuten, und wie üblich sinke ich nach einer Weile in einen angenehmen Schlummer. Diesmal träume ich außerdem einen hellen und schönen Traum von einer Frau mit einem blauen Halstuch, und es ist natürlich nicht schwer, sich auszurechnen, wie das kommt. Es ist die Halsbekleidung der Frau in der Apotheke, über die ich kürzlich mit Henry Ullberg gesprochen habe. Die Frau, die in der besten aller Welten identisch sein könnte mit Andrea Altman, dem Herz- und Schmerzpunkt meines Lebens. Oder wie zum Teufel man es auch ausdrücken will.

In meinem Traum sehe ich bald wesentlich mehr von dem Halstuch als von der Frau, es ist groß und wogend und schwebt im Wind über einer Wiese mit Sommerblumen, und die Frau läuft darunter mit bloßen Füßen im hohen Gras, und plötzlich flattert das Halstuch, jetzt groß wie ein Laken oder eine Fahne, eigenständig zu höheren Luftschichten davon. Blau mit gelben Punkten, es wächst und breitet sich aus und bedeckt bald darauf den ganzen Himmel, die gelben Punkte sind natürlich Sterne, erkenne ich, während ich rücklings auf der Wiese liege und meine Zehen und Füße von der nackten Frau pflegen lasse, die vielleicht nicht Malvina Dragovic, sondern ein ganz anderes, aber alles andere als unbekanntes Wesen des anderen Geschlechts ist … das Herz und der Schmerz, *sie*, kurz gesagt … aber dann hat sich auf einmal Henry Ullberg in das Ganze hineingedrängt. Geh mir aus den Augen, du verdammter Mistkerl, denke ich, aber das tut er nicht. Natürlich nicht; seine Brille ist verkratzt, und seine gelben Zähne klappern unangenehm, während sein Gesicht sich schnell dem meinen nähert und er gleichzeitig, mit Spucke, die auf seinen spröden, braunen Lippen und in den Mundwinkeln glänzt, faucht: *Na, was war das jetzt für ein Muster? Vögel oder Falter? Oder etwa Sterne? Oder etwa meine Zähne, meine süßen, kleinen Beißer?* Verdammt, was für ein Traum, denke ich, und dabei hat er so gut angefangen. Aber ungefähr in diesem Augenblick legt Malvina eine balsamisch sanfte Hand auf meine Wange und erklärt, unsere Zeit sei abgelaufen.

Strümpfe und Schuhe sind bereits an Ort und Stelle. Ich danke ihr und komme auf die Beine. Bezahle, vereinbare einen neuen Termin und gehe nach Hause.

Während ich diese Zeilen geschrieben habe, hat es angefangen zu regnen. Ich bin traurig, und es dauert eine Weile, bis ich verstehe, warum. Es liegt weder an dem Besuch bei Malvina noch an Henry Ullbergs beklagenswertem Auftauchen in meinem schönen Traum. Nein, mir wird schlagartig bewusst, dass ich in dieser Angelegenheit möglicherweise unter keinen Umständen irgendetwas zu gewinnen habe. Mit *Angelegenheit* meine ich natürlich Andrea Altman; denn selbst wenn sich herausstellen sollte, dass meine Einbildung in der Apotheke vollkommen korrekt war und es sich tatsächlich um sie handelte, die dort am sechsten August quicklebendig gesessen hat, und dass es mir gelingt, sie durch Ingvors Bemühungen oder auf andere Weise ausfindig zu machen – was sagt mir denn, dass sie etwas von mir wissen will? Welchen Sinn hat es also, es überhaupt zu versuchen? Welchen Sinn hat irgendetwas?

Letzteres ist keine neue Frage, im Laufe meines zähen und inhaltslosen Älterwerdens habe ich mit ihr gekämpft, und das Leben hat wirklich Glück, dass auch der Tod alles andere als verlockend ist. Es heißt ja, dass man ziemlich lange tot sein wird, weshalb es dumm wäre, seine Ankunft zu beschleunigen. Ist man gläubig, sieht die Sache eventuell ein bisschen anders aus, aber ich habe mich noch nicht dazu durchringen können, diesen Schritt zu tun. Habe es von Zeit zu Zeit durchaus versucht, aber es ist mir nie gelungen. Wenn es einen Gott gibt, hat er mit Sicherheit die Lust an seiner Schöpfung verloren, wer täte das nicht?

Ich trinke eine Tasse Kaffee und versuche, mich zusammenzureißen. Aber auch das funktioniert nicht. Ich lege mich im Wohnzimmer auf die Couch und gönne mir ein Nickerchen, statt herumzusitzen und mir einzubilden, meine schlurfende Schriftstellerei hätte irgendeinen Sinn. Völliger Unsinn, dass die Feder schärfer sein soll als das Schwert, meine Feder ist stumpfer als ein Fleischbällchen.

Ich stehe dicht vor der Grenze des Aufgebens, aber das habe ich auch früher schon getan. Meistens geht es wieder vorbei.

Mein Schlaf währt nur kurz. Höchstens zehn Minuten, dann klingelt das Telefon.

Es ist Henry Ullberg, wer sonst. Es ist noch keine Woche vergangen, seit wir uns das letzte Mal gesehen haben, weshalb mir sofort klar ist, dass er ein anderes Anliegen hat als das übliche.

»Ich habe sie gesehen«, meint er.

»Hä?«, sage ich. »Wen hast du gesehen?«

»Dein Weibsbild natürlich«, antwortet Henry. »Reiß dich am Riemen.«

Ich richte mich auf der Couch auf. Von der hastigen Bewegung wird mir ein wenig schwindlig, aber das geht vorüber.

»Andrea Altman?«

»Oder wie zum Teufel sie heißt«, sagt Henry. »Jedenfalls habe ich ein Weibsbild im richtigen Alter mit so einem Kopftuch gesehen.«

»Halstuch«, sage ich. »Kein Kopftuch, das trägt man um den Kopf.«

»Das ist mir doch egal«, erwidert Henry. »Es ist jedenfalls blau mit gelben Punkten gewesen, nur dass du es weißt. Aber vielleicht interessiert dich das ja auch gar nicht mehr?«

Ich antworte nicht.

»Ein Danke wäre jetzt schon angebracht«, bearbeitet Henry mich weiter. »Aber wenn dir auf einmal klar geworden ist, dass du zu alt und hässlich bist, um Frauen hinterherzulaufen, habe ich dafür volles Verständnis.«

»Wo hast du sie gesehen?«, frage ich.

»Auf dem Marktplatz«, sagt Henry. »Ich habe mit einer Tasse Kaffee im Betsys gesessen, und sie ist vorbeigegangen. Die Frau mit dem Kopftuch. Wenn es hoch kommt, siebzig ...«

»Halstuch.«

»Scheißegal. Ich habe mir gedacht, dass du es wissen willst, du alter Mörder.«

Es kommt vor, dass wir einander so anreden, Henry Ullberg und ich. Wegen dieser Sache haben wir uns ja damals kennengelernt. Weil wir beide in so etwas verwickelt waren; es ist eine gute Grundlage für eine lange und qualvolle Freundschaft.

»Nein, jetzt habe ich keine Zeit mehr für dich«, kommt Henry zum Ende, als hätte er irgendetwas Wichtiges zu erledigen. Einen Lottoschein auszufüllen oder auf die Toilette zu gehen. Was sollte es sonst sein, schließlich weiß ich, dass sein Leben mindestens genauso inhaltsleer ist wie meines.

»Vielen Dank«, sage ich trotzdem. »In welche Richtung ist sie gegangen?«

»In welche Richtung? Von rechts nach links. Also zur Pizzeria hinunter. Sie hatte eine Plastiktüte in der Hand, wahrscheinlich war sie einkaufen.«

»Ich verstehe.«

»Gut, dass du verstehst. Das ist ja nicht immer so. Na dann, tschüss.«

Er legt auf. Ich bleibe auf der Couch sitzen und denke nach. Henry Ullberg ist nicht nur ein mieser Mensch, er ist auch ein mieser Schauspieler. Während unseres kurzen Telefonats hat er versucht, sich desinteressiert zu geben, aber das hat nicht funktioniert. Er findet die Sache mit Andrea Altman spannend, das konnte ich seinem Tonfall problemlos entnehmen. Warum hätte er sich sonst die Mühe machen sollen, mich anzurufen?

Ich bleibe sitzen, drücke vorsichtig den Rücken durch und versuche, mich zu sammeln. Einige Tage sind vergangen, seit ich Ingvor Stridh beauftragt habe, in der Frauensauna Ausschau zu halten; an diesem Morgen hat sie sich gemeldet und berichtet, dass sie, nach zwei Besuchen im Schwimmbad, nichts zu berichten hat. Ich habe ihr erklärt, dass sie mich nicht anrufen muss, wenn sie keine Neuigkeiten hat, denke aber nicht, dass sie diese Anweisung befolgen wird. Sie ist viel zu neugierig und geschwätzig, um sich auf Dauer vom Telefon fernhalten zu können.

Aber ich denke, damit muss ich leben. Eine wichtigere Frage ist, ob ich Henry Ullberg ernsthaft in die Fahndungsarbeit einbeziehen soll. Ein solcher Schachzug hätte Vor- und Nachteile; die Nachteile liegen auf der Hand, aber vier trübe Augen sehen trotz allem mehr als zwei, und weil er mit seinem Rollator ohnehin überall herumschlurft, ist die Möglichkeit, dass Andrea ihm ins Auge fällt, nicht zu verachten.

Oder betrachtet er sich bereits als jemanden, der in die Sache einbezogen wurde? Vielleicht muss ich ihn ja gar nicht ermuntern. Seine spöttischen Kommentare bleiben mir so oder so nicht erspart, also warum nicht?

Ich erkenne, dass meine Argumentation ziemliche Lücken hat, rufe ihn aber trotzdem an. Weniger als eine halbe Stunde ist vergangen, seit wir aufgelegt haben.

»Du schon wieder?«, sagt er.

»Kannst du sie ein bisschen besser beschreiben?«, entgegne ich.

Henry Ullberg schnaubt. »Ständig laberst du von diesem Weibsstück.«

»Du hast mich doch vorhin angerufen und von ihr gelabert«, erinnere ich ihn.

»Ich wollte nur ein bisschen Hilfsbereitschaft zeigen«, erklärt er. »Aber du weißt wahrscheinlich nicht, was das ist?«

Ich ignoriere seinen Kommentar. »Was hat sie angehabt?«

Henry: »Was soll sie schon angehabt haben. Einen hellen Mantel. Dunkle Haare, halblang und grau meliert. Für eine alte Schachtel wie sie sahen sie ziemlich voll aus.«

Ich: »Wenn sie es wirklich sein sollte, ist sie acht Jahre jünger als du.«

Henry: »All right. Doch, sie sah schon flott aus, das muss ich schon sagen. Mit anderen Worten, viel zu hübsch für einen wie dich, aber das muss ich vielleicht gar nicht erwähnen.«

Ich: »Stimmt genau. Das musst du nicht. Aber würdest du sie wiedererkennen, wenn du sie noch einmal siehst? Auch ohne Halstuch, meine ich?«

Er denkt einige Sekunden nach.

»Vielleicht, vielleicht auch nicht«, sagt er. »Was macht die Frauensauna?«

Ich: »Bis jetzt kein Treffer. Ein bisschen Überwachung an anderen Orten könnte also nicht schaden.«

Henry: »Es gibt da ein Problem. Aber daran hast du natürlich nicht gedacht.«

Ich: »Ich weiß. Nur die Tätowierung kann sie mit Sicherheit identifizieren.«

Henry: »Genau. Man könnte ihre Handtasche klauen und sich ihren Führerschein ansehen. Oder ihren Perso. Aber es gibt natürlich eine einfachere Methode.«

Ich: »Ach ja?«

Henry: »Man könnte sie fragen, wie sie heißt. Frei von der Leber weg, sozusagen.«

Ich: »Darauf bin ich nicht sonderlich erpicht.«

Henry: »Was meinst du jetzt? Die Handtasche zu klauen oder sie mit der Frage nach ihrem Namen zu frontieren?«

Ich: »Beides. Es heißt übrigens *kon*frontieren.«

Henry (wütend): »Jetzt leg hier nicht jedes Wort auf die Goldwaage, du verdammter Pedant. Dann willst du also nicht, dass dir einer auf die Sprünge hilft?«

Ich (abwägend): »Ich will mich nur ein bisschen zurückhalten, du würdest es kapieren, wenn du die ganze Geschichte kennen würdest.«

Henry: »Na, dann erzähl sie mir doch.«

Ich: »Jetzt nicht. Später vielleicht.«

Henry: »Du verdammter Fatzke.«

Ich: »Fahr zur Hölle.«

Damit legen wir auf.

Ausnahmsweise greife ich schon zu meiner Gedächtnisliste, als ich an diesem Abend ins Bett gehe. Ich schaffe alle sieben, aber es dauert eine Weile. Vor allem die letzten beiden, Hans Holmér, der Ermittler im Mordfall Olof Palme, und

Gina Lollobrigida, stecken lange im Sumpf des Vergessens fest.

Danach kann ich nicht einschlafen. Alle möglichen Erinnerungen bombardieren meinen armen Schädel, und ich denke, dass man da drinnen zwischen den Ohren einen Knopf haben sollte, oder besser gesagt einen Stromschalter mit zwei klaren Einstellungen: *Aus – Ein. Vergessen – Erinnern.*

Denn was ich im Gedächtnis behalten will, das vergesse ich, und was ich vergessen will, ruft sich mir in Erinnerung. Ständig und dauernd, zu sagen, dass es ärgerlich ist, wäre eine glatte Untertreibung.

8

Nachdem ich meine obligatorischen Monate als Kabelträger beim Fernmelderegiment in Uppsala absolviert habe, kehre ich nie mehr in die Stadt meiner Kindheit zurück.

Doch, ich besuche sie von Zeit zu Zeit, das tue ich schon. Fahre nach Hause, besuche Tante Gunhild und übernachte zwei oder drei Nächte in meinem alten Kinderzimmer in der Rökargatan. Das habe ich auch während meines Wehrdienstes gemacht, ich halte also ein wenig Kontakt zu meiner Heimatregion. Während meines Jahres in Uppsala habe ich mit dem Gedanken gespielt, zu studieren und auf diese Weise meine Position als das gebildetste Mitglied der Familie weiter zu festigen, aber da es mir nicht gelingt zu entscheiden, was ich studieren soll – Geschichte, Botanik, Philosophie oder irgendein anderes Fach mit niedrigem Numerus clausus –, kommt es nie dazu, dass ich mich einschreibe.

Stattdessen ziehe ich in die Stadt *M*; wie bei so vielem in meinem Leben scheint dabei der Zufall eine Rolle zu spielen, aber im Laufe der Jahre sind meine Zweifel an dieser allseits anerkannten Größe immer mehr gewachsen. Denn was meinen wir eigentlich, wenn wir vom Zufall sprechen? Worauf wollen wir hinaus? Bringen wir ihn nicht immer nur dann ins Spiel, wenn wir uns die Zähne daran ausbeißen, gewisse Begebenheiten zu erklären? Wenn wir nicht verstehen, warum das, was passiert, tatsächlich passiert?

Aber egal. Jedenfalls ergibt es sich, dass ich ein paar Wochen vor meinem Abschied aus dem Fernmelderegiment zum Arbeitsamt gehe; zusammen mit einem Kameraden, der, wenn mich mein Gedächtnis nicht trügt, Gunvald heißt und aus Vittangi stammt. Allerdings ist es ebenso gut möglich, dass er Gunnar heißt und aus Eslöv kommt. Ich weiß es nicht mehr, bin mir aber ziemlich sicher, dass er dunkle Haare und einen kleinen Schnurrbart hatte und mindestens fünf Jahre älter war als ich. Ich dürfte zu diesem Zeitpunkt zwanzig sein, bald werde ich volljährig sein und das Recht erhalten, wählen zu gehen und im staatlichen Alkoholgeschäft einzukaufen.

Es gibt nicht viele Stellen in den Listen, aber schon ein paar, und wir suchen in ganz Schweden. Keiner von uns hat besondere Vorlieben, höchstens, dass wir beide schwere körperliche Arbeit tunlichst vermeiden wollen. Gunnar/Gunvald stellt sich außerdem vor, dass er bei der Arbeit Kontakt zu anderen Menschen haben möchte, nicht in einem staubigen Archiv sitzen und Blätter umdrehen will. Nach einer Stunde gemeinsamen Suchens – wir haben an diesem Nachmittag aus irgendeinem Grund, den ich auch vergessen habe, frei – haben wir zwei Stellenangebote gefunden, die uns einigermaßen attraktiv erscheinen. Bei dem einen geht es um eine Stelle als Verkäufer von Elektrogeräten bei einer Firma namens *Gebrüder Remingtons Nachfahren* (meine ich mich zu erinnern, aber es könnte auch *Lexington* gewesen sein) in einem Vorort von Stockholm, das andere betrifft eine Stelle als Assistenzhausmeister in einer Schule in *M*.

Da keinem von uns das eine lieber ist als das andere, lassen wir das Los entscheiden, und wirklich bemerkenswert ist, dass wir dann beide einen Treffer landen und genommen werden. Wenn ich es recht bedenke, muss ich logischerweise zugeben, dass der Zufall dabei schon eine gewisse Rolle gespielt hat. Oder *das Schicksal* oder wie immer man es nennen will, denn die Chancen standen beim Losen immerhin fünfzig zu fünfzig. Wäre ich bei dieser Elektrofirma gelandet, hätte mein Leben völlig anders ausgesehen. Ich wäre niemals Andrea Altman begegnet, ich wäre nicht ins Gefängnis gekommen, und ich würde auf meine alten Tage nicht an meinem Küchentisch sitzen und all diese Wörter aufeinanderstapeln. Möglicherweise würde ich an einem anderen Tisch sitzen und andere Wörter aufeinanderstapeln, aber das ist nichts als Spekulation.

Mir kommt der Gedanke, dass ich herausfinden sollte, was aus Gunvald/Gunnar geworden ist. Beschließe, mich diesem Projekt zu widmen, sobald ich Zeit dafür finde. Vielleicht ist er längst tot. Vielleicht ist er heute Immobilienmakler in Malaga.

Den größten Teil des Sommers vor meinem Umzug nach *M* verbringe ich in Gesellschaft meiner ersten Freundin auf diversen Campingplätzen in Värmland und Dalarna. Auch ziemlich viel wild zeltend, wie wir es nennen: draußen im Wald, an Seen und allen möglichen Wasserläufen. Das Wetter ist schlecht, alles ist voller Mücken und feucht, aber wir harren fast fünf Wochen aus. Meine Freundin ist ein wenig besessen von der Natur: von Pflanzen und Tieren und so. Ich bin pünktlich zum Mittsommerfest entlassen worden, und in der ersten Augustwoche, nach unseren Eskapaden mit Zelt, Schlafsäcken und Campingkocher, besuchen wir ihre Eltern in einem kleinen Kaff in Småland. Rummelheda oder etwas in der Art. Ich weiß nicht, warum wir dorthin fahren, denn wir haben eigentlich bereits beschlossen, getrennte Wege zu gehen, aber vielleicht sieht sie darin eine letzte Chance, etwas zwischen uns zu kitten. Sie heißt Malin, genau wie ihre Mutter. Der Vater dagegen heißt Knut und kann einen Arm nicht gebrauchen. Nach zwei Tagen anstrengenden Zusammenseins zwingt er mich, in einen hohen Baum zu klettern, um einen abgestorbenen Ast abzusägen. Ich falle herunter, lande aber zum Glück auf Knuts Schädel, der daraufhin zum Arzt muss, und noch am selben Abend werde ich von Malin der Älteren und Malin der Jüngeren zum Bahnhof gefahren. Ich erinnere mich, dass Malin die Ältere Tränen in den Augen hat, als mein Zug einfährt und wir uns trennen, aber die jüngere sieht eher so aus, als wäre sie gerade einen hartnäckigen Juckreiz im Unterleib losgeworden. Ein paar Monate später schreibe ich ihr einen Brief, bekomme aber nie eine Antwort.

Die Schule in *M* trägt den Namen Fryxneschule, weil sie in einem Stadtteil namens Fryxnevik steht. Obwohl ich fast zehn Jahre in der Stadt wohnen werde, begreife ich nie, was *Fryxne* bedeutet oder woher das Wort kommt. Aber das spielt keine Rolle. Mein Arbeitsplatz ist eine Gesamtschule mit Schülern von der ersten bis zur neunten Klasse, was zu der Zeit eine noch recht neue Sache ist; es ist so gedacht, dass alle im Land die gleiche Ausbildung bekommen sollen, unabhängig davon, ob man clever oder dämlich, reich oder arm, Rechts- oder Linkshänder ist. Ich lande in dem Teil der Schule, in dem die Klassen sieben bis neun unterrichtet werden, insgesamt fünfhundert Schüler. In meinem Arbeitsvertrag steht, dass ich *stellvertretender Hausmeister* bin.

Damit verhält es sich wie folgt.

Ende Juli, mitten in den Sommerferien, ist der etatmäßige Hausmeister, ein gewisser Torsten Torstensson, in einem nahe gelegenen Sumpfgebiet auf Vogeljagd, als eine versehentlich abgefeuerte Kugel sein Bein trifft. Es ist der Schulrektor, Karl-Gösta Mårdberg, der den unglückseligen Schuss abfeuert, und man versucht, die Sache unter den Teppich zu kehren, so gut es geht. Das ist verständlich, da sich das Ganze in der Schonzeit sowie an einem Ort abgespielt hat, für den keiner der Beteiligten (Torstensson, Mårdberg und ein Chemielehrer, dessen Name mir entfallen ist) eine Jagdlizenz besitzt. Das mit der Vertuschung funktioniert nicht wirklich, und so weiß schnell die ganze Stadt, was passiert ist, und es werden Bußgelder gemäß der gültigen Tabelle fällig. Außerdem hat der Hausmeister ungewöhnlich große Probleme mit der Wundheilung am Bein und wahrscheinlich nicht nur dort. Als Ende August das neue Schuljahr beginnt, kann er immer noch nicht gehen; stattdessen sitzt er in seinem Büro und hat das prächtig bandagierte Körperteil (die Kugel ist kurz über dem Knie eingedrungen) auf den Schreibtisch gelegt, trinkt zwanzig Tassen Kaffee am Tag und isst Zimtschnecken dazu, und scheint sich in sein Schicksal ergeben zu haben. Als ich ihm zum ersten Mal begegne, in der soeben beschriebenen Position, komme ich zu dem Schluss, dass er um die sechzig ist und zwischen einhundertzwanzig und einhundertfünfzig Kilo wiegen muss.

Ich komme des Weiteren zu dem Schluss, dass mit ihm nicht zu spaßen ist.

Die Etagentorte, so nennen ihn die Jugendlichen (und teilweise auch das Kollegium), geht schnell in die Luft und verfügt über einen eingeschränkten Wortschatz. Einfach ausgedrückt. Er ist Junggeselle und ein Fan des Degerfors IF in der ersten schwedischen Liga. Wenn DIF ein Spiel verloren hat, was mit einer gewissen Regelmäßigkeit passiert, geht er sofort in die Luft.

Die Etagentorte ist ein Sklaventreiber (ich bin der Sklave), aber er hat wirklich nichts mit dieser Geschichte zu tun. Es reicht völlig zu erwähnen, dass er im Dezember des Schulhalbjahrs, in dem ich an der Fryxneschule meinen Dienst antrete, von jetzt auf gleich ungefähr zwanzig Kilo abnimmt, als man ihm das angeschossene Bein amputiert. Ich weiß nicht, warum diese radikale Maßnahme ergriffen wird, vielleicht wegen Wundbrand, vielleicht auch wegen etwas anderem, aber das Ende vom Lied ist, dass TT vorzeitig pensioniert wird, woraufhin ich mich ab Januar 1967 als Schulhausmeister bezeichnen darf. Des einen Freud, des anderen Leid.

Ungefähr zur selben Zeit ziehe ich auch in meine erste richtige Wohnung, zwei Zimmer, vierzig Quadratmeter, in einer kleinen Sackgasse einen Katzensprung von der Schule entfernt. Während des Winterhalbjahrs habe ich als Untermieter bei einer Pfarrerswitwe gewohnt, und auch wenn ich mich mit ihr und ihren beiden Dackeln gut verstanden habe, ist eine eigene Wohnung natürlich ein Schritt in die richtige Richtung. Ich weiß noch, dass ich denke, jetzt, jetzt sind die Jugendjahre vorbei. Jetzt bin ich ein erwachsener Mensch.

Von wegen, denke ich fünfzig Jahre später.

Ich habe wenige Freunde und noch weniger Freundinnen. Im Grunde treffe ich mich während dieser Jahre in *M* nur mit einem Menschen regelmäßig. Er heißt Henning Ringman und tritt seine Stelle in der Fryxneschule an, als ich dort Hausmeister werde. Er ist zwei Jahre älter als ich, frisch examinierter Lehrer für Schwedisch und Geschichte, ein etwas schüchterner und zurückgezogen lebender Typ, was ausgezeichnet zu meinem eigenen Gemüt passt. Soweit ich weiß, ist er jedoch ein guter und von allen geschätzter Lehrer. Keiner von uns glaubt, dass wir eine größere Rolle in der Welt spielen, oder dass das Dasein einen tieferen Sinn hat. Jedenfalls unser Dasein nicht.

Bis zu den Ferien im Februar hat Henning eine Freundin, aber sie verlässt ihn ohne großes Getue, um sich mit einem Diskuswerfer aus Horsens in Dänemark niederzulassen. Als ich mich bei Henning nach den genaueren Umständen der Trennung erkundige, bleibt er wortkarg, aber ich verstehe, dass er nicht traurig ist, sie los zu sein. Ein einziges Mal, an einem Samstagabend bei mir, an dem wir Chili con carne essen und zwanzig Biere trinken, sprechen wir etwas ausführlicher über die Sache. Bei derselben Gelegenheit erzähle ich ihm das eine oder andere über Malin, die jüngere (sowie, wenn ich mich recht erinnere, von dem Zwischenfall mit der rätselhaften Anhalterin und ihrer Weissagung). Henning erklärt seinerseits, dass Liselott, wie die entlaufene Verlobte heißt, nicht im Mindesten rätselhaft gewesen sei, dafür aber »sexuell allzu fordernd«. Ich finde, dass sich das ganz interessant anhört, aber Henning meint, wenn Gott gewollt hätte, dass er seinen Weg auf Erden als Rammler zurücklegen solle, dann hätte er verdammt noch mal keine Universitätsausbildung und eine Menge Studiendarlehensschulden auf ihn verschwenden müssen.

So viel dazu.

Natürlich treffe ich gelegentlich auch andere Menschen, vor allem Arbeitskollegen an der Schule, aber auch ein paar meiner Nachbarn, die ihren eigenen Wein in ansehnlichen Mengen keltern, sodass es durchaus von Vorteil ist, sie zu seinem Bekanntenkreis zu zählen. Aber Henning und ich suchen die Gesellschaft des anderen in fast allen Lebenslagen. Wir gehen gemeinsam in die Kneipe, wir sitzen bei ihm oder mir und sehen fern, wir gehen ins Kino und zum Fußball, und wir verreisen zu zweit. Zum Beispiel zweimal nach Mallorca, aber auch nach England und nach Sousse in Tunesien.

Henning hat eine ganze Reihe spezieller Interessen: weibliche Filmstars der Stummfilmzeit, Leuchttürme, die Schulleistungen historischer Persönlichkeiten, Bestattungstraditionen in Nordeuropa, Schlachtfelder des Ersten Weltkriegs ... um nur ein paar zu nennen. Es gibt ein modernes Wort, das seinen Charakter recht gut zusammenfasst: Nerd. Aber auch das passt gut zu mir, nicht zuletzt, weil seine Besessenheit von diesem und jenem wechselt. So sind wir drei Sommerwochen lang mit dem Fahrrad in England unterwegs und besuchen alte Landkirchen, um ihre Kanzeln zu vergleichen, in einem anderen Jahr gilt unser Interesse Bahnhöfen im südschwedischen Schonen. Oder giftigen Pilzen oder Holzbrücken über kleinere Wasserläufe. Wenn Henning nicht früh gestorben wäre, könnte ich mir durchaus vorstellen, dass wir auch heute noch in Verbindung stünden. Ja, während ich hier mit der dritten Tasse Kaffee des Tages und einem trockenen Stück Biskuitrolle an meinem Küchentisch sitze und festhalte, dass es seit mehr als sechs Stunden Bindfäden regnet, erscheint mir das nicht unmöglich. Trotz allem, was geschehen ist.

Jedenfalls würde ich Henning Ringmans Gesellschaft zweifellos der Henry Ullbergs vorziehen. Das sagt sich von selbst. Ebenso sagt es sich von selbst, dass Hennings plötzlich einsetzendes Interesse an alten, unaufgeklärten Mordfällen – Anfang der siebziger Jahre – sozusagen der Startschuss für etwas Neues und bis dahin Unbekanntes in meinem Leben sein sollte.

Andererseits könnte man natürlich auch behaupten, dass es der Anfang vom Ende gewesen ist, aber mehr dazu in einem der folgenden Kapitel. Wenn dieses Geschreibsel mir nicht den Garaus machen oder in einem Haufen von achthundert Seiten enden soll, den kein Schwein veröffentlichen wird, geschweige denn lesen will (denke ich plötzlich, dass es ein lesendes Publikum gibt?), muss ich einige Ereignisse überspringen und mich auf den Mordfall Klinge konzentrieren. Das ist unausweichlich, denn dieses Verbrechen und sein merkwürdiges Nachspiel sorgen am Ende dafür, dass ich im Kittchen lande. Was wiederum den Kernpunkt meiner strebsamen Schriftstellerei bilden soll, zumindest ist das meine vage Absicht.

Andrea Altman. Das, was damals geschah.

Aber es ist weiß Gott ermüdend, den Hintergrund zu zeichnen. Bericht zu erstatten, oder zumindest versuchen zu müssen, all diese Stunden, Tage, Monate und Jahre, die beschissenen Lebenslügen, lausigen Beweggründe und vorhersehbaren Unzulänglichkeiten zusammenzufassen … o ja, das fühlt sich manchmal an, als würde man im reißenden Wasser des Dalälven gegen den Strom schwimmen. Eine Tätigkeit, der ich mich tatsächlich eine halbe Stunde meines weggeworfenen Lebens gewidmet habe; ich spreche übrigens vom Västerdalälven, falls jemand sich das fragen sollte. Man kommt irgendwie nicht von der Stelle, ist der Strömung höchstens gewachsen und kann am Ende an derselben Stelle ans Ufer krabbeln, an der man in das saukalte Wasser gefallen ist und ein alter, blau-weißer Trainingsanzug an einem Strauch hängt und wartet, nicht unähnlich dem, den der Typ aus Hällefors in einer völlig anderen Zeit ständig anhatte. Also den Trainingsanzug, nicht den Strauch.

Nachdem das gesagt ist, macht Adalbert Hanzon eine wohlverdiente Pause, in der er sich auf der Wohnzimmercouch ausstreckt und die alternativen Fortschreibungen der Erzählung abwägt. Der Regen ist nicht schwächer geworden.

9

Die Liste ist diese Woche ungewöhnlich abwechslungsreich, oder was sagt man zu:

Max Schmeling
Leif Wendelin
Gullan Bornemark
Oliver Cromwell
Kim Novak
Birgitta Sundberg
Spike Jones

Mit anderen Worten, fünf allgemein prominente, zwei private Menschen. Aber trotz des hohen Schwierigkeitsgrads schaffe ich an drei Morgen hintereinander alle sieben in weniger als einer Minute, am Montag, Dienstag und Mittwoch; heute ist besagter Mittwoch.

Ich denke darüber nach, ob es mit meiner Schreibarbeit zusammenhängt. Ob die Gedächtniszellen in meinem müden Schädel eine Art neue Nahrung durch die Tätigkeit bekommen, der ich mich widme. Es erscheint mir nicht unwahrscheinlich; vielleicht wird man ja mit der Zeit eine Art Erinnerungskünstler, wenn man sich dem Schreiben widmet. Zumindest, wenn man nicht die ganze Zeit lügt, sondern wirklich versucht, sich an das eine oder andere zu erinnern.

Aber es mag sein, wie es will. Wichtiger ist, dass sich bei der Suche nach der Frau in der Apotheke etwas Neues ergeben hat. Ich habe festgestellt, dass es Mittwoch ist, genauer gesagt ist es Mittwochabend, als ich mich in der mittlerweile recht vertrauten Schreibposition am Küchentisch niederlasse, und es ist kurz nach halb zehn. Normalerweise arbeite ich um diese späte Uhrzeit nicht, aber es erscheint mir wichtig, möglichst viele Details von den Ereignissen des Nachmittags und Abends schriftlich festzuhalten, bevor sie der bereits erwähnten und unzuverlässigen Erinnerung entfallen.

Als das Telefon klingelt, ist es ein paar Minuten nach drei. Henry Ullberg meldet sich und versucht, wie ein alter Kriminalpolizist zu klingen, der das meiste gesehen und erlebt hat. Das funktioniert schlecht, das Einzige, was mir in den Sinn kommt, als ich ihn höre, ist ein alter Hund, der bald eingeschläfert werden soll.

»Bist du ansprechbar?«, keucht er.

Das ist eine unverständliche Frage. Wenn ich wider Erwarten nicht ansprechbar gewesen wäre, hätte ich ja wohl kaum das Gespräch angenommen. Ich verzichte jedoch darauf, ihn darauf aufmerksam zu machen.

»Ja, klar«, sage ich nur.

»Hör zu«, fährt Henry mit unterdrückter Erregung fort. »Ich habe sie ausfindig gemacht. Aber du musst übernehmen.«

»Ausfindig gemacht?«, frage ich. »Übernehmen?«

Henry: »Sei nicht so verdammt schwer von Begriff! Ich habe die Verfolgung deines Weibsstücks aufgenommen, benötige aber Unterstützung. Es ist ein Problem aufgetaucht.«

Ich: »Redest du von Andrea Altman?«

Henry (fauchend): »Ja, was glaubst denn du? Wen soll ich denn sonst meinen, Audrey Hepburn?«

Ich (beherrscht ruhig): »All right. Ich verstehe. Wo bist du?«

Henry (keuchend): »Ich befinde mich an der Kreuzung Gränsgatan und Västra allén. Das Objekt Altman befindet sich fünfzig Meter vor mir ... und bewegt sich auf der Gränsgatan in nördliche Richtung.«

Ich: »Du verfolgst sie?«

Henry: »Ist doch klar, dass ich sie verfolge. Aber ich habe ein Problem.«

Ich: »Ja, das hast du schon erwähnt. Was ist das für ein Problem?«

Henry: »Verdammt, du nervst. Ein Rad an meinem Rollator blockiert. Ich bin kurz davor, sie aus den Augen zu verlieren. Mach, dass du hier aufkreuzt, aber schnell!«

Ich denke drei Sekunden nach. Dann erkläre ich, ich sei schon unterwegs.

Aber noch ehe ich mich auf den Weg zu Henry Ullbergs angegebener Position gemacht habe, ruft er noch einmal an und erklärt, dass er seinen Rollator stehen lassen hat und die Verfolgung auf der Gränsgatan fortsetzt. Ich erwidere, dass ich geglaubt hätte, er könne ohne Rollator gar nicht gehen, woraufhin er schnaubt und das Gespräch beendet.

Ich bin ziemlich außer Atem, als ich die Kreuzung erreiche, und als ich nach Norden spähe, sehe ich etwa hundert Meter weiter (auf Höhe von Sumpans Kiosk, ein Wahrzeichen des Stadtteils) eine Gestalt, die ich als Henry Ullberg identifiziere. Sein ramponierter Rollator steht erwartungsgemäß auf der anderen Seite der Allee halb in eine Hecke gefahren. Von einer Frau, die Andrea Altman sein könnte, ist allerdings weit und breit nichts zu sehen. Auch keine andere Frau, nur ein paar Jugendliche, die vor der Schule, die in der Gränsgatan liegt, herumhängen. Ich glaube, sie heißt Bergtunaschule oder so ähnlich, aber das ist natürlich unwichtig.

Ich lasse mir einen Moment Zeit, wieder zu Atem zu kommen, und nehme anschließend Kurs auf Sumpans Kiosk. Henry Ullberg scheint dort haltgemacht zu haben, und als ich zu dem flachen, grün gebeizten Holzbau gelange, steht er schwer atmend an die Wand gelehnt und keucht. Er sieht aus, als hätte er noch eine halbe Minute zu leben.

»Verdammter Mist«, zischt er. »Ich habe einen Krampf bekommen.«

»Wo?«, frage ich.

»Im Körper«, sagt Henry. »Ich kann mich kaum bewegen.«

»Bleib stehen, wo du bist, und fasse die Lage für mich zusammen«, schlage ich ihm vor. Es kann nicht schaden, die Initiative zu ergreifen, ehe er vor meinen Füßen ohnmächtig wird. Er verzieht das Gesicht zu einer Grimasse und versucht, sich an der Wand aufzurichten.

»Ich bin zu alt, um Frauen zu jagen«, sagt er.

»Ich habe dich nicht darum gebeten«, erwidere ich.

»Du bist ein undankbarer Sack.«

Ich entgegne nichts. Er räuspert sich und spuckt ordentlich aus. »Sie kam über den Platz.«

Das klingt wie ein alter Schlager, aber ich kommentiere seine Worte nicht.

»Wieder dieses Kopftuch. Ich kam gerade aus der Spielhalle und bin einfach hinterher. Was tut man nicht alles …«

Er bekommt seinen üblichen, lang anhaltenden Hustenanfall, und es dauert eine Weile, bis er weitersprechen kann.

»… was tut man nicht alles, um seinem Nächsten zu helfen? Auch wenn er es weiß Gott nicht verdient hat.«

Ich merke, dass ich allmählich wütend werde. »Jetzt hör endlich auf, dir Orden an deine lungenkranke Brust zu heften«, sage ich. »Erzähl mir lieber, wo sie hin ist.«

Er starrt mich einen Moment an. Wären wir fünfzig Jahre jünger gewesen, hätten wir uns mit Sicherheit geprügelt, aber in der heutigen Lage besinnen wir uns eines Besseren. Am Ende gelingt es ihm mit einer röchelnden Kraftanstrengung, drei Schritte zu machen und um die Ecke des Kiosks zu gelangen. Während er sich mit der einen Hand an der Wand festhält, gestikuliert er mit der anderen.

»Da hinten. Siehst du das Haus da drüben … den roten Backsteinkasten?«

Ich: »Hältst du mich für blind?«

Henry (gereizt): »Nein, blind bist du nicht, nur bescheuert. Unfassbar bescheuert. Da ist sie reingegangen.«

Ich: »Da hinten? In das Mietshaus?«

Henry: »Yes.«

Ich: »War sie allein?«

Henry: »Wie ein Himmelskörper.«

Ich: »Und du bist dir sicher, dass sie es war?«

Henry: »Wie zum Teufel soll ich mir sicher sein? Aber die verdammte Schärpe war dieselbe.«

Ich: »Das Halstuch.«

Henry: »Das Halstuch. Wenn sie es nicht einer anderen alten Schachtel verkauft hat, die genauso aussieht wie sie.«

Ich schweige und versuche mir darüber klar zu werden, was ich tun soll. Das dauert höchstens fünf Sekunden.

»Warte hier und schmeiß den Kiosk nicht um«, sage ich. »Ich gehe hin und sehe nach.«

Henry: »Willst du die Fassade hochklettern?«

Ich: »Ja, genau. Und wenn das nicht funktioniert, werfe ich einen Blick auf die Namen der Mieter. Die stehen in der Regel auf einer Tafel im Hauseingang.«

Henry (höhnisch): »Verdammt, wie scharfsinnig von dir. Worauf wartest du noch? Auf die Wiederkehr des Messias? Die Steuererstattung? Jetzt hau schon ab!«

Er ist eindeutig wieder bei Kräften, aber ich verkneife mir einen bissigen Kommentar. Kehre ihm den Rücken zu und gehe die Gränsgatan bis zu dem angegebenen Gebäude hinab.

Es hat drei Stockwerke und zwei Eingänge. Gränsgatan 22A und 22B. Ich beginne mit A.

Abgeschlossen. War ja klar. Bei jedem beschissenen Haus in diesem Land braucht man heutzutage einen Türcode, um hineinzukommen. Aber kaum habe ich innerlich diese Wahrheit formuliert, als hinter der Glastür auch schon ein kleiner Mann mit Stock auftaucht. Ich klopfe an die Scheibe, und er öffnet. Er ist in meinem Alter, wenn nicht noch älter, und ich habe das Gefühl, dass ich ihn schon einmal gesehen habe.

»Entschuldigen Sie bitte, ich habe den Türcode vergessen …«

»Selma Lagerlöf«, sagt er.

»Selma Lagerlöf?«, wiederhole ich.

»Ja, genau. Sie wissen, wer das ist?«

»Natürlich weiß ich, wer das ist, aber …«

»In welchem Jahr wurde sie geboren?«

Ich zucke mit den Schultern. »Keine Ahnung. Irgendwann im neunzehnten Jahrhundert …«

»Achtzehnhundertachtundfünfzig. Das ist der Türcode. Eins, acht, fünf, acht.«

»Das weiß doch kein Schwein, wann sie geboren wurde«, sage ich.

»Klar doch«, erwidert der Alte, kichert und stößt den Stock auf den Boden. »Deshalb muss man sich stattdessen an die Fußballweltmeisterschaft halten. Die in Schweden, meine ich, als wir im Finale standen ... Nacka Skoglund und seine Jungs. Neunzehnhundertachtundfünfzig minus hundert.«

Er nickt zufrieden und verschwindet zur Tür hinaus. Ich gehe zu der Tafel in einem Glaskasten, auf der alle Mieter verzeichnet sind. Drei Stockwerke, drei Namen für jede Etage.

Niemand namens Altman.

Ich trete wieder auf die Straße hinaus und begebe mich zu dem zweiten Hauseingang. 22B. Überlege, ob mein mieser Fahnder wohl gesehen hat, durch welche Tür sie ins Haus verschwunden ist, die Liebe meines Lebens, mein bittersüßes Schicksal, mein Sargnagel. Überlege auch, ob der Code für das ganze Haus gilt, und Wunder über Wunder: So ist es.

Das hilft mir allerdings nicht weiter. Auch dort keine Altman. Sie hat natürlich geheiratet, denke ich, und ein plötzliches Gefühl der Trauer und Hoffnungslosigkeit wallt in meiner Brust auf. Sie heißt heute mit Sicherheit Lundbom oder Polanski oder Klimke. Ich starre die Namen an. Oder Pilgrimson? Wie zum Teufel kann man *Pilgrimson* heißen?

Entmutigt verlasse ich die Gränsgatan 22 und kehre zu Sumpans Kiosk zurück. Henry Ullberg sitzt auf einem Stuhl und raucht. Wahrscheinlich hat er die junge Frau in dem Kiosk genötigt, ihn hinauszustellen.

»Und?«, sagt er auffordernd.

Ich schüttele den Kopf.

»Keine Andrea Altman?«

»Nein.«

»Was hast du dann getan?«

Ich zucke mit den Schultern.

»Du hast nichts getan, du Schlappschwanz?«

»Und was hätte ich deiner Meinung nach tun sollen?«

»An den Türen klingeln natürlich!«

Allmählich habe ich genug. »Ich habe dich nicht um deine verfluchte Hilfe gebeten«, sage ich. »Ich gehe jetzt nach Hause und will deine hässliche Visage eine Weile nicht sehen.«

»Mit dir als Freund braucht man keine Feinde«, erwidert Henry und holt sein Handy heraus.

»Wen rufst du an?«

»Ich rufe mir ein Taxi. Nach diesem sinnlosen Job bin ich völlig fertig. Keine Spur von Dankbarkeit, verdammt.«

»Viel Glück«, sage ich. »Soll ich den Rollator für dich nach Hause bringen oder nimmst du ihn im Taxi mit?«

»Bring ihn nach Hause ... nein, warte, gib ihn bei Keplers ab, sie sollen das verdammte Rad reparieren. Das ist das Mindeste, was man verlangen kann.«

»Du bist ein Hanswurst«, sage ich und kehre ihm den Rücken zu. »Ein arbeitsloser Hanswurst.«

»Nicht arbeitslos«, ruft Henry mir hinterher. »Pensioniert.«

Ich nehme trotzdem seinen Rollator mit, als ich die Allee erreiche. Schleife ihn zu Kuno Keplers Sport- und Fahrradladen und bitte ihn, das blockierende Rad zu reparieren.

»Es eilt nicht«, erkläre ich. »Und es darf ruhig etwas kosten.«

Kaum habe ich die Wohnungstür hinter mir geschlossen, als auch schon das Telefon klingelt. Ich nehme an, dass es Henry Ullberg ist, und gehe nicht dran. Trotz des halben Misserfolgs in der Gränsgatan bin ich mit der Lage überraschend zufrieden. Ich kann meinen Zustand auch identifizieren und weiß, dass es an meinen Wortgefechten mit Henry liegt. Mit ihm zu zanken und zu streiten, flößt mir neue Energie ein. Eine Art sauren Treibstoff, der mich auf Trab hält, auch wenn ich das niemals offen zugeben würde, und natürlich geht es ihm genauso. Weder sein noch mein Dasein ist sinnvoller als das eines Regenwurms oder Telefonmasts, und darum muss man mit den simplen Vergnügungen zufrieden sein, die einem geboten werden.

Und jetzt ruft dieses Miststück wieder an. Ich denke, dass ich mich genauso gut melden und ihn bitten kann, zur Hölle zu fahren.

Aber es ist gar nicht Henry Ullberg. Es ist meine Halbcousine Ingvor. Sie klingt auf eine, wie ich mir einbilde, typisch weibliche Art beherrscht erregt. Sie will den Anschein erwecken, dass merkwürdige Ereignisse und überraschende Entwicklungen für sie etwas ganz Alltägliches sind und dass sie weiß, wie man mit ihnen umgeht.

Was, da bin ich mir ziemlich sicher, nicht zutrifft. Ihr Leben wiegt nicht schwerer als Henrys und meins, trotz ihres energischen Walkens und simulierten Optimismus. In einem Jahrzehnt, oder höchstens zwei, werden wir alle vom Erdboden verschwunden sein, und die Menschen, die sich noch an uns erinnern könnten, sind dann genauso tot. So ist das nun einmal.

Doch nun beende ich die Schreibarbeit für heute. Es geht auf Mitternacht zu; der Rücken schmerzt, und es flimmert vor den Augen. Zunehmendes Sodbrennen, Ingvor muss sich damit abfinden, dass sie erst in einem späteren Kapitel an der Reihe ist.

10

Es ist ein Samstagnachmittag im Jahr des Herrn 1973. Im Monat März, möglicherweise auch im April, das spielt keine Rolle. Vor meinem inneren Auge sehe ich jedoch, dass der gesamte Schnee verschwunden ist und an den Straßenrändern die ersten Huflattiche zu finden sind, also ist es wahrscheinlich schon April.

Wir sitzen jedenfalls bei Henning Ringman zusammen. Unser schlichter Plan lautet, uns etwas später zur Gaststätte *Fridolin* zu begeben, einen Happen Fleisch zu essen und uns eine Flasche Wein zu teilen, das machen wir nicht zum ersten Mal. An den Frei- und Samstagen tritt dort immer eine Band auf, vier von fünf Malen spielen sie Jazz oder Blues in angenehmer Lautstärke, sodass man sich nebenbei weiter unterhalten kann. Sich unter Menschen aufzuhalten, ohne Gedanken mit ihnen austauschen zu können, ist in Hennings Augen sinnlos, eventuell auch in meinen. Zumindest damals.

Im Moment liegen allerdings noch zwei Stunden vor uns, ehe es Zeit wird, uns auf den Weg zu *Fridolins* zu machen. Wir haben jeder ein Bier vor uns, und Henning ist dabei, kopierte Zeitungsausschnitte auf dem Tisch zu verteilen. Er ist eifrig und wie immer leicht manisch, wenn er ein neues Thema ausfindig gemacht hat, das es wert ist, bearbeitet zu werden. Ich kenne den Zustand und stelle mich darauf ein, meine angestammte Rolle zu spielen: den Bremsklotz. Aber nicht übertrieben, nur ein maßvoller, stimulierender Widerstand, das ist es, was er braucht. Wir haben ein paar Jahre Zeit gehabt, unsere Rollen zu finden, wir schätzen die Gesellschaft des anderen, ohne darüber zu sprechen, und der scheinbare Gegensatz zwischen uns ist nicht mehr als das: scheinbar.

»Es ist ein Skandal«, verkündet Henning. »Nichts anderes als ein grandioser, prächtiger Justizskandal. Dieser Mord hätte innerhalb eines Monats aufgeklärt werden müssen, aber mittlerweile sind dreizehn Jahre vergangen. Die Ermittlungen der Polizei hätten lobotomierte Ziegen besser durchführen können.«

»Der Mordfall Klinger«, sage ich. »Davon sprichst du?«

»Der Mord an Herman Klinger«, bestätigt Henning. »Was weißt du darüber?«

»Nicht mehr als das, was alle wissen«, erwidere ich. »Willst du mir etwa sagen, du weißt, wer es getan hat?«

»Mein Gott, nein«, sagt Henning und trinkt einen Schluck Bier. »Aber ich finde, wir sollten es herausfinden. Wenn in dieser Stadt tatsächlich ein Mörder frei herumläuft, könnte es doch eine gute Idee sein, ihn hinter Schloss und Riegel zu bringen, nicht wahr?«

»Oder sie«, erwidere ich.

»Oder sie, vollkommen richtig. Was du hier siehst, ist das, was die Zeitungen damals geschrieben haben, als es sich abspielte.« Er macht eine schweifende Geste über die Zeitungsausschnitte. »Ich habe gestern drei Stunden in der Stadtbücherei verbracht, ihr Archiv ist wirklich gar nicht so schlecht.«

Ich nehme willkürlich zwei Blätter in die Hand und lese die Überschriften: POLIZEI OHNE SPUR IM BANKIERSMORD lautet die eine. Die andere teilt mit, HAUSMÄDCHEN AUS HAFT ENTLASSEN.

»Es wird wohl das Beste sein, wenn du den Fall für mich kurz zusammenfasst«, schlage ich vor. »Wie ich dich kenne, hast du dich doch sicher in die Materie eingearbeitet?«

»Natürlich habe ich das«, sagt Henning. »If it's worth doing, it's worth doing well.«

Das ist sein Wahlspruch. Wenn man sich einer Sache widmet, sollte man es gründlich tun. Es fällt einem schwer, ihm nicht zuzustimmen. Es ist übrigens wenig überraschend, dass der Mordfall Klinger auf der Tagesordnung steht. Im Laufe des Spätwinters und Frühlings haben wir ein paar andere Fälle diskutiert, an denen sich die Polizei die Zähne ausgebissen hat: zum Beispiel das Feuer in der Pension *Herbstsonne* in Dalby 1955, ebenso die Morde an dem Mädchen Gerda in Stockholm 1939 und an Ruth Lind in der Nähe von Örebro zwanzig Jahre später. In den beiden letzten Fällen wurde zwar der landesweit bekannte Olle Möller für die Taten verurteilt, aber Henning und ich sind nicht die Einzigen, die an seiner Schuld zweifeln.

Nun geht es jedoch um den Bankdirektor Herman Klinger. Nicht der einzige Mord in *M* in modernerer Zeit, aber fast. Und soweit ich weiß, der einzige unaufgeklärte.

Die Zusammenfassung nimmt nicht viel Zeit in Anspruch. Zwei Biere pro Person, würde ich im Nachhinein schätzen, jedenfalls nicht mehr als drei.

Wir schreiben das Jahr 1960. In seiner großen Villa im Granitvägen in *M* wohnt der frühere Bankdirektor Herman Klinger zusammen mit zwei persischen Katzen und seinem jungen Hausmädchen Edit Bloch. Klinger ist seit ein paar Jahren pensioniert, sitzt aber noch im Aufsichtsrat der Sparkasse sowie in vier oder fünf anderen Aufsichtsräten in der

Stadt. Er ist ein sehr bekannter und sehr respektierter Mann; hätte er politische Ambitionen gehabt, hätte er zweifellos lokal und regional hohe Posten bekleiden können. Vielleicht sogar auf Landesebene. Aber Herman Klinger ist *viel zu kultiviert, um sich auf das politische Schlachtfeld zu begeben* (behauptet die Signatur FIP in einem von Hennings Zeitungsausschnitten); er ist Humanist, Kunstsammler und bibliophil. Im Laufe der Jahre hat er außerdem ein beträchtliches Vermögen angehäuft. Wie groß genau es ist, weiß keiner, aber er besitzt Originalgemälde von Bruno Liljefors, Siri Derkert und Nils Dardel, und seine Bibliothek in der schönen Gründerzeitvilla im Granitvägen umfasst mehr als sechstausend Bände. Er ist nie verheiratet gewesen und hat keine Erben. Es gibt ein Testament, eingeschlossen in einem Bankfach in dem ehrwürdigen, marmorgeschmückten Bankgebäude am Marktplatz von *M*, wo er mehr als dreißig Jahre als selbstverständlicher Dreh- und Angelpunkt der Bank tätig gewesen ist.

Am Vormittag des zweiten Dezember wird Herman Klinger in seinem Heim von einem gewissen Gustaf Winberg, früherer Rektor der Realschule in *M* und ein guter Freund seit vielen Jahren, tot aufgefunden. Winberg ist gegen halb zwölf zu einem verabredeten Besuch bei Klinger eingetroffen, die beiden beabsichtigen, einen Spaziergang durch den Stadtpark zu machen, um anschließend zum monatlichen Essen ihres Rotaryclubs im Stadthotel einzukehren. Herman Klinger liegt jedoch ermordet (stumpfer Gegenstand, Gewalteinwirkung auf den Kopf) in seinem Bett in der oberen Etage (wohin der Besucher sich schließlich begibt, nachdem er in der unteren Etage des Hauses vergeblich gesucht und gerufen hat), sodass es weder zu einem Spaziergang noch zu einem Mittagessen kommt. Die Haustür steht einen Spaltbreit offen, und es stellt sich mit der Zeit (am nächsten Tag) heraus, dass Winberg nicht der Erste gewesen ist, der entdeckt hat, was passiert ist. Das Hausmädchen Edit Bloch, das ihr einfaches Zimmer neben der Küche hat (untere Etage), ist nirgendwo zu finden, weder von Winberg noch von der Polizei, wird aber am späten Abend in einem der Nachbarhäuser im Granitvägen unter Schock stehend aufgespürt.

»Es hat einen halben Tag gedauert, auch nur ein einziges vernünftiges Wort aus ihr herauszubekommen«, sagt Henning. »Aber diese Bullen waren mit Sicherheit auch keine großen Psychologen.«

Ich: »Sie ist unter Verdacht gestanden, nicht?«

Henning: »Yes box, darauf kannst du Gift nehmen. Sie fand ihren Arbeitgeber tot im Bett, als sie mit seinem Morgenkaffee nach oben kam, und wäre fast ohnmächtig geworden. Zumindest ihrer eigenen Aussage nach. Ohne einen anderen Gedanken im Kopf, als wegzukommen, rannte sie aus dem Haus. Bevor sie das Schlafzimmer verließ, gelang es ihr jedoch noch, ihre Fingerabdrücke auf der Mordwaffe zu hinterlassen.«

Ich: »Und die war?«

Henning: »Die war ein Feuerhaken. Genau wie in einem alten englischen Krimi. Allerdings befand sich ein Kachelofen im Schlafzimmer des Bankiers, die Mordwaffe hatte dort also zumindest ihren gegebenen Platz. Genauer gesagt, in einem Kupferkessel zwischen Ofen und Bett. Als das Hausmädchen am Morgen hereinkam, lag er jedoch auf dem Fußboden. Eine Menge Blut auf Kissen und Laken, und an dem Feuerhaken natürlich ... nein, es hat nie einen Zweifel daran gegeben, wie sich der Mord abgespielt hat. Drei, vier Schläge auf den weißhaarigen Schädel, einer hätte vermutlich schon gereicht.«

Ich: »Hm. Geht ein Feuerhaken wirklich als stumpfer Gegenstand durch?«

Henning: »Gute Frage. Weitere Fragen?«

Ich: »Ja, zumindest eine. Wohin ist denn diese … Edit Bloch, hieß sie so? … wohin ist sie gegangen? In ein Nachbarhaus? Warum denn das?«

»Weil dort ihre Familie gewohnt hat«, erläutert Henning und fährt nach einer kurzen Pause fort, den Rest der traurigen Geschichte aufzurollen. Wie Edit Block ziemlich schnell zur Hauptverdächtigen avancierte und verhaftet wurde und man sie schließlich aus Mangel an Beweisen wieder freilassen musste. Dass es der Polizei nicht gelang, ein Motiv für die Bluttat zu finden; in der Villa war nichts gestohlen worden, es gab keine Spuren eines Tumults oder von Gewalt im Schlafzimmer des Bankiers, außer den tödlichen Schlägen, und weil als Zeitpunkt für den Mord schließlich ein Intervall zwischen drei und sechs Uhr morgens festgestellt wurde, nahm man an, dass der Mörder sein Opfer im Schlaf erschlagen hatte.

»Ihm wurde vermutlich niemals bewusst, dass er starb«, sagt Henning. »Wenn man voraussetzt, dass der erste Schlag mit dem Feuerhaken ein Volltreffer war.«

»Gruselig«, sage ich.

»Sehr gruselig«, stimmt Henning mir zu. »Und weil die Haustür in der Nacht nicht abgeschlossen war, könnte jeder einfach hineingelatscht sein und ihn erschlagen haben. Das war im Großen und Ganzen die einzige Schlussfolgerung, zu der diese miesen Ermittler gekommen sind. Ein Mörder, der rein zufällig vorbeigeschaut hat.«

»Gab es denn gar keine anderen Verdächtigen?«, frage ich.

Henning zuckt mit den Schultern. »Soweit bekannt nicht. Aber es ist natürlich durchaus möglich, dass die Polizei nicht alles an die Öffentlichkeit gegeben hat. Aber bitte, lies selbst. Es gab selbstverständlich einige Spekulationen.«

Bevor wir uns zu *Fridolins* begeben, sitzen wir eine Stunde zusammen und lesen, was die Zeitungen über den Fall geschrieben haben. Die meisten Ausschnitte stammen aus den Wochen unmittelbar nach dem Mord und aus der Lokalzeitung, aber es gibt auch Artikel, die Monate später und von überregionalen Tageszeitungen veröffentlicht wurden. Zum Beispiel von *Dagens Nyheter* und *Expressen*, aber die Journalisten geben sich im Grunde, genau wie Henning es ausgedrückt hat, lediglich Spekulationen hin. Man versucht, ein Motiv für *die abscheuliche Tat (Upsala Nya Tidning)* zu konstruieren. Etwas im Lebenslauf des bekannten Bankiers zu finden, das zu der Tat geführt haben könnte; eine betrogene Frau, eine lange zurückliegende Kränkung, was auch immer.

Aber eben ohne Erfolg. Es dauert zwar zwei Jahre, bis die Ermittlungen endgültig zu den Akten gelegt werden, aber man sagt ja (behauptet der vielseitig gebildete Henning), dass man die Fälle, die nicht binnen des ersten Monats gelöst werden, niemals aufklärt.

Und jetzt haben wir vor, genau das zu tun; Adalbert Hanzon, Hausmeister an der Fryxneschule, und Henning Ringman, Studienrat für Schwedisch und Geschichte an selbiger. Ich weiß nicht recht, was ich von dem Ganzen halten soll, als wir gegen sieben zu unserer Stammkneipe und dem wartenden Samstagssteak trotten, dagegen weiß ich, dass mein guter Freund einen Plan hat. Den hat er immer.

»Wir werden uns auf zwei Befragungen konzentrieren.«

Die Steaks und die Rotweinflasche stehen auf dem Tisch. Parador, ein billiger und wirklich gut trinkbarer Wein zu jener Zeit. Auf der kleinen Bühne ist die Bluesband des Abends dabei aufzubauen. Fridolins Gaststätte ist wie immer gut besucht, in *M* gibt es nicht besonders viele Möglichkeiten auszugehen, und wenn man nicht in Geld schwimmt, geht man hierher. Zumindest wenn man noch kein gesetzteres Alter erreicht hat, und das haben weder Henning noch ich.

Ich: »Befragungen?«

Henning: »Genau. Gespräche mit Personen, die damals beteiligt waren und heute noch antreffbar sind.«

Ich: »Wer soll das sein?« Ich spüle einen Bissen des etwas zu lange gebratenen Steaks mit einem Schluck Wein hinunter.

Henning: »Ich habe mir gedacht, dass ich mich um die Polizei kümmere. Du darfst dich mit Edit Bloch beschäftigen.«

Ich: »Dem Hausmädchen? Aber … ich meine …«

Ich weiß nicht, was ich meine, und Henning fuchtelt abwehrend mit seiner Gabel.

Henning: »Ich weiß. Das ist natürlich ein bisschen heikel. Sie lebt nicht mehr hier, es geht also um ihre Familie.«

Ich: »Aha?«

Henning: »Sie wohnen noch im selben Haus im Granitvägen. Ich weiß nicht, ob du dir über die Situation im Klaren bist?«

Ich: »Situation? Was für eine Situation denn?«

Henning legt das Besteck weg und scheint über etwas nachzugrübeln, ehe er antwortet. »Sie kam übers Meer«, sagt er und ich begreife, dass er sich fragt, ob er etwas zitiert, und wenn ja, was. »Ihre Geschichte wird in einem der Zeitungsausschnitte erzählt, aber du bist vielleicht noch nicht dazu gekommen, ihn zu lesen?«

Ich schüttele den Kopf. Henning trinkt einen Schluck und nimmt Anlauf.

»Also schön, Edit Bloch. Kam in den letzten Tagen des Kriegs aus Estland nach Schweden. In einem dieser Boote mit Flüchtlingen aus dem Baltikum. Einen Teil von ihnen haben wir ja auf Verlangen der Sowjets wieder zurückgeschickt, was ein verfluchter Schandfleck in unserer Geschichte ist ... aber Edit hatte Glück. Sie war sieben, als sie hierherkam, beide Eltern blieben in Tallinn zurück. Es ist ein wenig unklar, warum sie alleine in diesem Boot gelandet ist, aber in diesen Jahren war vieles unklar. Jedenfalls kam sie irgendwann in die Obhut einer Familie in *M*. Sie adoptierten Edit, sie lernte Schwedisch, ging in die Schule und ... nun, ich glaube, es fiel ihr schwer, sich hier zurechtzufinden, jedenfalls deutet vieles darauf hin. Ende der fünfziger Jahre wurde sie dann als Hausmädchen bei Herman Klinger eingestellt. Fünfzig Meter von ihrem Zuhause im Granitvägen entfernt. Kommst du mit?«

Ich nicke. Ich komme mit.

Henning: »Und dahin, habe ich mir gedacht, wirst du dich für ein Gespräch begeben.«

Ich: »Wirklich? Aber ...«

Henning: »Mein Vorschlag lautet, dass du dich von einem Hausmeister in einen Lehrer verwandelst. Oder einen Referendar, auf die Art wird es einfacher, einen Grund für den Besuch zu finden. Ein paar Schüler unserer Schule, die an einer Projektarbeit über den Mordfall Klinger arbeiten ... oder etwas in der Art. Was denkst du?«

Was ich denke? Schwer zu sagen. Ich kann mir vorstellen, dass man keine große Lust hat, über dreizehn Jahre zurückliegende, schreckliche Ereignisse zu sprechen, aber wenn das so ist, wird man wohl ablehnen und Henning neue

Ansatzpunkte für seine (unsere?) private Ermittlung finden müssen.

»Aber Edit selbst interessiert uns nicht?«, frage ich.

Henning: »Fürs Erste nicht. Sie lebt irgendwo in Schonen, aber ich finde, wir fangen der Einfachheit halber im Granitvägen an.«

Ich: »Die Familie heißt also Bloch?«

Henning: »Nein. Edit hat auch nach der Adoption ihren Nachnamen behalten. Die Familie im Granitvägen heißt Altman. Übrigens wohnen dort nur noch die Mutter und ihre Tochter. Der Vater ist vor ein paar Jahren bei einem seltsamen Flugunglück umgekommen, aber die Tochter ... übrigens deutlich jünger als ihre adoptierte Schwester ... wohnt jedenfalls die meiste Zeit zu Hause, das habe ich überprüft. Gut zwanzig, würde ich schätzen. Arbeitet bei Stenströms.«

Ich: »Dem Beerdigungsinstitut?«

Henning: »Ja.«

Ich: »Woher weißt du das alles?«

Henning: »Kasparsson.«

Diese Information reicht völlig. Georg Kasparsson ist Sozialkundelehrer an der Fryxneschule und ein wandelndes Lexikon, wenn es um Krethi und Plethi in *M* geht. Er hat sein gesamtes sechzigjähriges Leben in der Stadt verbracht und kennt nicht nur die Stammbäume der Tausende und Abertausende Schüler, mit denen er bei seiner Tätigkeit in Kontakt gekommen ist, sondern im Großen und Ganzen auch die aller anderen.

»Du wirst dich wohl in erster Linie auf Frau Altman konzentrieren müssen«, ergänzt Henning. »Aber die Details überlasse ich dir.«

»Ich danke dir«, sage ich und gebe mir Mühe, nicht ironisch zu klingen. »Ja, darüber muss ich erst einmal nachdenken.«

»Tu das«, sagt Henning. »Ich bin jedenfalls ziemlich überzeugt, dass du und ich diese alte Geschichte aufklären können.«

Ich denke, dass ich mir da längst nicht so sicher bin wie er, mache aber gute Miene. Es kann ja nicht schaden, es zu versuchen.

Familie Altman im Granitvägen. Ich nicke, und wir stoßen auf den Fall an.

11

Am Tag nach dem Fahndungsausflug von Henry Ullberg und mir erwache ich mit einem Hexenschuss.

Es ist ein vermaledeites Gebrechen. Um überhaupt aus dem Bett zu kommen, muss ich mich auf den Fußboden rollen, wo ich bäuchlings liegen bleibe und eine gute Viertelstunde selbstmörderisch stöhne. Anschließend komme ich auf alle viere und krabbele ins Badezimmer. Ich bin heilfroh, dass in meiner Wohnung keine Überwachungskameras angebracht sind, das Ganze muss erbärmlich aussehen. Wäre ich ein Pferd, man würde mich auf der Stelle zum Tierarzt verfrachten und einschläfern lassen.

Trotz unerträglicher Qualen kämpfe ich mich in eine stehende Position, das Leiden des Erlösers am Kreuz ist nichts im Vergleich zu den Schmerzen, die von meinem Kreuz ausstrahlen und mich beinahe lähmen. Aber Adalbert Hanzon klagt nicht; er duscht warm, fast schon heiß, während er vorsichtig die Beine anhebt und ebenso vorsichtig den Rumpf dreht. Rechts-links, rechts-links. Systematisch wie ein depressiver Kartenhausbauer.

Es ist nicht mein erster Hexenschuss, er ist der einhundertvierundsiebzigste. Etwas später kann ich das Badezimmer verlassen, mich halbwegs aufrecht bewegen und sogar einige Kleidungsstücke anziehen. Allerdings keine Strümpfe, das liegt jenseits des Möglichen.

Danach rufe ich Raymond Bolego an, meinen Chiropraktiker, und bekomme einen Termin um zwei Uhr. Mache mir einen Kaffee und setze mich an den Küchentisch – sehr vorsichtig, sitzen geht, aber manchmal ist es ein verfluchtes Ding der Unmöglichkeit, anschließend wieder aufzustehen.

Ich lese mir die beiden letzten Kapitel durch, ändere ein paar Dinge und notiere diese Zeilen.

Ein Blick aus dem Fenster zeigt mir, dass es regnerisch und windig ist. Ich bestelle ein Taxi für halb zwei; mich zu Fuß zu Bolegos Praxis zu begeben, wäre mein Tod.

Ich denke an das gestrige Gespräch mit Ingvor zurück.

»Ich habe eine kleine Neuigkeit.«

Ich: »Aha?«

Ingvor: »Die Sache, um die du mich gebeten hast.«

Ich: »Mhm?«

Ingvor (leicht ironisch): »Du klingst ja sehr enthusiastisch. Bist du krank?«

Ich: »Nee. Nicht mehr als sonst.«

Ingvor: »So, so. Willst du sie hören?«

Ich: »Ja, ja … ich bin nur ein bisschen müde. Außerdem bin ich gerade erst zur Tür hereingekommen.«

Ingvor: »Soll ich später anrufen?«

Ich: »Nein, verdammt. Jetzt rück schon damit heraus, was du zu sagen hast.«

Ingvor (verletzt): »Nicht, wenn du so mit mir sprichst.«

Ich (pädagogisch): »Aber liebste Ingvor. Ich bin doch nur ein alter Sack, und die klingen so. Was hast du mir zu erzählen?«

Kurze Pause, in der Halbcousine Ingvor so tut, als würde sie abwägen, ob sie den Hörer auflegen soll oder nicht.

»Na, schön«, sagt sie dann. »Ich glaube, ich habe diese Frau gesehen.«

Ich spüre, dass mein Herz vorhat, stehen zu bleiben, einen Moment später aber beschließt weiterzuschlagen.

Ingvor: »Hallo?«

Ich: »Ja, ich bin noch dran. Du hast gesagt, dass du ...?«

Ingvor: »Dass ich diese Frau gesehen habe, ja.«

Ich: »Andrea Altman?«

Ingvor: »Wenn das ihr Name ist? Wie fühlst du dich?«

Ich: »Gut ... äh, hast du mit ihr gesprochen?«

Ingvor: »Natürlich nicht. Aber sie hatte eine Tätowierung an der richtigen Stelle.«

Ich: »Du hast sie nackt gesehen in ...?«

Ingvor (sanft triumphierend): »In der Sauna im Bollgren-Bad, genau, wie wir es uns überlegt hatten.«

Es gelingt mir, tief durchzuatmen, und ich denke, dass es beim besten Willen nicht *wir* waren, die etwas überlegt hatten, spare es mir aber, sie darauf hinzuweisen. Stattdessen versuche ich, die Fassung wiederzugewinnen, denn der bloße Gedanke an Andrea Altman nackt in einer Sauna ist hart an der Grenze dessen, was man in meinem Alter aushält.

»Hallo?«

»Ja, ja ...«

»Was ist mit dir? Du klingst anders als sonst. Jetzt habe ich jedenfalls getan, worum du mich gebeten hast. Was wirst du jetzt machen?«

Das weiß ich beim besten Willen nicht, aber ich habe ganz sicher nicht die Absicht, die weitere Strategie mit Ingvor Stridh zu diskutieren. Also bedanke ich mich für ihre Hilfe und sage, dass ich mir wohl erlauben müsse, sie als Belohnung zum Essen einzuladen.

»Erlauben müsse?«, sagt sie.

Ich: »Eine Floskel. Leg nicht jedes Wort auf die Goldwaage.«

Ingvor (scherzhaft, verletzt): »Du bist wirklich kein Charmeur. Aber ich freue mich trotzdem darauf.«

Ich: »Worauf freust du dich?«

Ingvor: »Auf das Essen. Ich schlage das Stadthotel irgendwann nächste Woche vor.«

Ich erkläre, dass ich mich deswegen noch einmal bei ihr melden werde, und danach haben wir uns nichts mehr zu sagen.

Sie lebt. Sie hält sich in dieser Stadt auf.

Meine alte Hand zittert ein wenig, als ich diese beiden Feststellungen zu Papier bringe, was einen nicht wundert. Es lassen sich nämlich keine anderen Schlussfolgerungen ziehen. Jedenfalls vorläufig und nach Stand der Dinge nicht. Meine Beobachtung in der Apotheke vor gut einem Monat ist korrekt gewesen. Genauso wie Henry Ullbergs. Mein Schicksal hat mich eingeholt.

Moment, wie komme ich darauf? Mein Schicksal hat verdammt noch mal gar nichts eingeholt.

Im Gegenteil, es ist seit Langem besiegelt gewesen. Alle wichtigeren Ereignisse in meinem Leben sind schon eingetroffen. Und besonders viele hat es von diesen Wendungen des Glücks auch nicht gegeben oder wie immer man das nennt. Mir bleibt nur noch, ein paar Jahre vor mich hin zu vegetieren, langsam alle Spuren von Hoffnung und Gesundheit zu verlieren, danach zu hundert Prozent den Verstand, schließlich das Bewusstsein und die Wahrnehmungen.

Und am Ende kommt man in die Erde. In dieselbe Erde, aus der man gekommen ist; man hat eine Sekunde der Ewigkeit erhalten, bloß nicht überheblich sein, und vergiss nicht, mein Junge, dass du in dieser Welt nie eine Rolle gespielt hast. Nicht die geringste. Mein Vater reitet in meinem Schädel weiter auf seinem Steckenpferd herum, und mit jedem Jahr, das vergeht, tut er es immer beharrlicher, immer überzeugender. Wahrscheinlich hat er nichts Besseres zu tun.

Aber jetzt das?

Während man auf die Verwesung wartet, sollte man etwas tun. Behutsam richte ich meinen schiefen Rücken auf und versuche mich aufzurappeln. Vergiss den Tod, rede ich mir ein, der braucht keine Einladung. Versuch mal, ein bisschen optimistisch zu sein. Wenigstens rational. Was muss festgehalten werden?

Nun, dass die Sache unter Dach und Fach ist. Zumindest halbwegs. Ich habe mich an dem Augusttag in der Apotheke nicht geirrt. Mich ausschließlich auf die beiden Beobachtungen Henry Ullbergs zu verlassen, wäre mehr als naiv gewesen; sein Kontakt zur Wirklichkeit ist lausiger als mein eigener, aber zusammen mit Ingvors Zeugenaussage aus der Frauensauna ergibt sich ein ganz anderes Bild. Aus irgendeinem Grund hält sich Andrea Altman hier in der Stadt auf, quicklebendig, und da so viel Zeit seit meiner ersten Entdeckung vergangen ist, dürfte es sogar wahrscheinlich sein, dass sie hier wohnt.

In der Gränsgatan 22?, lautet die nächste Frage. Wenn das zutrifft, hat sie dann einen anderen Namen angenommen? Und warum nimmt eine Frau einen anderen Namen an?

Sie ist natürlich verheiratet, das habe ich ja schon vermutet. Oder sie *ist verheiratet gewesen*. Ich würde *ist verheiratet gewesen* bevorzugen. Ich stelle sie mir als Witwe nach einer langen und unglücklichen Ehe mit irgendeinem verdammten Langweiler vor, der nicht den Verstand hatte, sie so zu schätzen, wie sie es verdient hat. Keine Kinder, aber ihre gute

Laune hat sie nicht verloren. Oder sie hat sie wiedergefunden, nachdem der Langweiler das Handtuch geworfen hat. Aber der Langweiler ist jedenfalls nicht identisch mit *ihm*, zu diesem Zweck sind vor langer Zeit Maßnahmen ergriffen worden, und dafür bin ich dankbar.

Sie ist folglich womöglich hierhergezogen, um … tja, um einfach etwas Neues und Aufmunterndes während der verbleibenden Kapitel in ihrem Leben zu beginnen. Und an diesem Punkt kommt Adalbert Hanzon ins Bild. Was für ein schöner Zufall, dass wir uns nach all den Jahren noch einmal begegnen werden. Nachdem unsere Beziehung an jenem bizarren Tag im August Mitte der siebziger Jahre so abrupt endete … vor fünfundvierzig Jahren, du meine Güte, wer führt bei unserer chaotischen Wanderung durch dieses Jammertal bloß Regie? Wer lässt sich solche wirren Lebensgeschichten einfallen? Ich frage ja nur.

Aber jetzt sitze ich also hier und gebe mich Tagträumen hin. Ein kräftiger stechender Schmerz im Rückgrat ernüchtert mich. Ich sollte mich für eine Vorgehensweise entscheiden, aber in meinem momentanen Zustand kann ich unmöglich klar denken. Nicht, dass ich behaupten wollte, jemals besonders klar gedacht zu haben, aber ich erinnere mich an etwas, das ich irgendwann hinter Gittern gelesen und mir zu Herzen genommen habe: Es ist besser, das zu bereuen, was man getan hat, als das, was man nicht getan hat. Besser zu handeln, als nicht zu handeln.

Ein Leitstern?

Vielleicht, vielleicht auch nicht. So oder so mache ich jetzt Schluss und versuche aufzustehen. Das dürfte einige Zeit in Anspruch nehmen.

12

Es ist ein später Donnerstagnachmittag, an dem ich mit Hilfe eines schweren Metallklöppels in Form eines Schlangenkopfs im Granitvägen 16 in *M* an die Tür klopfe. Vielleicht ist es auch ein Krokodilkopf, ich erinnere mich, dass ich in vage Reptiliengedanken versunken dastehe, während ich darauf warte, dass mir jemand öffnet, aber ohne zu einer Entscheidung zu kommen. Das Haus ist ein schlichter Bungalow aus Kalksandsteinziegeln, das steht eindeutig fest. Ich habe angerufen und einen Termin ausgemacht, ich komme also nicht unerwartet. Frau Madeleine Altman, eine schmale Frau von etwa sechzig Jahren (sie erinnert vage an irgendeinen Wattvogel, sowohl körperlich als auch durch ihr Bewegungsmuster, und wäre sicher eine leichte Beute für ein Reptil), lässt mich herein und bittet mich, auf einer roten Couch in einem roten Wohnzimmer Platz zu nehmen. Roter Teppichboden, rote Vorhänge, rote getrocknete Rosen, hoch und flach, und ein rötlicher Hund, der unter einem Tisch liegt. Ich brauche eine Weile, um zu erkennen, dass er ausgestopft ist.

Frau Altman ist allerdings schwarz gekleidet, Hose und hochgeschlossener Jumper. Sie fragt, ob ich einen Kaffee möchte, und ich nehme das Angebot an. Trotz des vielen Rots überkommt mich ein Gefühl von Trauer oder zumindest davon, dass etwas Dunkles und Düsteres den Raum belagert. Wahrscheinlich sorgt Frau Altman selbst für diese

Stimmung, zuerst durch ihre Anwesenheit im Raum, danach durch ihre Abwesenheit. Wie eine unsichtbare, aber tödliche Krankheit. Während sie Kaffee kocht und ich warte, fühle ich mich immer unwohler. Dieser verfluchte Henning, denke ich. Wozu soll das hier gut sein?

Frau Altman kehrt mit einem kleinen Tablett zurück und setzt sich in einen der beiden roten Sessel. Mit einer Geste gibt sie mir zu verstehen, dass ich mich bedienen soll. Ich gieße mir Kaffee aus einer Porzellankanne ein und nehme mir einen Keks. Frage sie, ob sie auch eine Tasse möchte. Sie schüttelt den Kopf und setzt eine braun getönte Brille mit kräftigen schwarzen Bügeln auf. Es fällt mir zwar schwer, ihren Blick hinter den Gläsern zu erkennen, aber ich spüre dennoch, dass sie mich beobachtet, mich bewertet. Ich verstehe nicht, warum, und komme mir vor wie ein Eindringling, als hätte ich nicht das Recht, dort zu sitzen. Als ich die dünne Kaffeetasse anhebe, um einen Schluck zu trinken, stelle ich fest, dass meine Hand zittert.

»Sie sind also Lehrer?«

»Ja, genau«, lüge ich. »Meine Klasse beschäftigt sich im Rahmen einer Projektarbeit mit dem Mordfall Klinger … wie ich Ihnen ja schon am Telefon erklärt habe.«

»Und warum?«

»Verzeihung?«

»Warum beschäftigen Sie sich in der Schule mit so etwas?«

»Das haben die Schüler sich selbst ausgesucht. Das heißt, eine Gruppe von Schülern. Die anderen in der Klasse widmen sich anderen Geschichten, die niemals aufgeklärt worden sind. Zum Beispiel dem Verschwinden von Raoul Wallenberg.«

Bis hierher hat Henning das Drehbuch geschrieben. Madeleine Altman faltet die Hände im Schoß und nickt.

»Wir interessieren uns natürlich in erster Linie für Edit Bloch«, fahre ich fort. »Aber Sie haben ja am Telefon gesagt, dass Sie bereit sind, ein paar Fragen zu beantworten, die meine Schüler zusammengestellt haben.«

Das kann sie nicht leugnen und tut es auch nicht. Stattdessen rückt sie ein ziemlich großes Schmuckstück gerade, das an einer Kette um ihren Hals hängt, sie dreht es um, wodurch ich sehe, dass es ein kleines Porträt hinter leicht gewölbtem Glas ist – ein Männergesicht, soweit ich es beurteilen kann –, und beginnt zu erzählen. Vorsichtig, umständlich, fast flüsternd.

Davon, dass sie und ihr Mann Andris (dessen Eltern schon vor dem Ersten Weltkrieg aus dem Baltikum nach Schweden kamen) beschlossen hatten, ein Kind zu adoptieren, weil sie glaubten, auf natürlichem Weg keine eigenen Kinder bekommen zu können.

Davon, dass sie Edit Bloch in einem Kinderheim in Jämtland fanden und praktisch sofort beschlossen, sich um sie zu kümmern.

Davon, wie das Mädchen bei ihnen aufwuchs und das liebreizendste Kind war, das man sich nur vorstellen kann (sie benutzt genau dieses Wort, das auch damals schon altertümlich klang: *liebreizend*).

Aber sie erzählt auch, dass Edit von Zeit zu Zeit an einer Art Nervosität litt, die wahrscheinlich mit Erinnerungen an ihre früheste Kindheit zusammenhing. Von unruhigen Träumen, von einer Feinfühligkeit und Zerbrechlichkeit, die sie häufig weinen ließ; im Umgang mit anderen Kindern war sie immer übertrieben vorsichtig und fürchtete sich vor praktisch allem, was neu und unbekannt war.

Von Schwierigkeiten in der Schule und ihren späteren Problemen, als Erwachsene zurechtzukommen und eine Arbeit zu finden.

Von der Anstellung als Hausmädchen bei Herman Klinger. Er wohnte ja in der Nachbarschaft, und sie waren auf der Straße ins Gespräch gekommen: Edit, Frau Altman und der alte Bankier. Sein früheres Hausmädchen hatte gerade gekündigt, Edit hatte keine Arbeit, also warum nicht?

Ich erinnere mich an dieses Gespräch mit Madeleine Altman mit ungewöhnlicher Schärfe. Oder besser gesagt: Ich erinnere mich an die äußeren Umstände, das Drumrum. Klar und deutlich sehe ich vor mir, wie wir dort in dem roten Zimmer sitzen, während sie leise, weitschweifig und ein wenig traurig von Edit Bloch erzählt. Wie ich nicke und brumme, das eine oder andere, aber nicht viel, in einem Block notiere, und mit einem sanften, aber aufgesetzten Lächeln auf den Lippen teilnahmsvoll auszusehen versuche. Während ich ihr zuhöre, nutze ich zugleich die Gelegenheit, mich in dem Raum umzuschauen, das ist fast unausweichlich, und nach einiger Zeit konzentriert sich meine Aufmerksamkeit auf eine Reihe gerahmter Porträts an der Wand hinter meiner Gastgeberin. Genau genommen handelt es sich um sechs Stück, nicht groß, ungefähr fünfzehn mal zwanzig Zentimeter. Anfangs glaube ich, dass es sich um verschiedene Verwandte handelt, vielleicht verstorbene Vorfahren; bei den Porträts handelt es sich ausnahmslos um Schwarz-Weiß-Aufnahmen, die ein wenig altertümlich wirken. Schon bald erkenne ich allerdings, dass sie alle dieselbe Person darstellen, und mir fällt ein, dass Frau Altman Witwe ist. *Bei einem seltsamen Flugunglück*, das hatte Henning doch gesagt, oder?

Natürlich. Es ist der verunglückte Gatte, der dort in einer geraden Reihe an der Wand hängt. In einem halben Dutzend Varianten, die einander jedoch sehr ähnlich sehen, die Bilder scheinen vom selben Fotografen bei derselben Gelegenheit gemacht worden zu sein, und ich spüre, dass irgendetwas an dem Ganzen eigenartig ist. Ein wenig *krank* ist? Es wäre sicherlich normal gewesen, ein Bild eines vermissten und vielleicht geliebten Ehemanns aufzuhängen, aber eine ganze Serie? Warum so viele?

Während ich darüber nachdenke und Madeleine Altman mit ihrer eintönigen, klanglosen Stimme weiterspricht – über Details, die mir immer nebensächlicher erscheinen, die immer irrelevanter für mein Anliegen sind –, warte ich natürlich darauf, meine erfundenen Schülerfragen stellen zu dürfen. Die Fragen zu jenem Tag vor dreizehn Jahren, an dem der frühere Bankier Herman Klinger in einem Haus ermordet aufgefunden wurde, das nur fünfzig Meter von dem Ort steht, an dem wir uns in diesem Augenblick befinden. Um die Antworten auf diese Fragen geht es mir. Deshalb sitze ich hier.

Doch wir kommen nie so weit. Ich erhalte nie die Gelegenheit, das Wort zu ergreifen. Plötzlich, mitten in einem Satz, verstummt Madeleine Altman, und es passiert etwas mit ihrem Gesicht. Es zuckt kurz – als bekäme sie einen elektrischen Schlag, denke ich noch –, und sie wirkt überrascht, setzt ihre Brille ab, blinzelt mehrmals schnell und steht aus dem Sessel auf. Bleibt stehen und schwankt zwei Sekunden, ehe sie einen schwach pfeifenden Laut von sich gibt und auf den Boden plumpst.

Obwohl *plumpsen* das falsche Wort dafür ist. Sie ist viel zu klein und leicht, um ein Plumpsen zustande zu bekommen. Sie fällt, wie ein Huhn umkippt, still und einfach. Landet sanft auf dem Teppich neben dem Sessel, in dem sie gesessen hat, und noch bevor ich dazu komme, meine Verwunderung hinunterzuschlucken und irgendetwas zu tun, höre ich, wie die Haustür aufgeht und wieder geschlossen wird. Ich stehe auf und sehe eine junge Frau ins Zimmer treten. Sie hat dunkle Haare und ist zierlich, und ihr ist eine Energie zu eigen, mit der sie die Stimmung im Raum schlagartig verändert. Obwohl zwischen uns ein ohnmächtiger Mensch auf dem Fußboden liegt, spüre ich, wie die Luft von etwas Frischem und Verheißungsvollem erfüllt wird; mir ist vollkommen klar, dass sich das merkwürdig anhört, vor allem dieses Verheißungsvolle, aber das ist genau die Aura, die mit ihrem Auftauchen einhergeht. Jedenfalls finde ich Gefallen daran, mir das einzubilden, und wer sollte behaupten können, dass ich mich irre?

»Mein Gott«, sagt sie. »Schon wieder. Wer sind Sie?«

»Adalbert Hanzon«, antworte ich und streckte die Hand aus. »Sie scheint in Ohnmacht gefallen zu sein, es ist, nur einen Augenblick bevor Sie gekommen sind, passiert.«

Sie gibt mir die Hand.

»Andrea. Andrea Altman. Die Frau, die da liegt, ist meine Mutter.«

»Aha?«

Ich fühle mich überfordert. Die Situation ist merkwürdig, es ist wie ein Traum, der aus dem Ruder läuft; ich stehe in einem fremden Wohnzimmer mit einer ohnmächtigen Frau und ihrer Tochter und weiß nicht, wie ich mich verhalten soll. Aber mir bleibt keine Zeit, die Lage zu analysieren, weil die Tochter Andrea die Initiative ergreift.

»Würden Sie bitte in die Küche gehen und ein Glas Wasser holen?«

Es gelingt mir, sowohl die Küche als auch ein Glas zu finden. Als ich in das rote Zimmer zurückkehre, kniet Andrea neben ihrer Mutter, hat ein dünnes Kissen unter ihren Kopf geschoben und hält zwei Finger auf ihren Hals. Ich begreife, dass sie den Puls fühlt.

»Normal«, sagt sie, nimmt ihrer Mutter die Brille ab, die sie noch immer in der Hand hält, und steht auf. »Funktionale Ohnmacht. Sie erholt sich bald wieder.«

»Funktional?«, frage ich.

»Man nennt das so. Zumindest behauptet das ihr Arzt. Sie beschließt, ohnmächtig zu werden, und dann tut sie es.«

Sie zuckt mit den Schultern und lächelt flüchtig und ein wenig entschuldigend. Erst jetzt bemerke ich, wie süß sie ist. Nicht schön auf eine spektakuläre Weise, aber wenn sie lächelt, glitzert es für einen Moment in ihren Augen, und aus irgendeinem Grund begreife ich, dass sie eine fröhliche und aufgeweckte junge Dame ist. Eigentlich. Doch nun liegt ihre Mutter funktional ohnmächtig auf dem Fußboden, was nicht der richtige Moment ist, um fröhlich und aufgeweckt zu sein.

»Und warum?«, frage ich ein wenig dümmlich. »Ich meine, warum will man ohnmächtig werden?«

»Damit ich mich um sie kümmere«, sagt Andrea. »Darum geht es. Aber entschuldigen Sie, Sie haben mir gar nicht erklärt, wer Sie sind und was Sie hier tun … was haben Sie gesagt, wie Sie heißen? Adalbert?«

»Stimmt«, erwidere ich. »Adalbert Hanzon ist mein Name.«

»Toll. Einem Adalbert bin ich noch nie begegnet, da bin ich mir sicher.«

Sie streicht mit den Händen durch ihre fast schwarzen Haare und lächelt wieder. Ich glaube, dass ich rot werde.

»Nein, es gibt nicht viele.«

»Kommen Sie. Wir setzen uns in die Küche, dann können Sie es mir erklären.«

»Aber …?« Ich mache eine Geste zu Frau Altman auf dem Boden hin.

»Sie wacht bald wieder auf. Es ist das Beste, sie einfach liegen zu lassen. Stellen Sie das Glas auf den Tisch da.«

Das tue ich. Ich stelle das Wasserglas ab und folge Andrea Altman in die Küche. Verstehe plötzlich, dass gerade etwas Wichtiges geschieht. Etwas *sehr* Wichtiges, und es hat nicht das Geringste mit dem Mord an Herman Klinger zu tun oder mit dieser eigentümlichen Ohnmächtigen in dem roten Zimmer, es geht vielmehr darum … ja, um die Frage, warum es mich gibt. Das klingt verrückt, damals so sehr wie heute, aber es ist ein glasklarer Gedanke, den man nicht einfach abtun kann. Er schießt mir zwar ziemlich schnell durch den Kopf, ist aber deutlich wie ein Blitz, und ich vergesse ihn nicht.

Nicht während wir am Küchentisch sitzen und reden. Nicht am Abend, nachdem ich ins Bett gegangen bin und nicht schlafen kann. Nicht an den nächsten schimmernden Tagen und nicht während meines ganzen restlichen Lebens. Es ist, als hätte alles, was ich in meinen achtundzwanzig Jahren auf der Erde erlebt habe, genau hierher geführt. Es ist der Sinn von allem, was ich getan und versäumt, gedacht und beschlossen und geträumt habe, gewesen, an einem Aprilnachmittag 1973 den verschlungenen Pfad zu diesem Bungalow im Granitvägen in *M* zu finden. Zu diesem Zeitpunkt meines Lebens kenne ich den Begriff *Déjà-vu* noch nicht, aber als ich ein paar Jahre später auf ihn stoße, weiß ich, dass er perfekt zu meiner ersten Begegnung mit Andrea Altman passt. Ich habe das Geschehen nicht schon einmal erlebt, aber ich habe ein Vorverständnis davon gehabt. Ich habe gewusst, dass es kommen würde. Es unterbewusst gewusst.

Ich bin mir nicht sicher, dass ich verstehe, wovon ich spreche. Oder dass ich die richtigen Worte dafür finde. Aber was mir die alte Anhalterin ungefähr zehn Jahre zuvor geweissagt hatte, ist natürlich ein Puzzleteil in meinem … in meinem deterministischen Puzzle. Im April 1973 habe ich keine Ahnung, was *deterministisch* bedeutet, oder auch *Déjà-vu,* aber als ich das Wort schließlich meinem Wortschatz hinzufüge, erkenne ich schnell, dass … ja, was? Was erkenne ich? Nun, dass seine Bedeutung und hoffnungslose Konsequenzen in Stein gemeißelt sind und nichts, worüber ich gerne nachdenke. Damals so wenig wie heute, wenn ich an einem völlig anderen Küchentisch sitze und mit einem Bein im Grab auf eine näher kommende Regenfront hinausblicke. Verdammt, sollte man nicht wenigstens über seine eigenen Gedanken bestimmen dürfen? *Versuchen dürfen,* über sie zu bestimmen.

»Erzähl mir von dir«, sagt Andrea. »Du zuerst, danach bin ich an der Reihe. Okay?«

»Okay«, sage ich.

Okay, denke ich eine Million Jahre später. Zeit, den Stift wegzulegen und ein paar Rückenübungen zu machen.

13

Nach wie vor kommen und gehen die Regenschauer. Der Herbst wird immer herbstlicher, ich kämpfe weiter mit meiner Schreibarbeit und meinem lädierten Rücken. Raymond Bolego hat gestern getan, was er konnte, einige Wirbel auseinandergebogen und mir den üblichen Vorrat täglicher gymnastischer Übungen auferlegt.

Ich frage mich, ob ich mich wirklich all der Dinge entsinne, die ich in dieser Nacht und heute Vormittag geschrieben habe, oder ob ich mir das lediglich einbilde. Mich an das erinnere, woran ich mich früher zu erinnern glaubte; der ursprüngliche Apriltag und meine erste Begegnung mit Andrea liegen schließlich unter so vielen mentalen Störungen begraben, zum Beispiel den unzähligen Malen, die ich an das Ganze zurückgedacht, darüber nachgegrübelt und es zu verstehen versucht habe. Schicht auf Schicht aus mehr oder weniger korrekten Erinnerungen, zurechtgelegten und unfreiwillig umgestalteten; das dürfte wohl passieren, wenn wir versuchen, in uns zu tragen, was einmal gewesen ist. In Worte gefasst und erzählbar. Trotzdem habe ich das Gefühl, wirklich zu wissen, wovon ich spreche: Es war einfach so, wie es war. Ihre halb verrückte Mutter lag funktional ohnmächtig in dem roten Zimmer, während Andrea und ich in der Küche saßen und den Prolog zu unserer Liebesgeschichte schrieben.

Ich muss gestehen, mit dem letzten Satz im vorigen Absatz bin ich ganz zufrieden. *Ihre halb verrückte Mutter lag funktional ohnmächtig …* trotz aller Bücher, die im Laufe der Jahrhunderte von genialen und miserablen Schriftstellern geschrieben worden sind, bin ich sicher, dass keiner jemals zuvor eine solche Formulierung hinbekam. Ich mag ein alter, hoffnungsloser Tattergreis sein, aber ich bin zumindest einmalig. Zumindest teil- und zeitweise, sollte ich vielleicht hinzufügen, man muss sich schon über Brosamen freuen.

Nun gut, ich werde später zu diesem Prolog und der weiteren Entwicklung zurückkehren, aber vorher geht es um die Lage hier und jetzt. Oktober 2019, mein vierundsiebzigster Geburtstag ist nicht mehr weit, und in einer Stunde werde ich zu Henry Ullberg trotten. Seit dem letzten Mal sind zwar erst zwei Wochen vergangen, aber er findet, dass die Situation es erfordert. Ich weiß nur allzu gut, was er mit *die Situation* meint, aber als er heute Morgen anrief, behauptete er außerdem, er habe das Gefühl, im Sterben zu liegen, und war der Meinung, dass wir uns noch ein letztes Mal sehen sollten, bevor es zu spät sei. Das ist natürlich dummes Zeug. Henry Ullberg wird sich an dieses Leben klammern, bis der letzte Blutstropfen aus ihm geronnen ist, das weiß er genauso gut wie ich. Ich habe mir jedoch nichts anmerken lassen und gesagt, ich könne mir ein paar gesellige Stunden vorstellen, wenn er so schlau sei, sich anständig zu benehmen, und eine Flasche Single Malt Whisky Bestandteil des Abends sei.

Henry erklärte, ich sei der König der Drecksäcke und es gebe notfalls auch zwei Flaschen.

»Ja, ja, der Teufel und seine mollige Großmutter«, sagt er. »Na, dann Prost.«

»Unter uns Mördern?«, entgegne ich.

»Genau«, sagt Henry. »Hat man jemanden erschlagen, ist es das Einzige, was im Lebenslauf von Bedeutung ist. Es ist die einzige Handlung, die … Scheiße, wie sagt man das? … die einen definiert?«

»Ich habe niemanden erschlagen«, wende ich ein. »In diesem Raum bist du der Einzige, der das getan hat.«

»Haarspaltereien«, schnaubt Henry. »Tot ist tot.«

Ich trinke einen Schluck und denke nach. Henry führte seine schicksalsschwere Tat tatsächlich mit einem Schlag aus. Ein Krocketschläger, der auf dem Schädel seines Schwiegervaters niederging, wenn er mich nicht angelogen hat, aber warum sollte er? Genauer gesagt mitten in einer Partie Krocket an einem Mittsommerabend Anfang der siebziger Jahre. Er hatte drei Schnäpse und ein paar Gläser Bier getrunken, was aber nicht als mildernder Umstand berücksichtigt wurde. Dummerweise hatte er in den Tagen vor der Tat außerdem mehrfach davon gesprochen, dass er »diesen geizigen, alten Knacker erschlagen« wolle. Wäre er so schlau gewesen, den Mund zu halten, wäre er mit Totschlag im Affekt davongekommen. Meine eigene Geschichte sieht völlig anders aus, und ich muss gestehen, dass ich Henry eine ganze Reihe von Details vorenthalten habe, obwohl wir mehr als vierzig Jahre zusammengesessen und getratscht haben.

Dieses Vorenthalten hat seine Gründe, aber der Einfachheit halber behaupte ich stets, ich könne mich nicht erinnern. Das hätte ich nicht einmal gekonnt, als es gerade passiert sei, erkläre ich, jedenfalls nicht an den entscheidenden Moment. Aber ich muss auch festhalten, dass Gedächtnisverlust ein ebenso mieses Argument ist wie drei Schnäpse und ein paar Gläser Bier. Jedenfalls in der Welt der Justiz und wenn es um Leute wie Adalbert Hanzon und Henry Ullberg geht. Das ist nun einmal so. Geschieht dir recht, du dummes Miststück, verkündet Henry gern.

Jetzt zündet er sich eine Zigarette an und schiebt seine Brille in die Stirn. Schweigt eine Weile und versucht gleichzeitig, eine nachdenkliche Miene aufzusetzen. Er sieht aus wie ein alter Geier mit akuten Gedächtnisproblemen, und ich begreife, dass er vorhat, etwas Bedeutsames von sich zu geben. Besser gesagt etwas, das in seinen Augen bedeutsam ist, ich selbst mache mir da keine großen Hoffnungen. Wenn Henry sich anstrengt, um etwas Gescheites zu sagen, lässt mich das, was aus seinem Mund purzelt, meistens an eine schlecht gebundene Krawatte denken, auf die jemand (Henry höchstselbst natürlich) soeben gekotzt hat. Mehrmals. Ich zünde mir eine Chesterfield an und wappne mich.

»Hm. Ich habe einen guten alten Freund hier in der Stadt, und ich glaube, er könnte uns nützlich sein.«

»Du hast Freunde?«

Er lässt es mir durchgehen, was wirklich beunruhigend ist.

»Sagen wir, einen Bekannten. Er heißt Lundewall und arbeitet als Privatdetektiv.«

»Privatdetektiv?«

»Genau. Es kann nicht schaden, die Dinge in professionelle Hände zu legen, findest du nicht?«

»Es gibt keine Privatdetektive in diesem Land.«

»Das ist ein Missverständnis. Lundewall blickt auf schätzungsweise dreißig, vierzig Jahre in der Branche zurück. Die meiste Zeit hat er in Stockholm und Göteborg gearbeitet; als er in Rente ging, ist er hierhergezogen, aber er ist immer noch aktiv. Ab und zu jedenfalls, ich könnte mit ihm reden.«

»Und worüber?«

Henry raucht und starrt mich an. Seine Brille rutscht herunter und landet in der violetten Furche auf seiner langen

Nase. »Lass den Unsinn, du weißt, wovon ich rede. Sei nicht so verdammt stur.«

Ich erwidere nichts.

»Ich rufe ihn an und gebe ihm eine Woche, um Ergebnisse zu präsentieren. Wie sie heute heißt und wo sie wohnt. Es ist ja ziemlich offensichtlich, dass sie in unserer Stadt lebt. Sei nicht so ein verfluchter Dickkopf.«

Ich trinke noch einen Schluck. »Dieser Whisky ist viel zu rauchig.«

Henry: »Unsinn, er soll rauchig sein. Wenn dir das nicht passt, trink ein Glas Trocadero ohne Schuss.«

Ich: »Was hast du gesagt, wie er heißt?«

Henry: »Lundewall. Boris Lundewall.«

Ich: »Wie alt?«

Henry: »In unserem Alter. Zum Teufel, das spielt doch keine Rolle.«

Ich: »Und wie kommt es, dass er ein Bekannter von dir ist?«

Henry: »Das spielt auch keine Rolle. Dieser Typ, den du ermordet hast, wie hieß der noch gleich?«

Ich begreife nicht, warum er das fragt, und sage ihm das auch. Henry zuckt mit seinen hängenden Schultern und kratzt sich am Bauch.

Henry (in dem Versuch, listig zu sein): »Weiß der Henker. Ich habe es wohl einfach vergessen.«

Ich: »Ich habe es nie erzählt und werde es auch jetzt nicht tun.«

Henry: »Selber schuld.«

Ich bleibe stumm.

Henry: »Aber du hast ihn ertränkt, war es nicht so?«

Ich blase quer über den Tisch Rauch aus. »Ich verstehe nicht, warum du darüber redest. Wenn man zehn Jahre gesessen hat, sollte es einem erspart bleiben, von diesem Mist zu hören, nicht? Ich zerreiß mir ja auch nicht das Maul über deinen verdammten Schwiegervater. Oder? Getan ist getan.«

Ich frage mich wirklich, worauf er hinauswill. Im Knast erzählte man den anderen, warum man eingebuchtet worden war, aber das tat man nur einmal. Man ritt nicht ständig darauf herum, zumindest taten Henry und ich das nicht. Vielleicht will er mehr über die Verbindung zwischen Andrea Altman und Harald Mutti erfahren, aber was das betrifft, habe ich nicht die Absicht, ihm entgegenzukommen. Entscheidend ist, dass man nicht zu viele Drinks nimmt, denn nach dem dritten ist es nicht immer leicht, seine Zunge zu hüten.

»Vergiss es«, ergänze ich. »Aber wenn es dir Spaß macht, kannst du deinen Privatschnüffler anrufen, ich bin einverstanden.«

»Schön«, sagt Henry. »Ich habe mir gedacht, dass du Vernunft annehmen wirst. Prost.«

Wir trinken jeder einen ordentlichen Schluck. Henrys alte Wanduhr schlägt dreimal müde, sie geht wie üblich falsch.

»Übrigens habe ich das schon getan.«

»Verdammt, was sagst du da?«

Henry rülpst. »Ich habe nur vorgefühlt, das Terrain sondiert, wie man so sagt.«

Ich habe große Lust, aufzustehen und heimzugehen, besinne mich aber eines Besseren. Wir haben gerade erst angefangen, und ich spüre, dass ich noch ein paar Gläser und Zigaretten brauche. Es ist einer von diesen Abenden.

Ich: »Hast du eigentlich den Rollator von Keplers zurückbekommen?«

Henry (gereizt murmelnd): »Von wegen. Diese Spatzenhirne haben gedacht, es hätte keine Eile. Ich kann ihn erst morgen Nachmittag abholen.«

Ich: »Heutzutage ist auf keinen mehr Verlass.«

Der Rest des Abends ist nicht erzählenswert. Es geht die meiste Zeit um den früheren Finanzminister Gunnar Sträng und darum, wie viel besser es in unserem Land aussah, als die Post noch funktionierte. Wobei man sich fragen kann, was Sträng mit der Post zu tun haben soll. Außerdem ging es um das Flaschenpfand sowie um einen Verwandten Henrys namens Adrian Fink, der irgendwo in Westschweden ein Kommunalpolitiker/Schweinehund/korruptes Aas ist. Kurz vor zwölf bin ich wieder zu Hause. Trinke sicherheitshalber zwei Gläser Samarin und stelle fest, dass es meinem Rücken einigermaßen gut geht. Es ist mir auch früher schon aufgefallen; Schnaps hilft gegen Hexenschuss, zumindest solange man noch Alkohol im Blut hat. Die Muskeln entspannen sich, wenn man betrunken ist, das dürfte die Erklärung sein.

Als ich mich gerade ins Bett gelegt habe, fällt mir etwas ein, das Runes Vater, Evert Larsson, einmal gesagt hat: *Eins müsst ihr wissen, ihr Lausebengel. An einem Krieg kommt ihr nicht vorbei.* Und als wir den springenden Punkt nicht zu verstehen schienen, ergänzte er: *Wenn ihr so alt seid wie ich jetzt, werden in diesem Land Hunger und Not herrschen. Ihr werdet schon froh sein müssen, wenn ihr einmal im Monat ein Würstchen essen könnt. Wenn ihr überhaupt noch lebt.*

Wenn ihr überhaupt noch lebt, er wiederholte es zweimal. Wir waren wohl ungefähr zehn, Rune und ich, aber wie alt sein Vater war, weiß ich nicht. Er sah immer eher wie ein Großvater als ein Vater aus und fand, dass wir in Schweden verflucht verwöhnt waren, weil uns ein Krieg bislang erspart geblieben war. Obwohl er Larsson hieß, war er in Finnland aufgewachsen, wo man es besser wusste. Blut in den Stiefeln war etwas, womit man dort einfach rechnen musste.

Evert Larsson hat sich geirrt. Ich bin einige Monate nach dem Ende des Zweiten Weltkriegs zur Welt gekommen, und vierundsiebzig Jahre später kann ich feststellen, dass ich nie auch nur einen Schlag ins Gesicht bekommen habe. Obwohl ich als früherer Mörder gelte und zehn Jahre im Knast gesessen habe. Ich habe mein Leben in einer erfolgreichen Zeit in einem erfolgreichen Land geführt, ich sollte also wirklich nicht der pessimistische alte Sack sein, der ich bin.

Das ist ein irritierender Gedanke, aber statt ihn zu verdrängen, nehme ich ihn ernst und beschließe: Wenn die nächste Sitzung bei Henry Ullberg ansteht, werde ich ihm eine Topfpflanze kaufen. Natürlich nur eine billige und halb verwelkte, aber trotzdem, als eine Geste, um ihm zu zeigen, dass ich ein besserer Mensch bin als er. Wesentlich besser.

Ich bin mit dieser Idee überraschend zufrieden, und hätte ich nicht vor vielen Jahren aufgehört, den Mund zu verziehen, wäre ich vielleicht mit einem Lächeln auf meinen blutleeren Lippen eingeschlafen.

Aber der Gedanke an *Boris Lundewall, Privatdetektiv*, hätte dieses Grinsen wahrscheinlich wieder weggewischt, also ist es auch egal.

14

»Ich kann verstehen, wenn du das ein bisschen seltsam findest. Wir sind eine seltsame Familie.«

Ich murmele als Antwort irgendetwas Sinnloses. Ich bin verwirrt, bemerke aber dennoch eine Veränderung. Als sie in das rote Zimmer kam und das Kommando über die Situation übernahm, wirkte sie auf mich ruhig und tatkräftig, aber sobald wir uns in der Küche gegenübersitzen, vermittelt sie einen völlig anderen Eindruck. Andrea Altman ist alles andere als eine selbstsichere junge Frau.

»Übrigens, die Familie … das sind ja nur Mutter und ich. Früher war das anders, aber jetzt ist es, wie es ist.«

Ich nicke und gebe mir alle Mühe, verständnisvoll auszusehen, verstehe aber kein Wort.

»Aber solltest nicht eigentlich du den Anfang machen?«

Sie errötet, als sie das sagt, und lächelt unsicher. Ich spüre, dass in mir etwas zusammenzuckt, eine Art Signal, das mir sagt … ja, was? Dass ich für sie da sein will? Und sie möchte, dass ich das bin?

Dass sie mich braucht … wenigstens in diesem Moment?

Das sind kühne Gedanken, die ich sicher erst hinterher in Worte fasse. Während wir dort sitzen, bin ich viel zu nervös, um klar denken zu können. Ich habe beschämend wenig Erfahrung darin, mit einer Frau zusammen zu sein. Im Grunde kann ich mich nur auf meine aussichtslose Beziehung zu

Malin Magnusson berufen – seit meinem Umzug nach *M* habe ich nur einmal Sex gehabt. Mit einer traurigen Referendarin namens Louise, die nach einer Betriebsfeier in der Schule mit mir zum Putzen dablieb. Unser Geschlechtsverkehr fand im Ruheraum der Schule zwischen zwei Sprachlaboren in der oberen Etage statt und war für beide Beteiligten gleichermaßen peinlich.

»Hm, ja, stimmt«, sage ich jetzt. »Deine Mutter hat dir also nicht erzählt, dass ich zu Besuch komme?«

Andrea: »Nein.«

Ich: »Das Ganze hat einen etwas eigenartigen Grund ... könnte man vielleicht sagen.«

Andrea: »Aha?«

Ich: »Ich komme von der Fryxneschule, und wir beschäftigen uns gerade mit einer Projektarbeit zum Mordfall Klinger ... ein Kollege und ich und eine Gruppe von Schülern. Es ist ja ganz in der Nähe passiert, und weil deine Schwester ein wenig in die Sache verwickelt war, haben wir gedacht, dass ...«

Ich habe Probleme, die richtigen Worte zu finden, und bin ihr dankbar, dass sie mich unterbricht.

Andrea: »Ich verstehe. Allerdings verstehe ich nicht, dass Mutter bereit war, mit dir zu reden. Das sieht ihr gar nicht ähnlich.«

Ich: »Ach, wirklich? Ja, es wäre natürlich besser gewesen, direkt mit deiner Schwester sprechen zu dürfen, aber sie wohnt ja nicht mehr hier und ...«

Andrea: »Ich kann mir nicht vorstellen, dass Edit über den Mord an Herman Klinger sprechen möchte.«

Ich: »Wenn du meinst. Hast du viel Kontakt zu ihr?«

Andrea: »So gut wie gar keinen.«

Ich: »Nicht?«

Andrea: »Ihr geht es nicht so gut. Sie wohnt in einem Heim. Ich habe sie seit über drei Jahren nicht mehr gesehen.«

Ich: »Und warum nicht? Ich meine … wie schade.«

Andrea: »Ja, das ist schade. Aber es ist, wie es ist.«

Sie klingt wirklich traurig. Und zum zweiten Mal im Verlauf unseres kurzen Gesprächs wählte sie dieselbe Formulierung. *Es ist, wie es ist.* Als ließen sich gewisse Dinge nicht ändern. Als wäre es sinnlos, es auch nur zu versuchen. Ich bin unsicher und weiß nicht, was ich sagen soll.

»Entschuldige. Es war dumm von mir, mich bei deiner Mutter zu melden. Sollten wir … sollten wir nicht zu ihr gehen und nachschauen, wie es ihr geht?«

Andrea schüttelt den Kopf. »Glaub mir, das ist nicht nötig. Sie wacht bald von selbst wieder auf.«

»Bist du sicher?«

»Ja. Das passiert fast täglich. Meistens auch um diese Uhrzeit, wenn ich von der Arbeit nach Hause komme.«

»Ich … ich verstehe nicht ganz.«

Sie zuckt mit den Schultern. »Nein, ich auch nicht. Nicht wirklich, aber ich habe mich daran gewöhnt. Die Ärzte sagen, dass ihr nichts fehlt … zumindest körperlich nicht.«

»Körperlich nicht? Aber …?«

Sie nickt und schüttelt in einer verwirrten Bewegung den Kopf. Dann bricht sie in Tränen aus. Ihre Hände liegen resigniert auf dem Tisch, ich zögere eine Sekunde, ehe ich sie in meine nehme. Minutenlang sitzen wir schweigend da, während sie sich ausweint. Ich lasse ihre Hände nicht los.

Andrea: »Es ist wohl besser, wenn du jetzt gehst.«

Ich: »Ich will nicht gehen.«

Andrea: »Danke. Und ich will dich nicht vertreiben. Aber ich glaube, es ist besser so. Wir können …«

Ich: »Ja?«

Andrea: »Vielleicht können wir uns ja ein anderes Mal sehen. Und uns weiter unterhalten … wenn du magst?«

Ich halte noch immer ihre warmen Hände in meinen. Ihre Wangen schimmern feucht von den Tränen, die auf ihrem Gesicht hinuntergelaufen sind. Sie hat nichts getan, um sie fortzuwischen. Sie sieht mich unverwandt an, mit Augen, die keinen anderen Augen gleichen, die ich in meinem Leben jemals gesehen habe. Sie sind schutzlos, willenlos. Mir wird fast schwindlig davon, in sie zu schauen.

Viele Jahre habe ich regelmäßig, wenngleich in immer größeren zeitlichen Abständen, von diesem Blick geträumt. Aus dem Dunkel der Nacht ist er mir entgegengeflossen, und jedes Mal ist er von einer Art Zittern, einem Beben begleitet worden, das durch meinen Körper zieht und mich erwachen lässt. Oft habe ich auch eine Stimme gehört, wahrscheinlich meine eigene, aber sie kommt aus einer ganz anderen Quelle als mein gewöhnliches, neunmalkluges Geplapper. Ein kurzes Aufblitzen der Ewigkeit, oder was immer es sein mag, aber eine solche Deutung erscheint einem ja lächerlich übertrieben, sobald sie auftaucht. Im Gefängnis habe ich einmal ein Buch mit einem englischen Motto gelesen: *It was. It will never be again. Remember.* Genau das sagt die Stimme, und irgendwie scheint diese Botschaft mit Andreas Blick von damals verwandt zu sein. Ich weiß nicht, wie, und es ist vergebliche Liebesmühe, mehr Worte auf Erklärungen zu verschwenden. Die Zeit ist ein Dieb.

Ein paar Minuten später verlasse ich den Granitvägen 16. Andrea sitzt noch in der Küche, ihre Mutter ist noch ohnmächtig. Ich bin konfus und verwirrt, fast ein wenig berauscht; insgesamt habe ich sicher nicht mehr als anderthalb Stunden in dem Haus verbracht, aber es kommt mir wesentlich länger vor. Ein Zeitabschnitt, der sich nicht messen lässt, weil er von anderer Art ist als die normale Zeit. All diese blassen Minuten, Monate und Jahre, durch die ich in meinem Leben bis dahin gegen den Strom geschwommen bin.

Aber ich trage ein Versprechen in mir. In zwei Tagen wollen wir uns in der Konditorei *Stern* treffen.

15

Ich habe gerade den Stift weggelegt, als es an der Tür klingelt.

Das ist so ungewöhnlich, dass ich im ersten Moment denke, ich hätte mich verhört. Ich bleibe ganz still an meinem Küchentisch sitzen und warte. Dann klingelt es noch einmal, und ich begreife, dass ich Besuch bekomme. Jemand will etwas von mir, hat ein Anliegen, was mir einigermaßen unwirklich erscheint. Dass Henry Ullberg sich die Treppen hochgeschleppt und beschlossen haben könnte, mich zu überraschen, erscheint mir so wahrscheinlich wie die Vorstellung, dass im Treppenhaus Ernest Hemingway steht und auf meinen Klingelknopf drückt.

Ich verlasse meinen Schreibplatz, gehe hin und öffne.

Vor der Tür sitzt ein Hund. Halbgroß, grauschwarz, zottelig.

Er sitzt vollkommen still und sieht mich an. Er wirkt alles in allem friedlich, hat ein Band um den Hals und eine Leine, die in einer Schleife auf dem Boden liegt.

Ich schaue mich um. Das Treppenhaus hinauf und hinunter. Rufe ein vorsichtiges »Hallo«, aber es kommt keine Antwort. Bücke mich und streichele den Hund. Er leckt meine Hand, und ich frage ihn, wie er heißt, aber er schüttelt nur den Kopf und gähnt.

Was soll man da tun?

Denkt Adalbert Hanzon, beißt sich auf die Lippe und stellt fest, dass er wach ist. Er hat noch nie ein Haustier besessen, hat jedoch nichts gegen Hunde, ganz und gar nicht. Möglicherweise hat er sogar mit dem Gedanken gespielt, sich einen als Gesellschaft anzuschaffen, woraus allerdings nie etwas geworden ist.

Es gibt so viel in seinem Leben, aus dem nichts geworden ist.

Ich richte mich auf, was etwas mühsam ist, und denke nach. Weise den Hund an, sitzen zu bleiben, ziehe die Tür zu und gehe in die Wohnung zurück, um Jacke und Schuhe anzuziehen. Es dauert höchstens zwei Minuten, aber als ich erneut die Tür öffne, ist der Hund verschwunden.

Ich bleibe im Türrahmen stehen und werde von plötzlicher Sehnsucht übermannt.

Sie ist so groß und heftig, dass ich mich kaum rühren kann.

Ich verstehe es nicht, weiß aber zugleich, dass ich es nicht verstehen will.

16

Am Anfang sind wir beide ein bisschen verlegen, aber das gibt sich mit der Zeit. Wir sitzen in der oberen Etage der Konditorei mit Aussicht auf den Marktplatz und das Rathaus. Es ist ein früher Samstagnachmittag, ich trinke Kaffee, Andrea trinkt Tee. Ich trage ein frisch gekauftes Polohemd und bin am Vormittag beim Friseur gewesen. Meine Pulsfrequenz ist erhöht, das ist sie schon seit dem Aufwachen am Morgen.

»Wie geht es deiner Mutter?«, frage ich.

»Wie immer«, antwortet Andrea. »Es tut mir leid, dass du mit ihr konfrontiert gewesen bist.«

Dadurch durfte ich dir begegnen, denke ich, traue mich aber nicht, es auszusprechen.

»Ich hätte sie nicht aufsuchen sollen«, erkläre ich stattdessen. »Aber ich habe ja nicht gewusst, wie … wie es um sie steht.«

Andrea: »Nein, woher solltest du auch?«

Ich: »Ja, da hast du recht … aber was ist mit ihr? Ich verstehe es nicht ganz.«

Andrea: »Sie ist ein tragischer Fall.«

Ich: »Ein tragischer Fall?«

Andrea: »Ja. Und sie will tragisch sein.«

Ich: »Aber warum? Hat es etwas mit dem Mord an Herman Klinger zu tun?«

Andrea schüttelt den Kopf. »Überhaupt nicht. Es hat mit meinem Vater zu tun. Nur mit ihm.«

Ich: »Mit deinem Vater?«

Andrea: »Ja. Wenn er noch leben würde, wäre alles anders.«

Ich: »Wann ist er gestorben?«

Andrea: »Elf Jahre sind seither vergangen. Und in dieser Zeit ist die Situation immer gleich hoffnungslos gewesen. Hoffnungslos für Mutter und hoffnungslos für mich.«

Sie zuckt mit den Schultern und lächelt traurig.

Ich: »Was ist passiert? Es war ein Unfall, nicht? Wenn du nicht möchtest, musst du nicht darüber sprechen.«

Andrea: »Ich erzähle es dir gern. Ich vertraue dir. Du scheinst … nett zu sein.«

Ich: »Danke. Ich meine …«

Sie trinkt einen Schluck Tee und streckt den Rücken.

»Also elf Jahre. Er war ihr Held, vielleicht auch meiner … ja, wahrscheinlich.«

Ich sage nichts. Einige stille Sekunden verstreichen, in denen sie sich auf die Unterlippe beißt und auf den Marktplatz schaut.

Andrea: »Er war der beste Mensch, dem ich jemals begegnet bin.«

Ich: »Mm?«

Andrea: »Außerdem war er mein Vater.«

Ich nicke.

Andrea: »Er ist gestorben, während Mutter und ich dabeigestanden und zugesehen haben.«

Ich: »Während ihr zugesehen habt? Wie meinst du das?«

Andrea: »Ja, das stimmt leider. Genau so war es.«

Und dann erzählt sie mir von dem Unfall. Davon, dass Andris Altman, Ingenieur bei Fritzes Maschinenbaufabrik, auf die Idee kommt, sich ein neues Hobby zuzulegen, als er fünfzig wird. Fallschirmspringen. Er belegt Kurse draußen auf Ransåkra, dem Militärflugplatz fünf Kilometer nördlich von *M*, und absolviert zehn Trainingssprünge, ehe es an der Zeit ist, die Familie zu einer kleinen Vorführung einzuladen. Es ist ein wolkenloser Sommersonntag, die äußeren Bedingungen sind perfekt, sechs Fallschirmspringer werfen sich in einem steten Strom aus dem Flugzeug (sie nennt die Bezeichnung der Maschine, ein Buchstabe und zwei Ziffern, glaube ich, aber sie ist mir entfallen). Andris Altman ist als Letzter an der Reihe, erreicht aber als Erster den Erdboden, weil sein Fallschirm sich nicht öffnet. Er landet praktisch vor den Füßen von Frau und Tochter und ist auf der Stelle tot.

Das ist alles. Andrea gibt das Geschehen wieder, als ginge es dabei um etwas völlig Alltägliches, eine triviale Episode aus der Familiengeschichte, eine Geburtstagsfeier oder was auch immer. Ich bin erschüttert, ein wenig schockiert und weiß nicht, was ich sagen soll.

»Das ist ja … furchtbar.«

Andrea: »Ja, das ist es. Mein Vater ist gestorben, und meine Mutter hat den Verstand verloren, es ist exakt im selben Moment passiert.«

Ich: »Den Verstand verloren?«

Andrea: »Jedenfalls ist sie eine andere geworden. Sie ist praktisch sofort in die Psychiatrie gekommen. Ich war vierzehn, eine Tante kam zu uns und hat sich um mich gekümmert.«

Sie verstummt. Ich zögere kurz, dann erzähle ich ihr meine Geschichte. Vom Selbstmord meines Vaters und Tante Gunhilds Auftauchen. Andrea starrt mich an.

»Kann das sein? Das ist ja das Gleiche … zumindest fast. Bei jedem von uns eine Tante. Dann ist sie deine … wie heißt das? Deine Erziehungsberechtigte geworden?«

Ich: »Ja. Aber als es passierte, war ich viel jünger als du. Ungefähr halb so alt. Ich bin mit Tante Gunhild groß geworden. Deine Tante, wie hieß sie noch?«

Andrea: »Tante Anna. Nein, sie ist nur geblieben, solange meine Mutter in der Psychiatrie war. Ein paar Monate. Danach ist meine Mutter wieder nach Hause gekommen, aber sie ist natürlich ein anderer Mensch gewesen. Sie war verwelkt.«

Ich: »Verwelkt?«

Andrea: »So denke ich es mir. Wie eine Topfpflanze, die auf einer Fensterbank steht und der es nicht richtig gelingt zu sterben, weil … weil sie gerade genug Nahrung erhält, um am Leben zu bleiben.«

Das hört sich in meinen Ohren seltsam an, und das sage ich ihr auch. Wieder lächelt sie traurig.

»Natürlich klingt das seltsam, aber man gewöhnt sich daran. Außerdem …«

Ich: »Außerdem?«

Andrea: »Außerdem bin ich ihre Nahrung.«

Ich: »Ohne dich würde sie …?«

Andrea: »Sterben. Genau. Das ist die Lage, und ich habe reichlich Zeit gehabt, sie zu akzeptieren. Danke, dass du dir das Elend angehört hast.«

Doch dabei bleibt es nicht. Wir sitzen noch ziemlich lange an unserem Tisch zusammen, zwei verlorene Seelen an einem Samstagnachmittag in der Konditorei *Stern* in *M*. Die Markthändler auf dem Platz bauen ihre Stände ab und brechen auf, aber unser Gespräch windet sich weiter, und irgendwann, nach langem Wenn und Aber, erwähnt sie einen Namen.

Harald Mutti.

17

Ich muss etwas Bemerkenswertes gestehen. Das Schreiben verfeinert mich.

Das mag sich jetzt schwülstig anhören, aber ich finde keine andere Art, es in Worte zu fassen. Vor allem, wenn ich zurückblicke und zu beschreiben versuche, was zwischen Andrea und mir geschah, habe ich das Gefühl, ein besserer Mensch zu werden. Worte und Gedanken, von denen ich nicht wusste, dass sie in mir verborgen lagen – die in diesem gewöhnlichen alten Sack nicht heimisch sein sollten, dem Kerl, mit dem ich mich nun schon seit so vielen düsteren Jahren identifiziere –, präsentieren sich und schieben sich in den Vordergrund. Es ist ein ebenso überraschendes wie erfreuliches Phänomen, ich habe ja keinen, mit dem ich es erörtern könnte, aber das spielt keine Rolle. Entscheidend ist, dass es geschieht, und das gibt mir die Kraft und Inspiration weiterzumachen. Möchte ich behaupten.

Vielleicht wird auch mein altersschwaches Gedächtnis in Schwung gebracht, es hat den Anschein. Heute Morgen habe ich die Liste dieser Woche völlig problemlos bewältigt, und dabei finde ich, dass die Auswahl, die ich am späten Sonntagabend getroffen habe, nicht gerade einfach gewesen ist.

Willy Brandt
Anna-Lena

Egon Börjesson (Physiklehrer und Trabrennexperte an der Fryxneschule)
Thomas Alva Edison
Paula Polanski
Johnny Weissmuller
Madeleine Fiske (Gefängnisgeistliche)

Heute ist Mittwoch. Ich habe einen Plan: Als Erstes werde ich diesen sogenannten Privatdetektiv aufsuchen, den Henry Ullberg aus dem Ärmel gezaubert hat, als ich vor ein paar Tagen bei ihm war, und mit dem er eigenmächtig einen Termin vereinbart hat. Heute um elf. Er rief gestern an, erzählte es mir leicht triumphierend und dachte natürlich, dass wir gemeinsam dorthin gehen würden. Ich erklärte, dass ich unter gar keinen Umständen seine anrüchige Gesellschaft genießen wolle, und am Ende gab er auf, murmelte etwas darüber, dass ich der undankbarste Wichser sei, der ihm jemals untergekommen sei, und legte auf.

Der Privatschnüffler heißt Boris Lundewall und hat eine Art Büro in der Fimbulgatan nicht weit von hier. Deshalb werde ich zu Fuß gehen, das ist gut für den Rücken, und das Wetter ist passabel, ein bisschen windig vielleicht, aber es zieht kein Regen auf. Ich kann mir zwar kaum vorstellen, dass ich Lundewall beauftrage, aber ich warte mit der Entscheidung, bis ich ihn getroffen und gesehen habe, was in ihm steckt. Und bis ich erfahren habe, was für ein Honorar ihm vorschwebt. Anschließend gedenke ich in der Zentrumbar zu Mittag zu essen, denn das Lokal liegt in einer Querstraße der Fimbulgatan, und ich besuche es ein paarmal im Jahr. Sie servieren Hausmannskost, und ich freue mich schon auf die Reibekuchen mit Speck und Preiselbeeren. Oder vielleicht auch auf Graupenbratwurst mit Béchamelkartoffeln, falls die Reibekuchen nicht auf der Speisekarte stehen sollten.

Danach werde ich mich, satt und zufrieden, für eine Stunde in Betsys Konditorei setzen: ein Kaffee mit einem Marzipanteilchen, einer Zeitung und Aussicht auf den Marktplatz. Es ist ja durchaus möglich, dass sie auftaucht; auf dem Weg zur Apotheke oder zum ICA-Supermarkt oder auf dem Heimweg. Wenn schon so ein Blindfisch wie Henry Ullberg sie aufspüren konnte, sollte ich dieser Aufgabe ja wohl auch gewachsen sein. Es macht ja keine Mühe, wie Tante Gunhild immer sagte, wenn sie vor dem gusseisernen Herd sitzend Strümpfe strickte.

Ja, so sieht der Plan für die nächsten Stunden aus; ich kann mich nicht erinnern, wann ich zuletzt ein so volles Programm hatte.

Boris Lundewall erinnert an eine Ziege. Vielleicht trägt er deshalb eine so große Brille, um zu vermeiden, mit diesem schlichten Tier verknüpft zu werden. Er scheint in meinem Alter zu sein, und sein Büro ist allem Anschein nach eines der Zimmer in seiner Wohnung. Im zweiten Stock eines Mietshauses aus den sechziger Jahren an der Ecke Fimbulgatan und Hjördis allé. Ein Schreibtisch, ein paar Regale mit Aktenordnern und Büchern, zwei Gemälde mit Naturmotiven sowie eine Ledercouch, auf der ich Platz nehme. Etwas zu tief, wenn ich an meinen Rücken denke, aber ich verschiebe die Frage des Aufstehens auf später. Boris Lundewall setzt sich an den Schreibtisch, zupft an seinem grauen Ziegenbart und blinzelt freundlich hinter seiner Riesenbrille.

»Herzlich willkommen, lieber Freund. Was kann ich tun, um Ihre Reise durch das Leben zu erleichtern?«

Er hört sich nicht an, wie ich mir einen Privatdetektiv vorgestellt habe. Eher wie ein freikirchlicher Prediger oder ein

Staubsaugervertreter. Ich erläutere ihm dennoch mein Anliegen, über das er, wie sich herausstellt, bereits von dem vorwitzigen Henry Ullberg unterrichtet worden ist. War ja klar, was hatte ich denn gedacht?

»Und Sie können die Dame nicht googeln, weil Sie ihren jetzigen Nachnamen nicht kennen?«

»Exakt. Hinzu kommt, dass ich keinen Computer habe.«

»Aha? Ja, Ihr Freund hat dieses Detail wohl erwähnt.«

»Das hat er ganz bestimmt.«

Es ist so, dass ich bis vor zwei Jahren einen recht gut funktionierenden Computer hatte, als plötzlich eine Mitteilung auf Russisch auf dem Bildschirm auftauchte (glaube ich, jedenfalls waren es kyrillische Buchstaben), ehe er ganz erlosch. Ich versuchte mehrmals, den Apparat wieder in Gang zu bringen, bevor ich ihn in den Schrank stellte. Da er zu diesem Zeitpunkt schon fast zehn Jahre alt war, nahm ich an, dass eine Reparatur ausgeschlossen wäre, aber angesichts meiner ziemlich miesen Finanzen habe ich mir keinen neuen angeschafft. Außerdem habe ich festgestellt, dass ich auch ganz hervorragend ohne dieses mondäne Ding zurechtkomme, so wie ich auch der äußerst kleinen Schar von Menschen in diesem Land angehöre, die kein Mobiltelefon besitzt. Henry Ullberg besitzt sowohl das eine als auch das andere, auch wenn sein Computer in dem gleichen kläglichen Tempo zu laufen scheint wie er selbst.

Detektiv Lundewall notiert sich etwas, unklar, was, auf einem Block, der vor ihm auf dem Schreibtisch liegt. Krault erneut seinen Ziegenbart und scheint in Gedanken versunken zu sein.

Lundewall: »Diese Frau, sind Sie ganz sicher, dass sie die ist, für die Sie sie halten?«

Ich: »Ich denke schon.«

Lundewall: »Aus welchem Grund?«

Ich: »Vor allem auf Grund einer Tätowierung.«

Lundewall: »Hm, ja, Ihr Freund hat auch dieses Detail erwähnt.«

Ich: »Tatsächlich?«

Lundewall: »Ja, schon, und es scheint zweifellos … entscheidend zu sein. Sind Sie gewiss, dass Sie Kontakt zu ihr aufnehmen wollen? Mit den besten Absichten, wenn Sie verstehen, was ich meine? Es ist mir wichtig, das zu wissen, bevor ich den Auftrag übernehme. In meinem Alter möchte man schließlich, dass man die Welt mit Hilfe seiner Arbeit ein wenig besser macht, und nicht umgekehrt. Sie verstehen?«

Ich nicke leicht erstaunt. Ein Privatschnüffler mit einem Ehrenkodex, das hatte ich nicht erwartet. Ich erkläre, dass ich mich eigenständig um die Kontaktaufnahme kümmern möchte. Hilfe benötige ich nur, um zu erfahren, wo sie wohnt, wie sie heute heißt, … und vielleicht, wie ihre Telefonnummer ist.

»Darüber hinaus kann ich Ihnen versichern, dass ich nichts Böses im Schilde führe«, füge ich hinzu.

»Danke, ich vertraue Ihnen. Mir ist bewusst, dass es sich um eine Frau handelt, die Ihnen einmal viel bedeutet hat, die Sie jedoch viele Jahre nicht mehr gesehen haben.«

»Das ist richtig«, sage ich. »Ich würde es bereuen, wenn ich nicht wenigstens einen Versuch unternehmen würde. Jedenfalls habe ich das beschlossen. Aber ich bin kein vermögender Mensch und habe noch nie einen Privatdetektiv engagiert. Deshalb würde ich gerne wissen … nun ja, was es kosten wird.«

»Das kommt ganz darauf an«, stellt Boris Lundewall in einem leicht bekümmerten Tonfall fest. »Aber ich bin nicht teuer. Es reicht, wenn Sie mir jetzt einen Fünfhunderter geben, und wenn wir innerhalb einer Woche keine Ergebnisse vorweisen können, bleibt es dabei.«

»Fünfhundert?«, sage ich. »Das erscheint mir angemessen. Und wenn Sie Ergebnisse vorweisen *können*?«

»Dann legen wir noch einen Tausender drauf.«

Das klingt eher wie eine Frage als wie ein fester Preis. Vermutlich könnte ich ihn ein wenig herunterhandeln, aber ich will nicht geizig erscheinen. Ich erkläre, dass ich einverstanden bin, und erkundige mich anschließend, ob es möglich sei zu erfahren, wie er vorgehen wolle. Ich erinnere mich, dass er mehrmals das kleine Wort *wir* benutzt hat und will von ihm wissen, ob es eventuell einen Mitarbeiter gibt.

»Ausspähen«, sagt er, setzt seine schwere Brille ab und beginnt, sie mit einem grünen Tuch zu putzen, das er aus einer Schreibtischschublade herausfischt. Er blinzelt mich aus schmalen Schlitzen an; ganz offensichtlich sieht er schlecht. »Es handelt sich hier um einen dieser Fälle, bei denen die einzige Methode, mit der man weiterkommt, in der klassischen Ausspähung des Objekts besteht. Ich benötige mit anderen Worten eine möglichst genaue Beschreibung des Objekts. Diese Tätowierung ist mir leider keine große Hilfe, da mein Büro keine weiblichen Mitarbeiter beschäftigt.«

»Aber folglich männliche?«

»Einen«, sagt Detektiv Lundewall und hält die Brille ins Licht, um seine Putzarbeit zu überprüfen. »Genauer gesagt Enok Svensson. Der vielversprechende Sohn einer Cousine. Aber wie sieht es jetzt mit einer Beschreibung Ihrer neckischen Dame aus?«

Das mit dem Kind der Cousine hört sich nicht sehr vertrauenerweckend an, außerdem gefällt es mir nicht, dass er Andrea eine neckische Dame nennt. Aber ich lasse mir nichts anmerken und versuche, sie mit Hilfe meiner und Henry Ullbergs mangelhafter Beobachtungen zu beschreiben, so gut es geht. Lundewall macht sich Notizen auf seinem Block und wirkt zielstrebig.

»Also in der Gränsgatan?«, sagt er, als ich fertig bin. »Dort haben Sie die Frau beobachtet? Welche Hausnummer?«

»Zweiundzwanzig«, antworte ich.

Er nickt und lehnt sich zurück. »In Ordnung. Und Ihren Namen und Ihre Telefonnummer habe ich auch schon … Adalbert? Ziemlich ungewöhnlich, oder?«

»Meine Mutter war Französin«, erkläre ich und versuche, von der Couch aufzustehen.

»Benötigen Sie eine helfende Hand?«

Er geht um den Schreibtisch herum, nimmt meine Hand, und mit vereinten Kräften gelingt es uns, mich auf die Beine zu stellen.

»Der Rücken?«, erkundigt er sich.

»Der Rücken«, bestätige ich.

Zwei Minuten später stehe ich auf der Straße und überlege, ob ich noch alle Tassen im Schrank habe. Was tue ich hier eigentlich? Aber dann fällt mir die Fortsetzung meines Tagesprogramms ein, und ich schlendere mit dem Bild frisch gebratener Reibekuchen vor meinem inneren Auge zur Zentrumbar.

Die restlichen Stunden bis zu dem Moment, in dem ich hier sitze und schreibe, vergehen im Großen und Ganzen erwartungsgemäß. Die Zentrumbar ist sich treu geblieben; ich esse Graupenbratwurst mit Roten Beten und Béchamelkartoffeln und trinke ein Leichtbier dazu. Nach dem Essen fühle ich mich zwar ein wenig schwer und matt, breche aber ohne fremde Hilfe auf. Besorge mir in der Lottoannahmestelle eine

Zeitung und sitze die geplante Stunde im *Betsys*. Natürlich taucht Andrea nicht auf dem Platz auf, wofür ich allerdings fast ein wenig dankbar bin. In meinem trägen und erschöpften Zustand (trotz zweier Tassen Kaffee), wäre es keine gute Idee, ihre Verfolgung aufzunehmen. Ich muss mir alles gut überlegen, denn wenn es bei dieser Angelegenheit etwas gibt, das gutes Urteilsvermögen und Präzision erfordert, dann ist es natürlich die persönliche Konfrontation. Das steht außer Frage.

Es ist mir auch wichtig gewesen, Boris Lundewall auf diesen Punkt hinzuweisen, bevor wir uns getrennt haben; sein Mithelfer und er dürfen auf gar keinen Fall entdeckt werden oder sich in irgendeiner Weise dem … Objekt nähern.

Enok Svensson? Fast hätte ich den Namen des detektivischen Kinds der Cousine schon wieder vergessen, diesem Vielversprechenden, aber er fällt mir wieder ein, als ich den Stift hebe und eine Weile aus dem Küchenfenster schaue.

Es ist wirklich schmutzig. Verschmiert und voller Streifen, und wie dieser Fensterputzer mit Schnäuzer heißt (den ich einmal im Jahr kommen lasse, allerdings nicht um diese Jahreszeit, sondern eher im April oder Mai), habe ich vergessen. Vielleicht habe ich außerdem im Frühjahr vergessen, mich bei ihm zu melden, es sieht ganz so aus.

Nun ja, vielleicht darf ich ja noch ein weiteres Frühjahr erleben, und seinen Namen habe ich mir irgendwo aufgeschrieben, da bin ich mir sicher.

18

Ich bin zu jener Zeit ein einigermaßen wacher und denkender Mensch, das möchte ich erwähnen. Voller Neugier auf alles Mögliche; Politik, Filme, Musik, Frauen. Henning und ich mischen bei den Protesten gegen den Vietnamkrieg mit, wenn auch nur am Rande. Ich lebe zwar ein wenig zurückgezogen und bin vielleicht ein wenig gehemmt, aber zweifellos interessiert und aufmerksam – insbesondere, das sagt sich von selbst, was meine eigene Entwicklung und meinen Platz in dem Koordinatensystem angeht, das man das Leben nennt (eine Formulierung, an die ich mich noch erinnere, ich habe sie aus einem dünnen Buch geklaut, das Henning Ringman mir einmal mit der Aufforderung in die Hände gedrückt hat, es zu lesen, dessen Titel und Verfasser jedoch dem Vergessen anheimgefallen sind, hieß er vielleicht Borg … irgendetwas?).

Wenn man hinterher in den Rückspiegel blickt, mag es schwierig sein, diese inneren Prozesse zu begreifen, so sieht es zumindest in meinem Kopf aus. Sich zu vergegenwärtigen, wie man tatsächlich dachte und abwog, spekulierte und zu Einschätzungen kam; all die mentale Mühe und Zeit, die darauf verwandt wurde. Ich weiß ja, dass ich mich all dem gewidmet haben muss, aber als alter Mann kann ich mir nicht mehr vorstellen, wie es einmal war. Die Entscheidungen, die man einst traf, die Wege, die man einschlug, werden so schnell unwiderruflich; wenn es getan ist, zählt nur das Ergebnis, es ist das Einzige, was einen bleibenden Abdruck hinterlässt. *Er kam ins Gefängnis. Sie heirateten, bekamen aber keine Kinder. Wir sind mit Sack und Pack nach Australien gezogen. Sie hat sich erhängt.* Und so weiter; in Stein gemeißelt, so scheint es, was man bloß für Gekritzel in nassem Sand hielt.

Aber jetzt habe ich wirklich völlig den Faden verloren. Die Worte kochen über, es ist, als würde man Heringe fischen. Drei tiefe Atemzüge, zurück zum Thema: Konditorei *Stern*, April 1973.

»Harald Mutti?«, frage ich.

»Ja, so heißt er.«

Sie streicht sich eine Haarsträhne aus dem Gesicht und weicht meinem Blick aus.

»Wer ist das?«

»Mein Verlobter. Der Mann, den ich heiraten werde.«

Ich spüre, wie etwas Kaltes und Schleimiges mein Rückgrat hinaufkriecht, und meine Zunge klebt am Gaumen. Sie sagt nichts, sieht nur traurig die Wand an.

»Aha?«, bringe ich mit Mühe heraus. »Wie schön.«

»Nein, das ist nicht schön.«

Sie lehnt sich zurück und sieht mich ernst an. »Überhaupt nicht schön.«

»Ich glaube, das musst du mir erklären.«

Sie zögert längere Zeit, und das Schweigen zwischen uns, es liegt nicht einmal ein halber Meter zwischen unseren Köpfen über dem Tisch, empfinde ich als dicht und wichtig. Als würde … ja, als würde etwas ohne unsere Mitwirkung entschieden, es reicht, dass wir einfach dasitzen und beobachten. Betrachten und etwas erleben, das es eigentlich gar nicht gibt, das aber trotzdem härter ist als Stahl. Das Kalte und Schleimige an meinem Rückgrat zieht sich hastig zurück.

Andrea: »Ich mag ihn nicht mehr. Aber so ist es entschieden worden.«

Ich: »Entschieden worden?«

Andrea: »Ja.«

Ich: »Es ist entschieden worden, dass Harald Mutti dein Verlobter ist und du ihn heiraten wirst … obwohl du ihn gar nicht magst?«

Andrea (nachdenklich): »Findest du, dass sich das seltsam anhört?«

Ich: »Ja, das würde ich schon behaupten wollen.«

Andrea: »Das kann ich gut verstehen, aber es ist, wie es ist. Und anfangs habe ich ihn ja auch noch gemocht. Es ist bedauerlich, aber ich habe es damals versprochen, und jetzt lässt es sich nicht mehr ändern. Sie würde es niemals verkraften, es bedeutet ihr alles … ja, wirklich *alles.*«

Ich: »Ihr? Wen meinst du?«

Andrea: »Mutter natürlich.«

Ich schweige eine Weile und versuche, die Botschaft zu verarbeiten. »Es bedeutet deiner Mutter alles, dass du diesen Harald Mutti heiratest?«

Andrea: »Ja, leider.«

Ich sage nichts. Andrea zögert einige Sekunden, seufzt schwer und entscheidet sich.

»Wenn ich einen Rückzieher mache, bringt sie sich um. Und deshalb habe ich nicht vor, einen Rückzieher zu machen. Entschuldige, ich habe das noch nie jemandem erzählt und weiß nicht, warum ich hier sitze und es dir erzähle. Es kommt mir nur so … erbärmlich vor.«

Sie schluchzt kurz, fängt sich aber wieder. »Danke, dass du mir zugehört hast. Es ist wohl besser, wenn ich jetzt nach Hause gehe.«

Sie macht Anstalten aufzustehen, aber ich halte sie auf.

»Warte mal kurz.«

»Und warum?«

»Weil … weil ich möchte, dass du mir das erklärst. Warum du gegen deinen Willen heiraten musst. Deine Mutter bestimmt doch nicht über dein Leben? Wer ist dieser Harald, kennst du ihn schon lange?«

Sie seufzt. »Seit unserer Kindheit. Er ist mein Cousin … eine Art Cousin.«

Ich: »Dein Cousin? Du heiratest deinen Cousin?«

Andrea: »Er ist mein Großcousin, und das ist erlaubt. Es besteht kein Risiko, wenn man Kinder bekommen möchte.«

Ich: »Und das wollt ihr?«

Andrea. »Ja, das ist ja gewissermaßen der Sinn des Ganzen.«

Ich: »Was denn für ein Sinn?«

Andrea (nach einer Pause): »Dass … dass Vaters Gene, ein Teil von ihnen, zurückkommen.«

Ich: »Was in aller …?«

Andrea: »Damit hält Mutter sich über Wasser. Es ist das Einzige, was sie aufrecht hält, der Gedanke, dass ein kleiner Teil von Andris Altman in ihren Enkelkindern zurückkehren wird.«

Ich: »Aber hast du nicht auch einen Teil von deinem Vater in dir?«

Andrea: »Doch, aber ich bin ja nur ein Mädchen … oder eine Frau.«

Ich: »Das klingt völlig verrückt.«

Andrea: »Ich weiß.«

Ich frage mich allmählich, ob ich träume. Was ist das für ein Irrsinn? Kann das, was sie sagt, wirklich wahr sein, oder erlaubt sie sich einen Scherz mit mir? Doch es reicht, einen

Blick auf sie zu werfen, um zu verstehen, dass es die Wirklichkeit ist. Ihre Wirklichkeit. Verdammt, denke ich, das Leben ist ein Witz.

»Wir sind seit Weihnachten verlobt«, sagt sie. »Nächstes Jahr im August werden wir heiraten.«

»So, so, tatsächlich.«

Ich merke, dass mir die Worte fehlen. Ich weiß nicht, was ich sagen soll, aber dann reagiere ich auf ihre letzten Worte. »Nächsten August? Hast du *nächsten* August gesagt?«

»Ja, August nächsten Jahres, nicht diesen August.«

Ich: »Warum denn das? Warum wartet ihr so lange? Ja, entschuldige, das geht mich natürlich nichts an, aber ist es nicht normalerweise so ...?«

Andrea (mir ins Wort fallend): »Er wird erst seinen Wehrdienst ableisten. Auch das ist entschieden worden.«

Ich: »Aha?«

Andrea: »Im Mai schließt er sein Studium ab und ist Diplomingenieur, danach wird er für fünfzehn Monate eingezogen ... ich glaube, das Ganze nennt sich Ausbildung zum Unteroffizier. Deshalb bleibt er etwas länger bei der Armee als andere Rekruten. Sein Vater ist Major.«

Ich: »Major Mutti?«

Ich finde, das klingt eher wie eine Figur aus einer Klamaukkomödie.

»Genau«, sagt Andrea und lacht kurz trocken und ironisch. »Major Mutti beim Regiment eins neunzehn in Boden. Wo er auch seine Ausbildung absolvieren wird.«

»Und wo ist dein Verlobter jetzt?«

»In Stockholm. Er studiert dort ... er steht kurz vor dem Examen, sodass wir uns nicht besonders oft sehen. Schließlich muss ich hierbleiben und mich um Mutter kümmern.

Aber er kommt ein paar Tage zu uns, bevor er zur Armee muss … genauer gesagt Ende Mai.«

Großer Gott, denke ich. Was für ein Schlamassel.

Vielleicht denke ich das auch nicht. Aber zumindest etwas in der Art. Ich habe mich doch gerade erst in diese junge Frau verliebt, die mir gegenübersitzt und sich auf die Lippe beißt, und jetzt wird sie also einen anderen heiraten. Einen verfluchten Typen mit dem äußerst einfältigen Namen Harald Mutti (Adalbert Hanzon hat zweifellos eine Schöpfungshöhe, die Mutti fehlt) und den sie nicht einmal mag. Nur weil sich die Familien (die Mutter und der Major, nehme ich an, aber vielleicht sind da noch mehr im Spiel) darauf geeinigt haben. Und weil sie es irgendwann einmal versprochen hat.

Sonst nimmt ihre Mutter sich das Leben. Weil sie kein Enkelkind bekommt, das mit den Genen ihres verblichenen Gatten vollgestopft ist, der vor einer ganzen Reihe von Jahren mit einem ungeöffneten Fallschirm in den Tod gestürzt ist.

Was tut man? Ich erinnere mich, dass mich an diesem Samstag in der Konditorei *Stern* sekundenlang eine so heftige Übelkeit überkommt, dass ich kurz davor bin, mich zu übergeben. Und sie rührt ganz eindeutig nur von Andreas Geschichte her; ich habe nichts anderes zu mir genommen als eine Zimtschnecke und zwei Tassen Kaffee, um eine Lebensmittelvergiftung dürfte es sich also nicht handeln.

Aber ich beherrsche mich. Dass ich neue Hoffnung schöpfe oder zumindest einen Hoffnungsschimmer wahrnehme, liegt daran, dass mir der Zeitfaktor einfällt. Diese bedauerliche Hochzeit wird erst in fünfzehn, sechzehn Monaten stattfinden; das bedeutet eine unendliche Menge von Tagen, an denen etwas passieren kann.

Hinterher weiß ich nicht zu sagen, wann die Phrase *etwas kann passieren* in meinem Kopf auftaucht, ob es Worte sind, die schon in der Konditorei *Stern* durchs Hirn ziehen, oder ob das erst später geschieht. Jedenfalls sind sie während des Sommers da, des ersten von unseren zwei Sommern, während mein Rivale zwischen Heidekraut und Mücken und Zwergbirken im Norden Schwedens umherrobbt, und Andrea und ich uns fast tausend Kilometer weiter südlich nahe sind (häufig sehr nahe). Es ist ein Glück, dass unser Land so groß ist, denke ich, so lang gestreckt, dass man höchstens einmal im Monat auf Heimaturlaub zu seiner zukünftigen Braut fahren kann, vor allem, wenn man zur Sparsamkeit neigt, und dieser Tugend will ich Harald Mutti nicht berauben.

Ich will ihn einer anderen Sache berauben.

Irgendetwas *muss* auf jeden Fall passieren.

Natürlich reden wir darüber. Allerdings nur gelegentlich; ich vertrete die Position, dass das Leben nicht so hoffnungslos sein darf, es kann nicht richtig sein, dass Andrea ihre Zukunft zerstört, nur weil sie sich irgendwann einmal jemandem versprochen hat und um die geisteskranke Forderung ihrer schwer gestörten Mutter zu befriedigen. Sie stimmt mir zwar zu, aber niemals so, wie ich es mir wünschen würde; nicht enthusiastisch, sondern passiv und ein wenig traurig, und wenn ich das Thema anspreche, verdüstert sich jedes Mal die Stimmung zwischen uns. Mit der Zeit erkenne ich, dass es besser ist, die Sache auf sich beruhen zu lassen, die Zukunft jenseits des August 1974 überhaupt nicht zu erwähnen; das fällt mir zwar nicht leicht, aber schon damals ist, zumindest in unserem Winkel der Erde, der Ausdruck *carpe diem* in Mode gekommen. Man soll im Hier und Jetzt leben und genießen, was der Tag einem bringt, nicht zu viel nach vorne oder zurück blicken.

Das wird immer schwieriger, je mehr Zeit vergeht, aber am Anfang funktioniert es gut. Am sechsten Juni 1973 lieben wir uns zum ersten Mal bei mir daheim, also an dem Tag, der später zum Schwedischen Nationalfeiertag erklärt wurde. Harald Mutti ist eine Woche zuvor bei seinem Regiment in Boden eingerückt, vor Ende Juli wird er keinen Heimaturlaub bewilligt bekommen, und hinterher, nachdem wir uns geliebt haben, sagt Andrea, so gut habe sie es noch bei keinem anderen gehabt. Ich kann mir die Frage nicht verkneifen, ob sie viele andere gehabt habe, und sie gesteht, dass sie nur zwei zum Vergleich heranziehen könne. Einen Jungen namens Bertil, der auf dem Gymnasium in ihre Klasse ging (kurz, sehr kurz), und danach natürlich Monsieur Mutti. Obwohl sie sich schon so lange kennen, haben sie nur fünf- oder sechsmal miteinander geschlafen, und es ist jedes Mal ein bisschen schlechter gewesen.

»Er will es immer nur im Dunkeln tun, und zweimal im Jahr scheint ihm zu reichen.«

»Mir reicht zweimal am Tag«, erkläre ich schlagfertig, und dann tun wir es wieder. Hinterher trinken wir auf meinem Balkon Rosé und essen Krabben, und ich liebe sie so, dass mein ganzer Brustkorb schmerzt. Ihr zuliebe könnte ich ein Hochhaus umkippen oder ein Krokodil erwürgen.

Morden? Gute Frage.

In diesem ersten Sommer fahren wir mit den Rädern oft zum Rossvaggasjön hinaus und gehen schwimmen. Ab dem Mittsommerfest Ende Juni habe ich sechs Wochen frei, und Andrea hat den ganzen Juli Urlaub. Sie hat eine besondere Beziehung zum Wasser, es ist eine ihrer Eigenheiten, die ich zu akzeptieren lerne. Selbst wenn es ein etwas kühlerer Tag mit einer Wassertemperatur deutlich unter zwanzig Grad ist, schwimmt sie manchmal stundenlang. Ich selbst finde, dass es reicht, ein paarmal kurz hineinzuspringen, und so liege ich oft allein auf unserer Decke und betrachte ihren Kopf, der auf der dunklen und meist spiegelblanken Wasseroberfläche auf und ab wippt. Es sind selten viele Menschen am Rossvaggasjön, es gibt bessere und beliebtere Badeseen in der näheren Umgebung, und an manchen Tagen sind wir völlig allein. Zweimal haben wir ein Zelt und Schlafsäcke dabei und übernachten im Wald. Grillen Würstchen und trinken Rosé, immer Rosé, und an einem dieser Abende erzähle ich ihr, was mir einst die merkwürdige Anhalterin geweissagt hat. Dass ich einer Frau mit den Initialen AA begegnen und sie mein Schicksal sein werde.

Meine Geschichte ängstigt Andrea. Es liegt vor allem an dem Wort *Schicksal*, das sie nicht mag. Ich bereue, dass ich mich nicht anders ausgedrückt habe, warum habe ich stattdessen nicht von »Liebe« gesprochen?

Aber das war nicht das Wort, das die Anhalterin benutzt hat, und gesagt ist gesagt.

Wir unterhalten uns natürlich auch über unsere Arbeit. Wie groß der Unterschied zwischen ihrem und meinem Arbeitsplatz ist. In der Welt der Schule habe ich täglich Kontakt mit Hunderten Menschen, in Stenströms Beerdigungsinstitut steht man in einem engen Kontakt mit Stille und Schweigen. Andrea hat nur zwei Arbeitskollegen, ihren Chef Allan Stenström, der um die siebzig ist, und seinen Sohn Bertram, gut vierzig und der Erbe, der die Firma einmal übernehmen wird, wenn sein Vater eines Tages beschließt, dass die Zeit dafür gekommen ist. Aber er wird wohl noch etwas warten müssen, meint Andrea; der Betrieb wurde Anfang des zwanzigsten Jahrhunderts von Sigmund Stenström gegründet, und besagter Sigmund gab seinen Posten erst auf, als er wenige Tage vor seinem neunzigsten Geburtstag auch den Geist aufgab.

Andrea erfindet allerdings eine dritte Angestellte: die fiktive Anna-Karin Blomgren, die in ihrem Alter ist und immer dann als ihr Alibi dient, wenn sie mit mir zusammen ist. Madeleine Altman ist nicht gerade begeistert, dass ihre Tochter bei dieser Anna-Karin übernachtet, findet sich aber damit ab. Ich versuche, etwas mehr über Mutter Altman herauszufinden, kann es einfach nicht lassen, mir Gedanken über ihren mentalen Zustand zu machen, und darüber, warum sie so besessen von der Idee ist, dass Andrea Harald Mutti heiratet und Kinder mit ihm bekommt. Andrea spricht jedoch nur ungern über ihre Mutter; ihr verstorbener Vater erweist sich dagegen als ein schier unerschöpfliches Thema, und ich begreife, dass er ein wirklich guter und wirklich besonderer Mensch gewesen sein muss. Andrea hat sich das Datum seines Todes auf die Brust tätowieren lassen, auf der Höhe des Herzens, und wenn wir über ihn sprechen, legt sie oft ihre Hand auf diese Stelle.

Auch über Edit Block reden wir, Andreas Adoptivschwester; schließlich haben wir uns in gewisser Weise wegen ihr kennengelernt. Edit ist viele Jahre älter als ihre Schwester, fast ein Jahrzehnt, und es hat nie eine enge Verbindung zwischen ihnen gegeben, erklärt Andrea. Zur Zeit des Mordfalls Klinger, zwei Jahre bevor Andris Altman in den Tod stürzte, war Andrea zwölf, und in Erinnerung geblieben ist ihr vor allem, dass Edit, die immer schon ein schwaches Nervenkostüm gehabt habe, damals auch noch auf dem besten Weg war, verrückt zu werden. Eine Zeitlang wurde sie in Svartåberg behandelt, einer zwanzig Kilometer nördlich von *M* gelegenen Nervenheilanstalt, und danach zog sie nie mehr zurück zu ihrer Familie im Granitvägen.

»Seltsam«, sagt Andrea. »Ich fand sie immer irgendwie seltsam, und obwohl ich es Mutter oder Vater gegenüber niemals zugegeben hätte, fürchtete ich mich ein bisschen vor ihr.«

»Und ihr habt keinen Kontakt mehr zueinander?«

»So gut wie keinen.«

Als Harald Mutti zum Monatswechsel Juli-August Ernteurlaub bekommt, sehen Andrea und ich uns eine ganze Woche nicht. Um nicht in *M* herumlaufen und den beiden womöglich zufällig begegnen zu müssen, fahre ich mit Henning Ringman nach Stockholm. Wir wohnen in einer Jugendherberge, besuchen fünf verschiedene Schäreninseln und gehen in vierzehn Museen, und als wir nach *M* zurückkehren, ist Mutti wieder dort, wo er hingehört, beim Regiment eins neunzehn in Boden, und es bleiben nur noch ein paar Tage, bis das neue Schuljahr beginnt.

Andrea und ich treffen uns fast so, als wäre nichts passiert, und als ich sie frage, wie es ihr mit ihrem Verlobten ergangen sei, antwortet sie nur, es sei wie immer gewesen. Ob sie miteinander geschlafen hätten, frage ich. Nein, leider habe sie die ganze Zeit ihre Tage gehabt, antwortet sie und lacht.

Ich finde, dass ihr Lachen ein wenig verzweifelt klingt, sage es aber nicht.

Während unseres Aufenthalts in der Hauptstadt sprechen Henning und ich natürlich über den Mord an Herman Klinger. Wir kommen mit unseren Ermittlungen nicht weiter, und Henning hat allem Anschein nach das Interesse an dem Fall verloren. So ist es oft bei ihm, er brennt ein paar Wochen oder ein, zwei Monate für eine Sache, dann erlischt das Feuer, und etwas anderes taucht auf. Allerdings erwähnt er etwas Interessantes.

Es stellt sich heraus, dass einer der drei Polizisten, mit denen er sich getroffen hat, Rune Larsson heißt, und es ist zweifellos so, dass es sich bei dem Beamten um meinen alten Schulkameraden handelt, der damals für einen kurzen Zeitraum Rüne Larzon hieß. Ich erinnere mich natürlich an Rune aus meiner Zeit an der Stavaschule, schließlich war er einige Jahre mein bester Freund, aber mir vorzustellen, dass er Polizist geworden ist, finde ich seltsam. Und dass er ausgerechnet in dieser Stadt arbeitet. Ich beschließe halbherzig, ihm einen Besuch abzustatten. So wie das Leben sich entwickelt, kommt es dazu jedoch nie; als wir uns schließlich wiedersehen, hat stattdessen er einen guten Grund, mir einen Besuch abzustatten.

Meine Beziehung zu AA erwähne ich Henning gegenüber mit keinem Wort. Und auch keinem anderen gegenüber.

19

Ich sitze heute in der Stadtbücherei.

Nach dem Frühstück habe ich zufällig einen Blick in meine ausgeliehenen Bücher geworfen und dabei festgestellt, dass ich drei Tage über das Rückgabedatum hinaus bin. Und als ich mich schon auf den Weg machen will, kommt mir die Idee, meine Schreibroutine ein wenig zu verändern. Warum nicht? Ist das Bibliotheksmilieu nicht wie gemacht dafür, eine Chronik zu komponieren?

Ich lege Schreibblock und Stifte in die Aktentasche und finde nach kurzer Suche einen ganz hervorragenden Tisch am hinteren Ende des Lesesaals; in einer Ecke an einem Fenster, das wesentlich sauberer ist als meine eigenen, mit Aussicht auf gelbe, halb nackte Birken und eine seit Langem verrammelte Würstchenbude. Ich meine mich zu erinnern, dass ihr Besitzer Tompa hieß und seine Tätigkeit in der Branche aufgab, nachdem er innerhalb eines halben Jahres dreimal von einer Jugendgang ausgeraubt worden war, aber vielleicht verwechsele ich Tompa auch mit einem anderen Würstchenverkäufer.

Es ist Freitag. Gestern ist nicht viel passiert, aber daran bin ich gewöhnt. Ich war nicht einmal vor der Tür, obwohl das Wetter eigentlich ganz anständig war. Die meiste Zeit habe ich auf der Couch gelegen, Kreuzworträtsel gelöst und mir alles durchgelesen, was ich bis jetzt geschrieben habe. An einzelnen Stellen habe ich ein Wort ausgetauscht und einige dumme Sätze gestrichen, aber im Großen und Ganzen finde ich, dass die Darstellung meinen Erwartungen gerecht wird.

So wie hier beschrieben war es, und so ist es.

Damals und heute; es ist ein seltsamer Gedanke, dass derselbe Mensch in beides verwickelt sein soll, der knapp dreißigjährige Grünschnabel und der fast vierundsiebzigjährige Greis, und dass es da eine … wie nennt man das? … eine *Kontinuität* gibt? Und dann wird eines Tages alles gekappt, so abrupt wie ein Stromausfall, und kein Schwein wird einen Unterschied bemerken. Zu meiner Beerdigung werden zwei Personen erscheinen, Henry Ullberg und Ingvor Stridh, wenn sie bis dahin nicht den Löffel abgegeben haben. Im Übrigen ist es nicht gesagt, dass Henry Ullberg es der Mühe wert finden wird, selbst wenn er mich überleben sollte; wie ich ihn kenne, wird er sich damit entschuldigen, dass es regnet oder er Schmerzen in den Knien hat. Ich wüsste allerdings nicht, bei wem er sich entschuldigen können sollte.

Aber weg mit diesem Mist. Ich schreibe ja nicht, um zu beweisen, dass unser Dasein sinnlos ist, das ist auch ohne meine vielen wenig treffenden Worte offensichtlich. Es geht um dieses andere, das Ungeklärte, die mikroskopisch kleine Möglichkeit, dass die Kontinuität tatsächlich mehr Blut in den Adern hat als bisher gedacht.

Mehr Blut in den Adern …? Ich habe keine Ahnung, was ich damit meine. Ich gehe zur Cafeteria, kaufe eine Tasse Kaffee und ein Marzipanteilchen und schmuggele beides an meinen Arbeitstisch. Mir fällt etwas ein, das Ende der achtziger Jahre passiert ist; vielleicht ist es auch schon Anfang der Neunziger gewesen, jedenfalls hatte die Berliner

Mauer Löcher bekommen, und in Rumänien war kurz zuvor das Diktatorenehepaar Ceauşescu standrechtlich erschossen worden.

Es ist Winter, und ich wohne in *L*, wohin ich nach meiner Haftentlassung einige Jahre zuvor gezogen bin. Früher Sonntagmorgen, dichter Schneefall vor meinem Schlafzimmerfenster.

Das Telefon klingelt, ich mühe mich aus dem Bett und gehe an den Apparat.

»Morgan?«, sagt eine Frauenstimme. »Ich brauche deine Hilfe.«

»Ich glaube ...?«

»Es ist dringend. Mein Gott, ich weiß nicht, was ich tun soll!«

Sie klingt aufgebracht. Gelinde gesagt; ihre Stimme überschlägt sich, allem Anschein nach ist die Frau am anderen Ende der Leitung kurz davor, die Fassung zu verlieren. Ich frage mich, ob ich möglicherweise noch im Bett liege und träume, aber als ich einen Blick über die Schulter werfe, sehe ich, dass mein Bett leer ist.

»Morgan?«

»Ich glaube, Sie haben sich verwählt.«

Aber sie hört mir gar nicht zu. »Du musst sofort herkommen! Ich schaffe das nicht.«

Ich kenne tatsächlich jemanden namens Morgan. Morgan Blom heißt einer meiner drei Arbeitskollegen bei Lindemans Gärtnerei, wo ich seit knapp zwei Jahren arbeite. In meinem verschlafenen Zustand kommt mir der Gedanke, dass es, irgendwie über die Arbeit, zu einer Verwechslung unserer Telefonnummern gekommen sein könnte und dass diese hysterische Frau deshalb in dem Glauben ist, diesen Morgan

Blom anzurufen. Das ist natürlich ein völlig abstruser Gedanke, was mir allerdings erst hinterher klar wird.

»Was ist passiert?«, frage ich aus einer Art ebenso abstrusem Solidaritätsgefühl mit meinem Arbeitskameraden heraus, was auch daran liegt, dass ich Morgan Blom mag, wir sehen uns zwar nicht privat, verstehen uns aber immer gut, wenn wir gemeinsam pflanzen oder gießen, Obstbäume beschneiden oder an Kunden ausliefern. Oder auch nur im Pausenraum zusammensitzen und Unsinn reden. Er weiß, dass ich im Gefängnis gesessen habe, aber das stört ihn nicht weiter; er hat selbst eine Bewährungsstrafe auf dem Kerbholz.

Die Frau: »Er hat sich eingeschlossen! Er sagt, dass er sich umbringen will! Er hat ein Messer!«

Ich: »Sie haben sich verwählt.«

Die Frau: »Ja, aber ich höre doch, dass du es bist.«

Ich: »Wer hat sich eingeschlossen?«

Dumme Frage, aber sie ist mir einfach so herausgerutscht.

Die Frau: »Tommy natürlich! Bitte, komm schnell! Diesmal ... musst du ... Verantwortung übernehmen ... mein Gott!«

Die letzten Worte kommen stoßweise, dann bricht sie in Tränen aus. Ein verzweifeltes, lautes Heulen, und falls ich es bisher nicht verstanden haben sollte, begreife ich es jetzt. Die Frau am Telefon ist in Not. Jemand namens Tommy hat sich mit einem Messer eingeschlossen und droht, sich das Leben zu nehmen.

Ich: »Haben Sie die Polizei gerufen?«

Die Frau: »Die Polizei? Dir ist ja wohl klar, dass ich nicht die Polizei rufen kann.«

Ich: »Aha? Nein, natürlich nicht ... aber jetzt ist es nun einmal so, dass ich nicht weiß, wer Sie sind, und ...«

Die Frau: »Oh, verdammt, ich kann nicht mehr! Also kommst du jetzt oder kommst du nicht?«

Ich bin völlig durcheinander und weiß nicht, was ich tun soll. Einfach aufzulegen, erscheint mir nicht richtig. Und ihr klarzumachen, dass sie mit dem Falschen redet, funktioniert offensichtlich auch nicht.

»Na schön«, sage ich. Wieder kommen die Worte über meine Lippen, ohne dass ich sie gedacht habe. »Dann mache ich mich wohl mal auf den Weg. Wie ist die Adresse?«

»Die Adresse? Warum fragst du nach meiner Adresse? Hast du sie nicht mehr alle?«

Plötzlich klingt sie aggressiv. »Fågelvägen fünfundzwanzig natürlich … großer Gott, jetzt schreit er etwas hinter der Tür. Ich kann nicht mehr reden, komm, so schnell du kannst!«

Damit knallt sie den Hörer auf die Gabel.

Ich stehe in meinem verwaschenen Pyjama da und weiß nicht ein noch aus. Es ist erst halb acht. Abgesehen von den wirbelnden Schneeflocken, die von einer einsamen Straßenlaterne auf dem Bürgersteig vor meiner Wohnung beleuchtet werden, herrscht in der Welt da draußen noch nächtliche Dunkelheit. Zumindest in *L*, das nördlich des zweiundsechzigsten Breitengrades liegt. Was tun? Die eine Alternative ist natürlich, wieder ins Bett zu gehen, mir die Decke über den Kopf zu ziehen und so zu tun, als wäre nichts passiert. Noch zwei Stunden zu schlafen und, wenn ich das nächste Mal aufwache, zu beschließen, dass dieses Telefonat niemals stattgefunden hat, dass es nur ein Traum gewesen ist. Schließlich ist es Sonntagmorgen, der eine von zwei Morgen in der Woche, an denen ich ausschlafen kann.

Bevor ich dazu komme, über diese Frage nachzudenken, klingelt erneut das Telefon. Ich muss den Hörer nicht abheben. Ich weiß, dass sie es ist. Ich habe nicht viele Bekannte, höchstens drei oder vier, und keiner von ihnen würde auf die Idee kommen, mich an einem Sonntag um diese Uhrzeit anzurufen.

Ich spare es mir, mich zu melden. Gehe stattdessen ins Badezimmer und klatsche mir mit Wasser die letzten Reste Schlaf aus dem Gesicht. Was hat sie gesagt?

Fågelvägen 25. Ich weiß, wo das ist. Zehn Minuten zu Fuß, ich bin schon unterwegs.

Es ist ein Einfamilienhaus. Ein Flachbau aus blassgelben Backsteinen, aus den Sechzigern, schätze ich. Ein verschneiter Gartenstreifen, aus dem zwei stockähnliche Bäume aufragen, ein Fahrrad und etwas, das eine Sonnenuhr sein könnte. Vier Fenster zur Straße hin, in allen brennt Licht, aber in drei von ihnen sind die Jalousien heruntergelassen. Auch der Gang zur Haustür ist verschneit, aber man kann Spuren von Füßen ausmachen, die das Haus vor etwa einer Stunde verlassen haben; zu dieser Einschätzung komme ich, als ich auf der Straße stehe und mit meinen Bedenken ringe.

Außerdem noch mit etwas anderem, nämlich der Ähnlichkeit mit dem Haus im Granitvägen in *M*, wo Andrea mit ihrer Mutter wohnte und unsere Geschichte begann. Damals, vor fast zwanzig Jahren ... es ist ein unumgänglicher Vergleich, und gleichzeitig natürlich auch der Grund, aus dem ich mich an diese Episode erinnere, während ich, wiederum fast dreißig Jahre später, schreibend in der Bibliothek sitze. Der Strom der Zeit fließt offenbar langsamer als der Dalälven, denke ich. Normalerweise treibt man mit der Strömung, aber wenn man sich anstrengt, kann man auch in die andere Richtung schwimmen.

Aber weg mit diesen Binsenweisheiten, weiter mit der Geschichte. Ich stelle fest, dass an das Haus eine Garage angebaut ist, und auch dort ist kein Schnee geschaufelt worden. Stelle auch fest, dass es ein paar Minuten nach acht ist und ich der einzige Mensch in der Nachbarschaft bin, der sich im Freien aufhält.

Da ich nun schon so weit gekommen bin, stapfe ich zur Tür und klingele. Es dauert eine Weile, bis mir jemand aufmacht, aber ich höre, dass sich im Haus etwas regt, und verzichte deshalb darauf, noch einmal zu klingeln.

Die Tür wird von einem nackten Indianer aufgeschlagen.

Er dürfte ungefähr vier Jahre alt sein, und dass er ein Indianer ist, erkennt man in erster Linie an der Kriegsbemalung in seinem Gesicht sowie an dem prächtigen Federschmuck, den er ein wenig schief auf dem Kopf trägt.

»Hugh, hugh, Beichgesicht«, sagt er. »Wie heiße du?«

Ich nenne meinen Namen und frage ihn, ob seine Mama zu Hause sei.

Der Indianer: »Nee. Se is in Bergen und fahrt sittschuh.«

Ich: »Ski?«

Der Indianer denkt einen Moment nach und zieht dabei an seinem Schniedel. »Ja … Tschi.«

Ich: »Aber du bist doch nicht alleine zu Hause?«

Der Indianer: »Bin nich ze Hause. Ich binne bei Tant Ullabitt.«

Ich: »Und wo ist Ulla-Britt?«

Der Indianer: »Da drinne …«

Er zeigt auf eine halb offene Tür und lässt mich stehen. Ich bewege mich in die angewiesene Richtung und gelange in eine muffig riechende Küche, die mit allen möglichen Dingen vollgepfropft ist: schmutzigem Geschirr, Essensresten, Spielzeug, Kleiderstücken, verstreuten Zeitungen und leeren Flaschen. Vor einer schmierigen Kühl-Gefrier-Kombination steht eine Frau in einem schlabberigen Trainingsanzug und mit einer dunklen Brille. Sie hält eine Zigarette in der einen Hand, einen Schraubenzieher in der anderen und hat unübersehbar eine harte Nacht hinter sich. Um die fünfzig, schätze ich, aber genauso gut könnte sie vierzig oder sechzig sein. Ich komme zu dem Schluss, dass ich mit ihr telefoniert habe.

»Es ist zu spät«, sagt sie und legt den Schraubenzieher auf die Spüle. Ihre Stimme ist schwach, kaum mehr als ein Flüstern, aber ich habe dennoch den Eindruck, dass ich sie erkenne.

»Tommy«, sage ich und gehe zwei Schritte auf sie zu. »Also wo ist er?«

Sie schüttelt den Kopf und zieht an der Zigarette. Asche fällt zu Boden, es ist ihr egal. Sie steht regungslos, nur der Kopf zittert leicht, sie sieht aus, als würde sie jeden Moment das Bewusstsein verlieren. Oder den Verstand, oder beides. Ich denke, dass ich mich nicht an diesem Ort befinden sollte. Ich sollte noch in meinem Bett liegen oder an meinem Küchentisch sitzen und mir die erste Tasse Kaffee des Tages einverleiben. Aber ich stehe, wo ich stehe, und glotze die erschöpfte Frau an. Eine halbe Minute vergeht, keiner von uns sagt etwas. Der Schnee an meinen Stiefeln schmilzt und bildet traurige kleine Pfützen auf dem schmutzigen Fußboden.

»Was ist passiert?«, bringe ich heraus.

Sie zuckt zusammen, als hätte ich sie geweckt.

»Da.« Sie zeigt auf eine Türöffnung am Ende der Küche. »Geh rein, dann siehst du es, Morgan.«

Offenbar glaubt sie nach wie vor, dass ich Morgan bin, und als ich das erkenne, erkenne ich zugleich, dass mit ihren Augen etwas nicht stimmt. Die dunkle Brille verbirgt einen Blick, der offenbar keinen Unterschied zwischen einem Morgan und einem Adalbert macht.

Ein weiteres Mal folge ich der angewiesenen Richtung. Als ich an ihr vorbeigehe, steigt mir deutlich der süßlich-saure Geruch von altem Alkohol in die Nase, der sie umgibt. Ich komme in einen kleinen Flur, geradeaus eine Toilette, links Schränke, rechts eine Tür in Mahagonioptik.

Ich drücke die Klinke hinunter. Abgeschlossen.

Klopfe an. Keine Antwort.

Die Frau, die möglicherweise Ulla-Britt heißt, tritt hinter mich.

»Es ist zu spät.«

Ich denke, dass sie vermutlich vollkommen recht hat. Mir drängt sich das Gefühl auf, dass in diesem Haus alles Mögliche zu spät ist. Ich rüttele noch einmal am Türgriff und stelle fest, dass die Klinke ein wenig lose sitzt. Außerdem fällt mir eine kleine Schraube auf dem Fußboden ins Auge, und ich nehme an, dass Ulla-Britt versucht hat, mit Hilfe des Schraubenziehers, den sie vorhin in der Hand hielt, in das Zimmer einzudringen.

Bevor es zu spät war. Was führte dazu, dass es zu spät war? Hat Tommy sich das Messer so in den Leib gerammt, dass man es durch die falsche Mahagonitür gehört hat? Liegt er dahinter in einer großen Blutlache? Leblos und unrettbar verloren?

Und wer ist er? Ein jugendlicher Sohn oder ein fünfzigjähriger Ehemann?

Die Fragen wehen durch meinen Kopf, ohne einen Abdruck zu hinterlassen. Nur eine Frage bleibt, was in Gottes Namen ich jetzt tun soll.

Ulla-Britt lehnt sich an die Wand und raucht. Ich trete einen Schritt zurück und betrachte die Tür. Sie geht in das Zimmer hinein auf. Ich denke, dass ich ein amerikanischer Bulle in einem schlechten Fernsehkrimi bin, von denen habe ich eine Menge gesehen.

Ich nehme Anlauf und werfe mich mit der Schulter gegen die Tür. Sie gibt sofort nach, und ich stolpere in das Zimmer.

Es ist leer.

Zweifellos das Zimmer eines Jugendlichen. Die Wände sind mit Postern von Idolen bedeckt. Eine Reihe von Hardrockmusikern, vereinzelt aber auch Sportstars. Zwei halb nackte Frauen und ein Gorilla, der auf den Hinterbeinen steht und angriffslustig aussieht.

Ein ungemachtes Bett, eine Musikanlage und ein kleiner Fernseher. Dagegen kein Blut, kein toter Körper auf dem Fußboden, und am auffälligsten ist, dass das Fenster über dem Bett sperrangelweit offen steht. Schneeflocken wirbeln in das Zimmer herein, und der dünne, blau-weiße Vorhang flattert im Luftzug.

Die Frau zwängt sich an mir vorbei und rennt zum Fenster. Lehnt sich hinaus und schreit mit neu gewonnener Kraft.

»Tommy! Tommy, du Miststück!«

Ich schaue hinaus. Auch im Schnee liegt kein junger Mann in einer Blutlache. Aber es sind frische Fußspuren zu sehen; das Zimmer geht nicht zur Straße hin, sondern zur Rückseite und zu einem Nachbargrundstück. Die Fußspuren umrunden etwas, das ein ausrangierter Kaninchenkäfig sein könnte, und verschwinden anschließend hinter einem schneebeschwerten Gebüsch.

»Verdammter Mist!«, stellt die Frau fest und wirft ihre Zigarette zum Fenster hinaus. »Kannst du da draußen etwas sehen?«

Offenbar ist sie nicht vollständig erblindet. Ich teile ihr mit, dass jemand durch den Schnee gelaufen ist. Vor Kurzem erst, die Spuren sehen frisch aus.

»Sicher?«

»Ja.«

Sie murmelt etwas, das ich nicht verstehe, und bittet mich, das Fenster zu schließen. Sie kehrt in die Küche zurück. Ich ziehe das Fenster zu, lege den oberen Haken vor, der untere ist kaputt, und folge ihr.

Der nackte Indianer ist zurückgekehrt. Er sitzt unter dem Küchentisch und spielt mit einem Zollstock und ein paar Federbällen. Die Frau interessiert sich nicht für ihn. Stattdessen zieht sie eine neue Zigarette heraus und zündet sie sich mit einem violetten Feuerzeug an. Lässt sich auf einen Stuhl am Tisch fallen. Ich denke, dass es jetzt reicht, es wird höchste Zeit, dass ich aufbreche. Ich bin in einem wesentlich höheren Maße zu Hilfe geeilt, als man es von mir verlangen kann, und weiter in diesem Irrenhaus zu bleiben, käme mir wie pure Selbstquälerei vor.

»Soll ich die Polizei rufen?«, frage ich.

Sie schüttelt den Kopf.

»Halt, Polsei, Hänne hoch«, sagt der Indianer.

»Also gut«, sage ich. »Ich gehe dann mal.«

Sie erwidert nichts.

»Ta tü ta ta, die Polsei is da«, ergänzt der Indianer und beißt in einen Federball.

Ich zögere noch ein paar Sekunden, beeile mich dann aber, in das Schneegestöber hinauszukommen.

Die Sache hat ein Nachspiel. Vier oder fünf Tage nach meinem ungeplanten Besuch im Fågelvägen 25 kann man in der Lokalzeitung lesen, dass ein junger Mann verschwunden ist. Er heißt Tommy … gefolgt von einem Nachnamen, an den ich mich nicht mehr erinnere, obwohl ich eine ganze Weile darüber nachgegrübelt habe. Berglund oder Lundgren, Lindberg oder Bergman? Oder etwas Ähnliches, es spielt keine

Rolle. In der Zeitung ist ein Foto von ihm abgedruckt, ein ziemlich dunkler und düsterer Jüngling mit langen schwarzen Haaren und einem flaumhaarigen Schnurrbart. Ein kalter Blick, er gibt wirklich sein Bestes, um cool und teilnahmslos zu wirken; es ist kein schmeichelhaftes Bild, und man kann sich wirklich fragen, warum sie ausgerechnet dieses ausgewählt haben. Aber vielleicht hat es kein besseres gegeben, und vielleicht sieht er exakt so aus. Dem Artikel lässt sich entnehmen, dass er neunzehn ist, am Sonntag das Haus verlassen hat und man annimmt, dass er depressiv ist.

Wieder ein paar Tage später wird die nächste Information in dem Fall bekannt. Der gesuchte Tommy ist lebend wiedergefunden worden, genauer gesagt im Stockholmer Stadtteil Södermalm, wo er im Zusammenhang mit einem Streit und Sachbeschädigung verhaftet worden ist. Die Lokalzeitung nennt in ihrem Bericht seinen Namen und diverse Details und verwendet das gleiche Bild wie beim letzten Mal. Dagegen enthält der Artikel keine Informationen darüber, wie Tommy in die königliche Hauptstadt gekommen ist oder in welcher Angelegenheit er dort unterwegs war.

Ebenso wenig steht dort etwas über eventuelle Konsequenzen, das geschieht erst zwei Monate später, als Tommy nach *L* und in den Fågelvägen 25 zurückkehrt. Dort ruht er sich nicht auf seinen Lorbeeren aus, sondern zündet, nur wenige Stunden nachdem er aus dem Zug gestiegen ist, sein Elternhaus an. Oder versucht zumindest, es in Brand zu setzen; die Feuerwehr rückt aus und löscht, und der Schaden ist relativ klein. Tommy wird in die Erziehungsanstalt zurückgebracht, aus der er abgehauen ist, und wie sein weiterer Lebensweg aussieht, entzieht sich meiner Kenntnis.

Von Zeit zu Zeit, zum Beispiel heute, denke ich jedoch an ihn – und an die halb blinde Ulla-Britt und den kleinen Indianer und daran, wie viele Menschen es gibt, die es einfach nicht hinbekommen. All die (wir?), die das Leben von der Wiege bis zur Bahre wie ein Motorrad mit Beiwagen und Reifenpanne vor sich hin schleifen. In dem jede Handlung schiefläuft und weder das Eingreifen eines Morgans oder Adalberts irgendetwas nutzt.

Ich bin mir nicht sicher, welche Schlussfolgerungen sich aus einer solchen Feststellung ziehen lassen. Andererseits glaube ich auch nicht, dass ich es wissen will. Womit wir wohl wieder bei der hoffnungslosen Frage des Determinismus gelandet wären. Du spielst keine Rolle in der Welt.

Aber vielleicht ist der kleine Indianer ja einer hoffnungsvollen Zukunft entgegengegangen, was weiß denn ich?

Es ist später Nachmittag und die Dämmerung schon weit fortgeschritten, als ich die Stadtbücherei verlasse – mit vier neuen Büchern, die ich ohne besondere Sorgfalt ausgewählt habe. Ich bin müde und niedergeschlagen, und als die Frau mit dem blau-gelb gepunkteten Halstuch auf ihrem Fahrrad an mir vorbeifährt, reagiere ich zu spät. Ich bleibe lediglich auf dem Bürgersteig stehen wie ein gelähmter Esel, während ich sie rechts in die Fredsgatan einbiegen sehe und sie hinter Gahns stillgelegter Seifenfabrik verschwindet.

Sie.

Ein kurzer Schwindel erfasst mich, aber nachdem ich mich eine Weile an eine günstig positionierte Straßenlaterne gelehnt habe, kann ich den Fußmarsch zu meiner Wohnung im Spillkråkevägen wiederaufnehmen.

20

Ein Freitagabend im November 1973, wir sind auf dem Heimweg vom Chlorpalast.

Wir gehen Hand in Hand, und jeder, der uns begegnet, muss zu dem Schluss kommen, dass wir ein Paar sind. Das sind wir natürlich auch, abgesehen von dem kleinen Detail, dass Andrea in zirka neun Monaten einen anderen heiraten wird. Wir gehen sonst nie auf diese Weise Hand in Hand; schließlich gibt es Menschen in der Stadt, die wissen, wer wir sind, zum Beispiel ein paar Tausend Schüler, die in die Fryxneschule gehen oder gegangen sind. Aber es geht natürlich nicht um mich und im Grunde auch nicht um Andrea. Es ist ihre Mutter, die nicht erfahren darf, dass ihre Tochter mit einem jungen Mann liiert ist. Genauer gesagt, einem anderen jungen Mann als dem vorgesehenen Bräutigam, der durch die nordschwedischen Wälder streift und unser Land verteidigt. Es ist, wie es ist, und es darf nicht sichtbar werden.

Aber Andrea hat die Initiative ergriffen. An diesem Abend hat sie ihre Hand in meine geschoben, und ich denke, dass dies eine gewisse Bedeutung hat. Ein kleines Zeichen dafür ist, dass sich etwas anbahnt. Aber wahrscheinlich ist das nur eine fromme Hoffnung; wahrscheinlich findet sie nur, dass die Novemberdunkelheit genügend Schutz bietet. Wir haben beide Mützen auf dem Kopf, die Luft ist feuchtkalt, und wir begegnen auf unserem Weg nicht einem einzigen Menschen.

Unser Weg, der an diesem Abend zu meiner Zweizimmerwohnung im Vretens gränd im Stadtteil Fryxnevik führt. Immer öfter ist es so; mindestens zwei Nächte in der Woche übernachtet Andrea bei mir, manchmal auch drei oder vier, und immer dient als Vorwand Anna-Karin, die fiktive Arbeitskollegin in Stenströms Beerdigungsinstitut. Es fällt einem schwer zu verstehen, dass Mutter Madeleine keinen Verdacht schöpft, aber angesichts dessen, wie seltsam sie ist, wundert es einen vielleicht doch nicht. Oder … und das ist ein Gedanke, an dem ich gerne festhalte … oder Andrea möchte bewusst oder unbewusst (wahrscheinlich Letzteres), dass wir erwischt werden und herauskommt, dass sie einen Liebhaber hat, der keineswegs Harald Mutti heißt, woraufhin die geplante Hochzeit auf der Müllhalde entsorgt wird.

Ja, genau diese Entwicklung ist meine größte Hoffnung, mein ständiger Tagtraum, mein Strohhalm, aber wir reden nicht darüber. Immer noch nicht; wir leben und lieben uns, als gäbe es kein Morgen, und wenn ich doch einmal, weil ich es manchmal einfach nicht lassen kann, die bizarre Problematik anspreche, wird Andrea jedes Mal traurig und verschlossen. Sie gibt offen und ehrlich zu, dass sie mich liebt, so sehr, wie ich sie liebe, trotzdem wird sie Harald Mutti heiraten. Weil es so entschieden worden ist. Als wir jetzt nach zwei Stunden im Schwimmbad durch die Novemberdunkelheit spazieren, bleibt uns weniger als ein Jahr, um uns aneinander zu erfreuen. Alles hat seine Zeit, und nichts währt ewig.

Mit der Zeit habe ich mich gezwungen gesehen, Henning Ringman über die Lage ins Bild zu setzen; er ist natürlich misstrauisch geworden, weil ich mittlerweile auf eine Weise beschäftigt bin, die … nun, die eigentlich nur eins bedeuten kann. Dass es eine Frau gibt. Und weil ich mich so geheimnisvoll verhalte, kommt Henning zu dem Schluss, dass es sich – gewissermaßen – um eine Frau mit einer Komplikation handelt.

Weitere Informationen sind nicht erforderlich. Jedenfalls noch nicht; wenn er möchte, kann Henning Ringman ein Mann von Welt sein, und er weiß, was das Wort *Privatsphäre* bedeutet.

»Er hat immer betont, dass kein Mensch eine Insel ist.«

»Er?«

»Mein Vater. Es war einer seiner Lieblingssätze, seit ich fünf oder sechs war, erinnere ich mich daran. Allerdings habe ich damals nicht verstanden, was er bedeutet.«

Wir sind nach Hause gekommen, stehen in meiner engen Küche und kochen. Ich schätze, dass es Chili con carne oder eine überbackene Zwiebelsuppe gibt, das sind unsere Spezialitäten, und unabhängig davon, was wir essen wollen, trinken wir garantiert Rosé dazu. Vermutlich haben wir uns bereits ein Glas eingeschenkt, an dem wir nippen, während wir das Essen vorbereiten. Vor Andrea hatte ich nur selten Rosé getrunken. Seit ihrem Verschwinden kein einziges Glas mehr.

Aber an diese Momente in der Küche erinnere ich mich noch sehr gut. Und warum auch nicht? Es gibt so wenig Platz vor dem Herd, dass wir uns ständig berühren müssen. Ob wir wollen oder nicht. Aber natürlich wollen wir es, und mehr als einmal kommt es so weit, dass wir gezwungen sind, das Kochen abzubrechen, um uns zu lieben, und wenn ich schreibe *gezwungen sind*, meine ich das wirklich wörtlich. So fühlt es sich an: zwingend.

Vermutlich passiert an diesem Novemberabend jedoch nichts dergleichen. Das Schäferstündchen folgt später, denn ich weiß noch, dass wir uns ziemlich ausführlich und lange darüber unterhalten, was sie gerade gesagt hat. Dass kein Mensch eine Insel ist.

»Und später hast du es dann verstanden?«, erkundige ich mich.

»Ja, klar. Außerdem habe ich herausgefunden, dass es ein Zitat von einem alten englischen Dichter ist. John Donne. Er war übrigens nicht nur Dichter, sondern auch Pfarrer. Siebzehntes Jahrhundert.«

Ich nicke. Sage, dass ich den Satz schon einmal gehört, aber nicht gewusst habe, woher er kommt.

»Es gibt eine Fortsetzung«, erklärt Andrea. »Sie geht so: *Niemand ist eine Insel, in sich ganz; jeder Mensch ist ein Stück des Kontinents, ein Teil des Festlandes.* Ich wollte, dass das auf seinem Grabstein steht, aber Mutter hat sich für etwas anderes entschieden.«

»Und was steht jetzt darauf?«

»*Die Unruhe der Erde weicht.* Dieselben Worte wie auf dem Grab des Dichters Johan Olof Wallin, aber frag mich nicht, warum sie ausgerechnet die ausgewählt hat.«

Das tue ich auch nicht, aber ich frage sie, wie sie John Donnes Worte von der Insel und dem Festland heute deutet. Seit sie nicht mehr fünf oder sechs ist.

Andrea: »Dass wir nicht einsam sind, sosehr wir uns dies auch einbilden mögen. Und dass wir eine Verantwortung für alle Menschen haben, nicht nur für uns selbst. Das haben die Worte jedenfalls für Vater bedeutet.«

Ich: »Aber?«

Andrea: »Aber ich weiß nicht. In gewisser Weise gefällt mir die Einsamkeit besser. Allerdings nur, wenn sie selbst gewählt ist. So richtig einsam ist man wohl erst, wenn keiner an einen denkt und niemand es bemerken würde, wenn man verschwände.«

Ich: »Das wird dir niemals passieren. Jedenfalls nicht, solange ich lebe.«

Andrea: »Danke. Aber vergiss nicht, zurückbleiben kann schlimmer sein als sterben.«

Ich: »Aha?«

Andrea: »Das merkt man, wenn man in einem Beerdigungsinstitut arbeitet, wer weiterleben muss, nachdem der geliebte Mensch von einem gegangen ist, kann einem leidtun. Meine Mutter würde beispielsweise viel lieber tot sein, als ohne meinen Vater weiterleben zu müssen.«

Ich: »Hat sie … ich meine, hat sie nie versucht, sich das Leben zu nehmen? Entschuldige bitte, dass ich dich das frage, aber …?«

Andrea: »Es ist verboten. So wie sie es sieht, kommen Selbstmörder in die Hölle. Doch sie hätte nichts dagegen, eines natürlichen Todes zu sterben, absolut nicht. Erst recht nicht, sobald sie ein Enkelkind bekommen hat. Dann könnte sie ihren Frieden mit dem irdischen Dasein machen.«

Ich: »Ich verstehe. So wie deine Mutter es sieht, ist mein Vater dann also in der Hölle?«

Ich kann es mir nicht verkneifen, ein wenig ironisch zu klingen, aber Andrea nickt nur und umarmt mich.

»Ich denke schon. Entschuldige. Und denk immer daran, meine Mutter ist nicht Gott. Aber was das mit der Verantwortung angeht, bin ich der gleichen Meinung wie Vater. Auch wenn man seinen Nächsten nicht unbedingt lieben muss, ist man verantwortlich für ihn … oder sie.«

Mir liegt die Frage auf der Zunge, für wen sie sich mehr verantwortlich fühlen würde, wenn sie wählen müsste, für mich oder Harald Mutti. Aber ich halte mich zurück; denke stattdessen darüber nach, ob ich mich wirklich wie ein Teil eines Festlandes fühle. Zweifellos will ich Teil von etwas weniger Großem sein, einer kleinen Inselgruppe vielleicht, aber dass andere Menschen jemals die gleiche Bedeutung für mich haben sollen wie Andrea Altman, kann man vergessen. Sie kommen nicht einmal ansatzweise in ihre Nähe.

»Ich denke, meistens will ich eine Insel sein«, sagt sie, ehe es mir gelingt, die richtigen Worte zu finden. »Das mit dem Festland kann ziemlich anstrengend werden. Mit all den anderen Menschen, die es dort gibt, ob wir wollen oder nicht.«

»Ich finde, zwei sind ziemlich perfekt«, sage ich.

»Ja, in diesem Moment«, erwidert Andrea.

Ich versuche, dem unnötig ernsten Ton in ihrer Stimme keine Aufmerksamkeit zu schenken.

Ich meine mich zu erinnern, dass wir beim Essen weiter über diese Dinge sprechen. Während wir die Flasche Rosé leeren und spülen. Einsamkeit, Gemeinschaft, Liebe, Verantwortung. Wir sind auf eine Weise ernst, die uns sonst fremd ist, aber erst später, als die Nacht schon fortgeschritten ist und wir uns geliebt haben – auch das, wenn ich mich recht erinnere, ungewöhnlich ernst – und schon kurz vor dem Einschlafen sind, sagt Andrea, was ich danach niemals vergessen werde.

»Du musst bereit sein zu töten.«

Ich zucke zusammen und frage, was sie gesagt hat. Sie antwortet jedoch nicht, und ihre Atemzüge lassen mich verstehen, dass sie eingeschlafen ist. *Du musst bereit sein zu töten?* Ist das etwas, was sie geträumt hat? Etwas, das aus der Tiefe ihres Unterbewusstseins gekommen ist und sie nicht wirklich meint? Ich frage noch einmal, bekomme aber keine Antwort, und danach liege ich in der Dunkelheit lange wach, während ich diese sechs Worte drehe und wende.

Es gibt auch noch anderes, was ich drehe und wende. Zum Beispiel die kommenden Weihnachtsferien und die Frage, wie ich sie überstehen soll. Mein Problem ist, dass Harald Mutti ganze zehn Tage Urlaub angespart hat und sein Plan natürlich lautet, dass er seine schmachtende Verlobte in *M* besucht. Über Weihnachten und Neujahr. Nach dem sommerlichen Ernteurlaub ist er nur einmal da gewesen, für ein langes Wochenende im Oktober, an das ich am liebsten nicht zurückdenken möchte. Das Ungeheuer namens Eifersucht hielt mich damals fest in seinen Krallen, trotz guter Vorsätze hatte ich keine Chance, mich dagegen zu wehren. Drei Tage machte ich kein Auge zu, lief nachts durch die Straßen und betrank mich einmal, schlich anschließend um das Haus im Granitvägen herum und versuchte, zu den Fenstern hineinzuschauen. Zum Glück wurde ich nicht entdeckt und habe Andrea hinterher auch nichts davon erzählt. Weder von meinen finsteren Gefühlen noch von meinem Verhalten und meiner Scham.

Aber diese Tage und Nächte haben etwas verändert. Ich bin zu der Erkenntnis gelangt, dass das mit Andrea und mir nicht im selben Stil blindlings weitergehen kann. Wie eine Reise, die immer weiter und weiter geht, bis man eines Tages ganz plötzlich die Endstation erreicht hat. Aus dem Zug steigt, mit den Schultern zuckt und nach einem Taxi Ausschau hält, um sein Leben in einer völlig anderen Richtung weiterzuführen. Ich weiß, dass ich das Ganze manchmal ungefähr in dieser Form vor mir sah, und mindestens einmal träumte ich tatsächlich, dass wir in einem Zug unterwegs sind, Andrea und ich. Wir fuhren in einen Bahnhof ein, und auf dem Bahnsteig stand Harald Mutti und wartete. Sie stieg aus, umarmte ihn, und die beiden verschwanden um die Ecke des Bahnhofsgebäudes; ich selbst blieb sitzen und glotzte ihnen durch ein verschmiertes Fenster hinterher, während der Zug sich langsam wieder in Bewegung setzte.

Zu diesem Zeitpunkt, in jener Novembernacht, als ich über Andreas Worte und die Bereitschaft zu töten nachdenke, sind es trotz allem noch neun Monate, bis wir das Ende der Fahnenstange erreichen. Harald Muttis Entlassung von seinem Regiment in Boden ist für den sechzehnten August vorgesehen, die Hochzeit soll eine gute Woche später stattfinden. Noch ist Zeit, noch liegt eine lange Reihe von Tagen und Nächten vor uns, in der etwas passieren kann.

Darum geht es in meiner Erkenntnis. Es reicht nicht, darauf zu warten, dass etwas geschieht. Hoffen mag ja groß sein, aber Handeln ist größer.

Letzteres finde ich in dem Herbst in einem Buch. Die Handlung, die der Hoffnung den Taktstock abnimmt.

Aber welche Handlung? Was muss ich tun? Bis jetzt, in all meinen achtundzwanzig Jahren, ist mein Leben von Zufällen gelenkt worden, ich kann mich nicht erinnern, jemals eine Entscheidung von größerer Tragweite getroffen zu haben. Was bin ich doch nur für ein schwankendes Rohr im Wind! Was für ein verfluchter Schlappschwanz! Und wenn es etwas gibt, was ich in den Augen meiner Geliebten nicht sein will, dann ein verfluchter Schlappschwanz.

Natürlich nicht. Also beiße ich die Zähne zusammen und konzentriere mich darauf, das Problem der Weihnachtsferien zu lösen. Wenn wir erst einmal in ein neues Jahr eintreten, das diesmal 1974 heißt, und wenn dieser verflixte Harald Mutti zu seinen Kriegsspielen am Polarkreis zurückgereist ist, wird mir schon etwas einfallen. Ein Plan, eine Lösung. Kommt Zeit, kommt Rat.

Und in der Zwischenzeit, bis zu den Ferien vergeht schließlich noch ein Monat, kommt es darauf an, weiterzuleben wie immer, einen Arbeitstag, eine Liebesnacht nach der anderen, und so klug zu sein, es zu genießen.

Die Inselgruppe, die nur aus zwei Inseln besteht. Adalbert und Andrea, Andrea und Adalbert. Das Festland kann zur Hölle fahren.

Nach dem letzten Schultag fahre ich auf der Stelle zu Tante Gunhild in *K*. Es ist der zwanzigste Dezember, ein Freitag. Es ist eine lausige Lösung, aber ich habe mir eingeredet, dass sie trotz allem die beste ist. Ich bleibe bis zum zweiten Weihnachtstag, länger halte ich es nicht aus. Tante Gunhild merkt, dass etwas nicht stimmt, aber sie fragt nur einmal nach, an Heiligabend, als wir im Fernsehen die Disneyparade gesehen und ein schlichtes Weihnachtsbüfett gespeist haben und ich ihr mitteile, dass ich beabsichtige, ins Bett zu gehen.

Tante: »Aber es ist doch erst halb acht. Geht es dir nicht gut?«

Ich: »Ich fühle mich ein bisschen schlapp, nichts Ernstes. Ich muss schlafen.«

Tante: »Mir ist aufgefallen, dass du nicht richtig du selbst bist, Adalbert. Möchtest du mir etwas erzählen?«

Ich antworte, es sei alles bestens, und als ich die Tür zu meinem alten Jungenzimmer hinter mir schließe, schäme ich mich. Erst weit nach Mitternacht gelingt es mir, endlich einzuschlafen.

Zwei Tage später sitze ich wieder im Schwarzen Hengst. Das Auto hat mir fast zehn Jahre treue Dienste geleistet, aber diesmal führt die Fahrt nicht nach *M* zurück. Im Gegenteil, plan- und ziellos fahre ich nach Süden, und spät, sehr spät abends, nehme ich mir ein Zimmer in einem ziemlich schäbigen Hotel hinter dem Hauptbahnhof von Kopenhagen, in einer Stadt, in der ich noch nie zuvor übernachtet habe. Nur zusammen mit Henning Ringman smörrebröd, belegte Brote, gegessen habe. Aber Kopenhagen liegt mehr als achthundert Kilometer von *M* entfernt, und das ist der Sinn des Ganzen. Je weiter weg, desto besser. In der Istedgate kaufe ich mir ein leuchtend rotes Würstchen bei einem Alten mit Bauchladen, trinke vier Flaschen Elephant-Bier, die ich nach Verhandlungen von einem mürrischen Nachtportier bekomme, und als ich am frühen Morgen einschlafe, fühle ich mich wie der einsamste Mensch der Welt.

Eine Insel, definitiv eine Insel. Weit draußen im Atlantik, wo keine Boote jemals anlegen und es eine Woche dauert, bis man das nächstgelegene Festland erreicht. Und niemals habe ich die Stimme meines Vaters deutlicher im Ohr gehabt. Du spielst keine Rolle, nicht die geringste.

Am nächsten Morgen rufe ich aus einer Telefonzelle im Hauptbahnhof Henning an. Wider Erwarten geht er an den Apparat, er ist gerade erst aus Sandviken zurückgekommen, wo er Weihnachten wie üblich mit zahlreichen Verwandten gefeiert hat. Ich frage ihn, ob er vielleicht Lust hat, einen Abstecher nach Dänemark zu machen, ich sei im Übrigen bereits vor Ort, und Henning erwidert, nachdem er drei Sekunden gezögert hat, ja klar, verdammt. Er könne den Nachtzug nehmen, dann sähen wir uns am nächsten Morgen. Kopenhagen sei voller Museen und interessanter Ausflugsziele, ich sei doch mit dem Schwarzen Hengst dort?

Ich antworte, selbstverständlich, und dass es ein zweites Bett in meinem Zimmer gebe. Es koste nicht viel, wir könnten also ruhig länger bleiben und Silvester feiern, wenn wir schon einmal da sind.

So machen wir es dann auch. Sechs Tage verbringen wir in der Hauptstadt des Königreichs Dänemark, besuchen die Glyptothek und das Thorvaldsen-Museum, hören Jazz in einer auch im Winter geöffneten Ecke des Tivoli, hängen in Bars herum und verprassen viel zu viel Geld. Mein bleibender Eindruck von dem Ganzen ist jedoch, dass Henning mir das Leben rettet. Ich gebe es niemals zu; vielleicht ahnt er es, vielleicht auch nicht.

Als wir nach einer nächtlichen Autofahrt auf glatten Straßen quer durch Schweden nach *M* zurückkehren, ist es der dritte Januar 1974, und Harald Mutti sitzt bereits in einem Zug nach Norden.

Ansonsten weiß ich, dass ich einen Entschluss gefasst habe. Vor mir liegt noch viel Planung, aber Zweifel daran, was getan werden muss, habe ich nicht mehr.

21

In meiner düsteren Behausung steht tatsächlich ein Anrufbeantworter, und als ich um kurz nach sechs nach meinem Arbeitstag in der Bibliothek heimkehre, befinden sich zwei Nachrichten auf ihm. Das ist ungewöhnlich, ich habe sonst in einem ganzen Monat selten mehr als zwei.

Die erste ist von Ingvor Stridh, die wissen möchte, wann das geplante Essen im Stadthotel stattfinden wird. Ich ignoriere sie.

Die zweite ist interessanter. Privatdetektiv Lundewall teilt mir kurz und knapp mit, dass er wichtige Informationen in der Angelegenheit habe, die ich ihm anvertraut hätte, und bittet mich um einen Rückruf.

Ich wähle seine Nummer, aber er meldet sich nicht. Es läuft nur eine weitere Nachricht, die besagt, dass er mit Arbeit beschäftigt sei und er einen bittet, es später noch einmal zu versuchen. Ich erhalte nicht einmal die Gelegenheit, etwas auf Band zu sprechen.

Im Laufe des Abends versuche ich weitere drei Male, ihn zu erreichen, komme aber nie weiter als bis zu seinem Anrufbeantworter. Typisch, denke ich, als ich gegen halb elf ins Bett gehe. Wenn mein Leben eine Krimiserie wäre, würde dieser Detektiv morgen früh ermordet in seinem Bett gefunden werden, und ich würde die wichtige Information niemals erhalten.

Aber das Leben ist keine Krimiserie, und nachdem ich die Nachttischlampe ausgeschaltet habe, sehe ich vor meinem inneren Auge dieses Bild davon, wie sie – *sie*, meine Schicksalsgöttin und meine feuchtwarme Walküre (was meine ich damit?) – auf ihrem Fahrrad vorbeifährt und hinter Gahns alter Seifenfabrik verschwindet. Es ist ein formidabler Schwung in diesem Bild, das blau-gelbe Halstuch flattert im Wind, und bevor ich schließlich einschlafe, komme ich nicht umhin, an diese dämliche Devise zu denken, die offenbar niemals ihre Gültigkeit verliert: Morgen ist der erste Tag vom Rest deines Lebens.

Ist ja klar, dass er das ist.

Boris Lundewall geht ans Telefon, als ich ihn um acht Uhr morgens wieder anrufe. Er erklärt, er sei den ganzen gestrigen Abend mit einer Familienangelegenheit beschäftigt gewesen, weigert sich aber auszuplaudern, worin die wichtige Information im Fall Andrea besteht. Er nennt es so: *Der Fall Andrea.* Mir gefällt die Bezeichnung nicht, ich verzichte aber darauf, zu protestieren. Jedenfalls fordert er mich auf, um elf Uhr in sein Büro zu kommen und tausend Kronen in bar dabeizuhaben. Er klingt selbstzufrieden, es kann also kaum ein Zweifel daran bestehen, dass er meinen Auftrag erfüllt hat. Als ich den Hörer auflege, merke ich, dass ich vor Aufregung zittere.

Bis zu meinem vierundsiebzigsten Geburtstag sind es nur noch ein paar Tage, und ich zittere vor Aufregung. Wie ist das möglich? In meinem Alter? Man kann nur hoffen, dass sich das nicht zu einer Gehirnblutung oder irgendeinem anderen Mist auswächst. Eine solche Entwicklung wäre höchst unerfreulich.

Ich treffe zehn Minuten zu früh ein, werde aber augenblicklich hineingelassen. Ein kräftig gebauter Mann mit Pferdeschwanz öffnet mir die Tür, vielleicht ist es besagter Enok Svensson. Der Vielversprechende. Er sieht jedenfalls sowohl intelligent als auch listig aus, verschwindet aber irgendwo in der Wohnung, sobald er seine Aufgabe als Türwächter erfüllt hat.

Boris Lundewall sitzt hinter seinem Schreibtisch und krault seinen Ziegenbart. Er nickt mir freundlich zu und bittet mich, auf derselben miesen Couch Platz zu nehmen wie beim letzten Mal. Vor vier Tagen, wenn mich nicht alles täuscht.

»Willkommen, mein Freund«, beginnt er. »Ich kann Ihnen erfreulicherweise mitteilen, dass unsere Detektivarbeit von Erfolg gekrönt war.«

»Ich ahnte es«, erwidere ich. »Und?«

»Lassen Sie uns zunächst das läppische Detail meines Honorars abhaken, ehe wir weitermachen.«

Ich greife nach meinem Portemonnaie und ziehe zwei Fünfhundertkronenscheine heraus. Ich überreiche sie ihm; er nimmt sie mit einem flüchtigen Lächeln entgegen, hält sie für einen Moment, einen nach dem anderen, ins Licht, wie manche Verkäuferinnen es tun, um die Echtheit zu überprüfen, und schiebt sie in eine Schreibtischschublade.

»Möchten Sie eine Quittung? Für Ihre Buchführung?«

Ich erkläre, dass dies nicht nötig sei, ich aber gern erfahren würde, wofür ich bezahlt hätte.

»Natürlich, mein Freund. Die Untersuchung ist abgeschlossen, und die Arbeit ist, nicht zuletzt dank der Bemühungen des jungen Enok Svensson, erfolgreich gewesen. Ich nehme an, Sie sind ihm auf dem Weg zu mir begegnet?«

Ich begnüge mich mit einem Kopfnicken. Seine Umständlichkeit geht mir allmählich auf die Nerven, aber ich versuche, meine Ungeduld zu bezähmen. Aus seiner Brusttasche zieht er einen zusammengelegten Zettel, faltet ihn auseinander, betrachtet ihn einige Sekunden, faltet ihn wieder zusammen und schiebt ihn mir quer über die blanke Schreibtischfläche zu.

»Bitte sehr. Hier haben Sie Namen und Adresse der Frau. Sowie ihre Handynummer. Einen Festnetzanschluss hat sie nicht, aber so ist es ja bei vielen in unseren modernen Zeiten.«

Ich nehme den Zettel entgegen und starre ihn an.

Beate Bausen
Östra Järnvägsgatan 64
553 33 S
0706–354575

Denke: Was zum Henker?

Als ich nach meinem Besuch bei dem Privatschnüffler auf die Fimbulgatan hinaustrete – mein mit Sicherheit letzter Besuch bei einem Menschen dieser Berufssparte, davon bin ich fest überzeugt –, regnet es, und ich bin ein Opfer widerstreitender Kräfte. Was zum Teufel ist passiert? Habe ich die falsche Beute gejagt? Habe ich von Anfang an falschgelegen? Ist die Frau mit dem blau-gelben Halstuch eine völlig andere Person, als ich es mir eingebildet habe?

Oder hat sich dieser verfluchte Detektiv (oder sein Pferdeschwanz tragender Günstling) geirrt? Haben die beiden eine Frau aufgespürt, die alles andere als identisch mit der ist, die auf dem roten Stuhl in der Apotheke saß, mit ihr, die Henry Ullberg in der Gränsgatan verfolgt hat und die noch gestern Abend mit dem Fahrrad an mir vorbeigefahren ist?

Und die Ingvor Stridh im Bollgren-Bad in der Frauensauna gesehen hat.

Verdammt noch mal, denke ich und setze mich im Regen in Bewegung. Die Frauensauna ist entscheidend! Die Beobachtung meiner Halbcousine muss stimmen. Es kann nicht zwei Frauen auf der Welt geben, die ausgerechnet diese Tätowierung an dieser speziellen Stelle haben. Noch dazu mit dem richtigen Datum, denn Ingvor hat doch behauptet, dass da 14/6 stand?

Für einen Moment kommen mir Zweifel, aber das geht vorüber. Ich habe mich nicht geirrt, das ist einfach nicht möglich! Die Lage ist völlig unter Kontrolle.

Und als ich zum Valstorget komme, schießt mir eine alte Erinnerung durch den Kopf. Andreas zweiter Vorname ist Beate.

Andrea Beate Altman.

Sie hat nicht nur den Nachnamen gewechselt, sie hat auch ihren Vornamen geändert! Aus *Andrea Altman* ist *Beate Bausen* geworden. AA ist zu BB geworden. Aber warum? Warum, verdammt?

Während ich mich in dem stärker werdenden Regen vorwärtskämpfe und die Tatsache verfluche, dass ich weder mit einem Regenschirm noch mit Regenkleidung ausgerüstet bin, versuche ich eine Antwort auf diese Frage zu finden. Diese unbegreifliche Frage, denn die Sache will mir einfach nicht in den Kopf. Wenn Frauen heiraten, nehmen sie häufig den Nachnamen ihres Mannes an, aber warum in Gottes Namen sollte man den Vornamen wechseln? Bert, der zu Adalbert wurde, ist natürlich ein Phänomen ganz anderer Art.

Und daraufhin schlagen die Bedenken erneut ihre Krallen in mich hinein. Die Lage ist überhaupt nicht unter Kontrolle. Was ist, wenn meine hoffnungslose Halbcousine sich versehen hat? Hat sie im Bollgren vielleicht nur eine höchst alltägliche Frau mit einer etwas speziellen Krampfader gesehen? Können die nicht überall am Körper sitzen? Außerdem gibt es in einer Sauna zuweilen ziemlich viel Dampf, sodass andere Leute schwer zu erkennen sind, so ist es zumindest in der Männerabteilung. Außerdem: Letzten Endes gibt es keine Verbindung zwischen den beiden Zeugenaussagen, zwischen der Tätowierung und dem blau-gelben Halstuch. Es könnte sich also um zwei völlig verschiedene Frauen handeln, und es ist durchaus denkbar, dass nur die Saunafrau identisch ist mit Andrea Altman.

Oder dass keine von beiden es ist.

Oder?

Als ich zu unserem kleinen Marktplatz komme, sind meine Schritte schwer, und ich entscheide mich für einen Kaffee mit Marzipanteilchen bei *Betsys.* Drei Minuten später sitze ich an einem Fenstertisch und versuche, meinen Gedankengang weiterzuspinnen. Wo war ich? Was weiß ich mit Sicherheit?

Es dauert eine ganze Weile, zwei Schlucke Kaffee und einen Bissen von dem Teilchen, aber dann verschwinden die Fragezeichen nach und nach. Also schön, ich weiß (mit recht großer Sicherheit), dass die Frau mit dem blau-gelben Halstuch, die sowohl Henry Ullberg als auch ich in der letzten Zeit mehrmals beobachtet haben, Beate Bausen heißt. Weil der Knecht des Privatschnüfflers, der junge Enok Svensson, nach ihr in Kleidern gefahndet haben muss. Damit meine ich, dass die Frau Kleider trug … na ja, der junge Svensson natürlich auch, das will ich nun wirklich hoffen …, aber jetzt bin ich kurz davor, den Faden zu verlieren. Es ist nicht leicht, alt und zerstreut zu werden, obwohl es nur die Wörter sind, die mich gerade im Stich lassen, nicht der Gedanke. Nämlich: Es ist die Frau mit dem Halstuch, die als Beate Bausen identifiziert worden ist, nicht die Frau mit der Tätowierung … falls es sich tatsächlich um verschiedene Personen handeln sollte, obwohl es mir schwerfällt, das zu akzeptieren. Enok Svensson, oder Lundewall persönlich, muss AA (BB?) irgendwo entdeckt haben und ihr anschließend gefolgt sein zu ihrer Wohnung in der … wie war das? … in der Östra Järnvägsgatan? Ja, genau, Östra Järnvägsgatan 64, ich ziehe meinen Zettel zu Rate und stelle fest, dass es stimmt.

So weit keine Ungereimtheiten in der Argumentation.

Aber was tun?

Es dauert, trotz meiner Verzagtheit, nicht besonders lange, mir das auszurechnen. Um entscheiden zu können, ob Beate Bausen tatsächlich identisch ist mit Andrea Altman, muss ich die Chance bekommen, sie mir genauer anzuschauen. Natürlich. Ich habe ihre Handynummer und weiß, wo sie wohnt. Das Handy nutzt mir erst einmal nicht viel, aber wenn ich einen guten Beobachtungsposten in der Nähe ihrer Wohnung finde, sollte sich das Problem eigentlich lösen lassen. Früher oder später, und von mir aus lieber früher als später, muss sie ja dort auftauchen.

Also auf zur Östra Järnvägsgatan. Ein erster Erkundungsgang soll fürs Erste reichen: um mir ein Bild von den Details machen zu können. Dem Haus, in dem sie wohnt – Eigenheim oder Mehrfamilienhaus oder etwas anderes –, und der näheren Umgebung.

Ich verlasse das *Betsys* mit vorsichtigem Optimismus. Der Spaziergang zur angegebenen Adresse dauert nicht mehr als fünf, sechs Minuten, und während meiner Kaffeepause ist der Regen abgezogen.

Es ist ein dreistöckiges Mietshaus. 64 bis 66, aber kein A, B oder C. Nummer vierundsechzig liegt direkt gegenüber einer Pizzeria – Pellegrinos Pizza & Pasta – in dem Gebäude auf der anderen Straßenseite. Ich denke, dass dies ein Glückstreffer ist und mich da oben jemand mögen muss. Aus Ermittlungsperspektive hätte ich mir kaum etwas Besseres wünschen können. Ich stelle fest, dass die schlichte Gaststätte zwei großzügig bemessene Fenster zur Straße hat, sie sind schmutzig, aber großzügig bemessen, und dahinter stehen mindestens vier Tische. Mir ist bekannt, dass Menschen, die Pizza konsumieren (ich zähle nicht zu dieser Kategorie, wenngleich ich nicht völlig unerfahren bin), ihre Pizza normalerweise in einem flachen Karton abholen und anschließend nach Hause hasten, um vor dem Fernseher zu essen (die Pizza, nicht den Karton). In diesem Lokal gibt es jedoch offensichtlich auch die Möglichkeit, seine Teigwaren vor Ort zu genießen.

Im Moment bin ich allerdings nicht dazu aufgelegt, mich bei Pellegrino niederzulassen. Stattdessen mache ich auf dem Absatz kehrt und begebe mich in den Spillkråkevägen zurück, um mich eine Weile auszuruhen und ein paar Seiten zu schreiben. Eine erste Überwachungsschicht heute oder morgen Abend scheint mir ein realistischer vorläufiger Plan zu sein. Außerdem sehe ich ein, dass ich mich bei Ingvor Stridh melden muss, um ein etwas ausführlicheres Gespräch zum Thema Tätowierung mit ihr zu führen, was keine verlockende Aussicht ist. Das halb versprochene Essen im Stadthotel rückt immer näher. Überhaupt habe ich das Gefühl, dass die Dinge sich verdichten wie in der vorletzten Folge einer dramatischen Fernsehserie oder bei einer sich anbahnenden Verstopfung.

22

Im Spätwinter 1974 herrscht unbeständiges Wetter. Schneematsch und Sonnenschein, Schneeschauer und sibirische Eiswinde wechseln einander ab, was meine Gemütsverfassung recht gut widerspiegelt. An manchen Tagen bin ich zuversichtlich und optimistisch, an anderen will ich einfach nur das Handtuch werfen. Mein Zustand und meine Tagesform hängen vollkommen von der Beziehung zu Andrea ab, davon, ob es mir gelingt, mir einzureden, dass wir eine gemeinsame Zukunft haben oder nicht. In der Rückschau vermag ich nicht zu entscheiden, was überwiegt, und das spielt auch keine Rolle. Aber eins weiß ich, was mich aufrecht hält, sind die Pläne. Oder besser gesagt das Planen. Woraus mit der Zeit *der Plan* wird.

Andrea weihe ich in nichts von all dem ein, natürlich nicht. Sie erfährt von mir nicht, wie schlecht ich mich bei dem Gedanken fühle, dass wir uns möglicherweise trennen müssen. So schlecht, dass ich manchmal glaube, ich verliere den Verstand, das wenige, was ich davon besitze. Wenn wir zusammen sind, lasse ich mir nie etwas anmerken, und in diesen Frühlingsmonaten verstehen wir uns so gut, wie es zwei verliebten Menschen überhaupt möglich ist. Jedenfalls empfinde ich es so; aber das ist nicht nur meine Sichtweise, und es ist auch keine Einbildung. Ganz und gar nicht; obwohl ich gelegentlich den Eindruck habe, dass es bei Andrea damit zusammenhängen könnte, dass unsere Zeit begrenzt ist. Dass sie sich mir und uns so uneingeschränkt hingeben kann, gerade weil sie weiß, dass es im August vorbei sein wird. Letzteres ist allerdings nur eine düstere Spekulation, über die wir niemals sprechen. Harald Mutti ist kein Bestandteil unserer Welt. Die Zeit nach August ist nicht unsere Zeit. Unsere Zeit ist jetzt.

Nach der Abreise meines Rivalen in Richtung Boden Anfang Januar verläuft schon bald alles wieder in den guten alten Bahnen. Wir verbringen ungefähr die Hälfte der Tage und Nächte in der Woche zusammen, und es kommt mir so vor, als würde die Luft in meiner kleinen Wohnung im Vretens gränd vibrieren, sobald Andrea durch die Tür tritt. Es ist eigenartig und nichts, was ich mir ein halbes Jahrhundert später einrede, schon während es geschieht, bin ich mir dessen vollkommen bewusst. Es gibt eine magnetische Anziehung, nicht nur zwischen unseren Körpern, sondern auch zwischen unseren … nun, *Seelen*, ich scheue das Wort, finde aber kein besseres. Wie auch immer, die Wahrnehmung ist so deutlich und intensiv, dass es keinen Zweifel an ihr geben kann. Weder heute noch damals.

Wenn wir uns treffen, tritt sie häufig nah an mich heran, aber bevor wir uns umarmen, bleibt sie gern zwanzig Zentimeter vor mir stehen und betrachtet mich ernst, während sie einen oder zwei Knöpfe meines Hemds öffnet und eine Hand auf meine Brust legt.

Sie: »Spürst du es?«

Ich: »Ja, ich spüre es. Ich liebe dich, Andrea.«

Sie: »Ich liebe dich, Adalbert.«

An einem Wochenende im Februar verreisen wir gemeinsam. Wir haben uns auf der Arbeit, in der Schule und im Beerdigungsinstitut, ein paar Stunden freigenommen und verlassen

M am frühen Freitagnachmittag. Wir fahren im Schwarzen Hengst ein paar Stunden nach Norden und erreichen in der Dämmerung *L-vik*. Nehmen uns ein Zimmer, das ein wenig zu nobel ist für unsere Geldbeutel, aber einen meilenweiten Blick auf eine grandiose Gebirgswelt bietet, wo die Reste des Sonnenuntergangs den Himmel in wundersame Farben tauchen. Wir stehen in der zunehmenden Dunkelheit auf unserem Balkon und betrachten das Ganze, und nach einer Weile sagt Andrea:

»Wenn wir diese Nacht sterben ... ja, dann macht mir das nichts aus.«

Ich glaube nicht, dass ich eine Erwiderung finde, aber wir bleiben dort ziemlich lange so stehen, Hand in Hand, ehe die Kälte uns in unser Zimmer und das geräumige Doppelbett zwingt. Es kommt nicht oft vor, dass wir über den Tod sprechen oder ihn auch nur beim Namen nennen. Ihre Worte, dass ich »bereit sein muss zu töten«, die sie wahrscheinlich ausgesprochen hat, als sie schon schlief, haben sich nicht wiederholt, und obwohl unsere Gespräche häufig ernst sind, gibt es Themen, die wir meiden.

Leben und Tod. Der Sinn. Gott. Die Zukunft.

Wie gesagt, die Zukunft nach August.

Und worüber sprechen wir dann?

Fünfundvierzig Jahre später muss ich mich anstrengen, um eine Antwort auf diese Frage zu finden, aber sie kommt.

Wir unterhalten uns zum Beispiel über Körperteile. Welche schön und funktional sind, welche verbessert werden sollten. Andrea mag Füße und Hände, hält dagegen nicht viel von Gesichtern, insbesondere nicht von ihrem eigenen. Sie findet, dass alle Tiere harmonischere Köpfe haben als die Menschen. *Zweckmäßige*, pflegt sie zu sagen. Wir Menschen haben keine zweckmäßigen Köpfe, schau dich um, dann siehst du es! Der eine oder andere Zwei- oder Dreijährige mag einen haben, aber erwachsene Menschen können auf ihrem Hals so ziemlich alles durch die Gegend tragen.

Ich erwidere dann immer, dass sie sich irre, zumindest was den Kopf betreffe, der auf ihrem schlanken Hals sitze; ein vollendeteres Körperteil könne man sich einfach nicht vorstellen. Unsinn, sagt Andrea. Hör auf, so herumzuschleimen.

Wir sprechen über Wasser. Natürlich, denn Wasser ist Andreas Element. Das Meer, Seen, Flüsse, Pfützen. Strömungen und Tropfen.

Über Vögel. Auch über andere Tiere, wie sie denken und die Welt wahrnehmen. Hunde, Fische, Pferde.

Darüber, was mit unseren Träumen in der Sekunde passiert, in der sie bei unserem Aufwachen zerplatzen.

Warum wir überhaupt träumen.

Wir sprechen über Andris Altman, Andreas toten Vater. Auch über meinen Vater, darüber, dass einer unserer Väter der lebendigste Mensch von allen war, während der andere sich für den Tod und gegen das Leben entschieden hat, ja, in diesem besonderen Fall kommen wir natürlich auch auf Leben und Tod zu sprechen, das gebe ich zu.

Ich merke, dass sie ein wenig flüchtig klingen, diese Gesprächsthemen, an die ich mich zu erinnern versuche, und oft sind die Themen bestimmt wesentlich konkreter. Hier sitzend und schreibend, fällt mir auf einmal ein, dass wir uns in diesem Winter des Öfteren über ein bestimmtes Buch unterhalten, was normalerweise nicht der Fall ist. Es heißt *Reise ins Schweigen*, und geschrieben hat es Eyvind Johnson. Weder Andrea noch ich sind leidenschaftliche Leser, aber sie hat den Roman von einem literarisch interessierten Verwandten zu Weihnachten bekommen. Johnson bekommt später in dem Jahr den Literaturnobelpreis verliehen, der Verwandte muss also eine Nase dafür gehabt haben, was gerade hoch im Kurs stand. Wir lesen das Buch beide, aber ich habe das Gefühl, dass es etwas jenseits meines geistigen Horizonts liegt; es fällt mir schwer, mich durch die vier- oder fünfhundert Seiten zu pflügen, während Andrea behauptet, es sei ihr größtes Leseerlebnis überhaupt gewesen. Als ich sie frage, ob sie wirklich verstanden hat, wovon es handelt, reagiert sie ausnahmsweise einmal gereizt und erklärt, man müsse nun wirklich nicht alles verstehen, was man genieße.

Ich denke, dass sie damit vollkommen recht hat. Sie selbst ist ein ausgezeichneter Beweis dafür; ich habe nie etwas so sehr genossen, wie ich Andrea genieße, aber zu behaupten, ich würde sie verstehen, wäre eine maßlose Übertreibung. Das sage ich ihr auch, und ihre leichte Verärgerung löst sich in einem entzückten Lachen auf.

»Da siehst du es. Wen interessiert ein Rätsel, wenn man es gelöst hat?«

Während unseres kurzen Aufenthalts in der Gebirgswelt passiert etwas Merkwürdiges, deshalb schreibe ich über dieses Wochenende. Am Samstag machen wir einen langen Ausflug auf Skiern, annähernd dreißig Kilometer, meine ich mich zu erinnern, und grillen auf halber Strecke an einer Hütte Würstchen. Das Wetter ist wunderbar, klarblauer Himmel, Windstille und funkelnder Schnee, aber als wir am Nachmittag zum Hotel zurückkommen, finden wir in unserem Zimmer eine Nachricht vor. Sie besagt, dass jemand versucht habe, Andrea zu erreichen und sie gebeten werde, eine Telefonnummer zurückzurufen, die auf dem Blatt notiert ist.

Keine weiteren Informationen. Die Sache ist uns nicht geheuer, weil kein Mensch weiß, wo wir uns aufhalten. Jedenfalls *sollte* es keiner wissen. Wir diskutieren eine Weile, ob es wirklich klug ist, die Nummer anzurufen, sind uns aber schnell einig, dass es nicht verkehrt sein kann, den Stier bei den Hörnern zu packen. Sonst werden wir an dem letzten Tag, den wir noch in *L-vik* verbringen, wahrscheinlich dauernd darüber nachgrübeln.

Andrea geht zur Rezeption, um zu telefonieren, ich bleibe im Zimmer und warte.

Keine zehn Minuten später ist sie zurück. Als sie durch die Tür tritt, sehe ich sofort, dass etwas passiert ist. Sie ist blass und ernst, und für einen kurzen Moment bilde ich mir ein, dass sie eine Todesnachricht erhalten hat, aber so schlimm ist es dann doch nicht. Sie setzt sich auf die Bettkante.

Sie: »Er ist verletzt.«

Ich: »Wer?«

Sie: »Harald.«

Ich denke kurz daran, wie schade es so gesehen ist, dass es sich nicht um eine Todesnachricht handelt, zeige meine Gefühle jedoch nicht.

Ich: »Verletzt?«

Sie: »Ja. Er ist von einem Vielfraß gebissen worden. Sie waren zu einer Übung im Wald, und er ist angegriffen worden … jedenfalls glauben sie, dass es ein Vielfraß war. Er liegt im Krankenhaus. Also Harald, nicht der Vielfraß.«

Nach dem letzten Satz lässt sie ein kurzes, nervöses Lachen hören. Ich bin so verwirrt, dass ich nicht weiß, was ich sagen soll.

»Wo hat dieser Vielfraß ihn denn gebissen?« (Möglicherweise hoffe ich, dass sie *in den Hodensack* antwortet, aber das könnte ich auch erst im Nachhinein gedacht haben.)

Sie: »In den Po. Anscheinend hat er eine große Wunde auf einer Pobacke … und die könnte sich entzünden, weil ihn ein wildlebendes Tier gebissen hat.«

Ich: »Mit wem hast du gesprochen?«

Sie: »Er hieß Klangström oder so. Ich glaube, er hat gesagt, dass er der Regimentsarzt ist. Es ist heute Morgen passiert, Harald ist mit seinem Zug auf Skiern unterwegs gewesen. Er hat sich mit einem Skistock verteidigt, daraufhin ist der Vielfraß weggelaufen ... ja, das hat zumindest dieser Klangström behauptet ... nein, Klangenström hieß er.«

Ich nicke und sage etwas in die Richtung, dass Harald geistesgegenwärtig gehandelt habe. Andrea seufzt und sieht unglücklich aus. Ich setze mich neben sie auf das Bett und lege den Arm um sie.

Ich: »Wie fühlst du dich?«

Sie: »Ich weiß nicht. Das kommt so unerwartet. Er hätte ja auch tot sein können. Wenn es wirklich ein Vielfraß war, ich habe mal gehört, dass sie genauso gefährlich sind wie Wölfe.«

Feige, sich mit einem Skistock zu wehren, denke ich, sage es aber nicht und stelle stattdessen die folgende wichtige Frage.

»Aber woher hat der Arzt gewusst, dass er dich hier erreichen kann?«

Andrea schüttelt den Kopf. »Keine Ahnung. Es muss ... nein, ich weiß es nicht.«

Sie löst sich von meinem Arm und steht auf. Geht zum Fenster, bleibt dort stehen und rührt sich nicht. Ihrem Rücken ist anzusehen, wie angespannt sie ist.

Ahne ich da schon, dass sie lügt? Dass ihr natürlich klar ist, wie Regimentsarzt Klangström/Klangenström sie in diesem entlegenen Gebirgshotel ausfindig machen konnte. Oder gehört auch das zu den Dingen, die sich mir erst im Nachhinein erschließen?

Jedenfalls wird es ein ziemlich düsterer Abend. Im Hotelrestaurant essen wir Rentierfleisch mit Kartoffelpüree und Preiselbeeren und trinken ausnahmsweise keinen Rosé. Letzteres liegt zwar vor allem daran, dass keiner auf der Weinkarte steht, aber ich bin mir sicher, dass wir so oder so darauf verzichtet hätten. Wir sind ungewöhnlich schweigsam, und ich weiß nicht, was Andrea durch den Kopf geht, aber ich selbst denke in erster Linie darüber nach, ob man tatsächlich vom Biss eines Vielfraßes in den Po vergiftet werden und sterben kann. Mit der Zeit, sozusagen.

Harald Mutti stirbt nicht an dem Biss des Vielfraßes und muss auch nicht heimgeschickt werden. Er erholt sich ziemlich schnell im Krankenhaus und ist schon wenige Tage später wieder kampftauglich. Ich erhalte diese Information, ohne um sie gebeten zu haben, was mich in meiner Auffassung und meinen Absichten zweifellos bestärkt.

Mit anderen Worten, *dem Plan*. Oder *den Plänen*, denn ich habe erkannt, dass man einen in Reserve haben sollte. Wenn mein Rivale das nächste Mal auf Heimaturlaub nach *M* kommt, in der Osterwoche, die in diesem Jahr auf Mitte April fällt, muss ich bereit sein für eine erste Begegnung mit ihm. Tatsächlich habe ich ihn ja noch nie gesehen; was sein Aussehen angeht, ist mir nicht viel mehr bekannt, als dass er höchstwahrscheinlich eine größere Narbe auf einer Pobacke hat. Ist er groß oder klein, ist er kräftig gebaut, hat er schwarze oder rote Haare? Ich weiß es nicht, Andrea hat ihn mir nie beschrieben.

Aber die Frage, wer gewusst hat, dass sie sich an jenem Wochenende im Februar in einem Hotel in *L-vik* aufhielt, lässt mir einfach keine Ruhe.

Hat sie es ihrer Mutter erzählt? Einer Freundin, die ich nicht kenne? Deren Nummer man in Boden hat?

Unabhängig davon, wer es war, muss man wohl annehmen, dass Andreas Begleitung in dem Berghotel Anna-Karin Blomgren und nicht Adalbert Hanzon hieß. Oder gibt es andere Möglichkeiten? Was ist mit Andreas Mutter, ist sie wirklich so leicht zu düpieren? Müsste sie nicht irgendwann Verdacht schöpfen? Immerhin verbringt ihre Tochter ganze Tage und Nächte mit dieser seltsamen Arbeitskollegin, ist das nicht ein bisschen merkwürdig? Oder steht es so schlecht um Madeleine Altman, dass es sie nicht interessiert? Hauptsache, sie bekommt ihr Enkelkind, das eine Reinkarnation ihres verstorbenen Mannes ist, und dann ist alles in bester Ordnung? Mein Gott, denke ich, das ist doch krank.

Aber ich spreche es nicht an. Weder das eine noch das andere. Das zu tun, würde bedeuten, meine Geliebte in eine Ecke zu drängen, und das will ich um jeden Preis vermeiden. Es ist besser, meine Bedenken und meinen Verdacht für mich zu behalten; nur ein paar Sandkörner im Strumpf, kein Grund sich zu streiten.

Trotzdem: Es ist ja wohl kaum möglich, dass Unteroffizier Mutti persönlich wusste, was seine Verlobte an ein paar Tagen im Februar in einem Berghotel vorhatte. Ich kann es einfach nicht lassen, mir diese Frage zu stellen, und bin gleichzeitig bereit, mich ihm im wirklichen Leben zu nähern. Die Zeit, wegzulaufen und sich zu verstecken, ist vorbei.

Also an Ostern; ich hätte es lieber gesehen, wenn er von diesem Vielfraß aufgefressen worden wäre, aber man kann nicht alles haben, was man sich wünscht.

23

Es ist eine Situation entstanden, in der ich einiges im Nachhinein zusammenfassen muss. Die Ereignisse haben sich so entwickelt, dass ich nicht die Zeit (oder Lust) gehabt habe, mich an meinen Küchentisch zu setzen und zu schreiben, aber auch wenn mein Gedächtnis ein sinkendes Schiff ist, werde ich nun versuchen, die letzten Tage so wahrheitsgetreu und chronologisch wie möglich wiederzugeben. Dies ist mein Bestreben, fast schon ein Versprechen.

Donnerstag. Mein Geburtstag. Ich feiere ihn nicht, und keiner ergreift die Gelegenheit, mir zu gratulieren, was auch daran liegen dürfte, dass niemand das betreffende Datum kennt, und so habe ich auch nicht das Gefühl, dass ich übergangen werde. Ich gehe den ganzen Tag nicht aus dem Haus, liege die meiste Zeit auf der Couch und denke nach. Löse Kreuzworträtsel und lese Jack Londons Roman *Ruf der Wildnis*, den ich mir kürzlich zum dritten oder vierten Mal aus der Bibliothek ausgeliehen habe. Es gibt, mit anderen Worten, nicht viel zu beschreiben.

Freitag. Wie geplant mache ich mich am Nachmittag auf den Weg zu Pellegrinos Pizza & Pasta in der Östra Järnvägsgatan. Es ist ein maßlos trostloses Lokal, ich füge mich also nahtlos ein. Während der ganzen Zeit, die ich dort sitze, eine Stunde und zehn Minuten, bin ich der einzige Kunde. Mit dem Pizzabäcker wechsele ich nur ein paar Worte bei der Bestellung (eine Calzone, die sich als eine zusammengeklappte Variante erweist, die gar nicht so übel ist); danach sehe ich seine Silhouette hinter einem Vorhang, wo er in einer Sprache telefoniert, die mir unverständlich bleibt. Als Getränk habe ich eine Flasche Trocadero bestellt, es ist zwar ein wenig ungewohnt, die Limonade ohne Whisky zu trinken, aber ich bekomme sie hinunter. Ich habe eine Zeitung dabei, die ich so langsam lese, wie ich kaue, aber länger als eine gute Stunde lässt sich dort unmöglich ausharren. Ich frage mich insgeheim, wie ein solcher Laden überleben kann, aber vielleicht habe ich ja auch die ruhigste Zeit des Tages gewählt, mitten am Nachmittag. Zu spät für das Mittagessen, zu früh für das Abendessen.

Wenn ich von meiner Zeitung aufblicke, was ich aus den bekannten Gründen ständig tue, beobachte ich Folgendes: ein graues, stellenweise mit Graffiti beschmiertes Mietshaus mit einer Reihe dunkler Fensterrechtecke, zwei gestutzte und kahle Linden, einen Fahrradständer mit zwei Rädern auf der anderen Straßenseite, zwischen den beiden Hauseingängen des Mietshauses, einen grünen Papierkorb (beschmiert) auf meiner Seite der Straße, einen grauweißen Zipfel des Himmels, in der Ferne einen Fabrikschlot ... all das ist unveränderlich und statisch im Gegensatz zu: einzelnen Autos, die vorbeifahren, einzelnen Fußgängern mit oder ohne Hund, einer Joggerin in einem roten Trainingsanzug, einigen sporadisch auftauchenden Fahrradfahrern, zwei blauen Stadtbussen (einer in jede Richtung), einer unfassbar dicken Katze (nicht besonders beweglich) sowie einer ganzen Reihe schwarzer Vögel (Dohlen, wenn ich mich nicht irre), die erfolglos versucht, unter den Deckel des bereits erwähnten Papierkorbs zu kommen.

Eine Frau mit blau-gelb gemustertem Halstuch? Keine Spur von ihr.

Und nur wenige Personen, die das Haus in der Östra Järnvägsgatan 64 betreten oder verlassen. Genau genommen vier, eine junge Mutter mit einem Kleinen im Schlepptau (erst hinaus, dann, nach einer halben Stunde, hinein) sowie zwei junge Männer (beide eintretend). Ich beschließe, mir das Gebäude doch ein wenig näher anzuschauen, auch wenn ich nicht davon ausgehe, hineinschlüpfen zu können.

Ich verlasse das *Pellegrino,* ohne mich von dem in sein Handy sprechenden Pizzabäcker zu verabschieden. Überquere die Straße und schlendere an Nummer vierundsechzig und sechsundsechzig vorbei. Biege um die Ecke in die Växelgatan und erkenne, dass es durch ein offenes Gartentor möglich ist, auf einen weiträumigen Innenhof zu gelangen. Dort finde ich eine Rasenfläche mit diversen Sträuchern und zwei kleineren Bauten, vermutlich eine Waschküche und eine Müllstation. Auch aus dieser Richtung führen zwei Türen in das Gebäude, aber beide sind für Unbefugte sorgfältig verschlossen.

O ja, ich fühle mich wirklich wie ein Unbefugter, als ich dort stehe und an der Klinke ruckle, und die einzige interessante Information, die ich mir auf diese Weise beschaffe, lautet, dass die Wohnungen auf der Hofseite einen Balkon haben. Auch im Erdgeschoss; ich denke, wenn es nicht Oktober, sondern Sommer und etwas früher am Tag wäre, bestünde wahrscheinlich die Möglichkeit, die Gesuchte zu erblicken, während sie in der Morgensonne auf ihrem Balkon sitzt und Kaffee trinkt. Ich glaube, er liegt nach Osten hin. Würde sie außerdem zufällig im Erdgeschoss wohnen, wäre es ein Leichtes, über das Geländer zu klettern und sich ihr vorzustellen. Nun ja, so leicht nun auch wieder nicht, wenn man bedenkt, wie steif und klapperig ich mit den Jahren geworden bin. Sicherer wäre es, auf der Außenseite zu bleiben und das hypothetische Gespräch von dieser Position aus zu führen.

Mit dieser mäßig optimistischen Feststellung verlasse ich die Östra Järnvägsgatan und trotte heimwärts.

Ich komme allerdings nicht ohne Komplikationen nach Hause. Auf dem Marktplatz treffe ich unerwartet auf Henry Ullberg. Er kommt mit seinem Rollator eiligst aus *Betsys* Konditorei, und irgendetwas sagt mir, dass er dort gesessen und nur darauf gewartet hat, dass ich auftauche. Er wirkt erregt, was er zu verbergen sucht, und seine ganze Brust ist voller Puderzucker; allem Anschein nach hat er sich soeben eine Semla einverleibt, ein Gebäckstück, das früher nur in der Fastenzeit, bei *Betsys* mittlerweile jedoch ganzjährig angeboten wird.

»Sieh einer an! Du läufst also immer noch frei herum.«

Das ist eine typische Henry-Ullberg-Bemerkung, und ich entscheide mich gegen eine Erwiderung.

»Lange nicht gesehen«, fährt er fort und sieht auf die Uhr.

Ich denke, dass eigentlich nur eine Woche vergangen ist, verzichte aber erneut darauf, seine Worte zu kommentieren.

»Du hast dich bekleckert«, sage ich stattdessen. »In deinem Alter solltest du keine komplizierten Teilchen mehr essen.«

»Das geht dich überhaupt nichts an«, entgegnet Henry und beginnt, den Zucker wegzufegen. »Wenn du morgen noch nichts vorhast, möchte ich dir einen Abend mit ein paar Drinks vorschlagen. Obwohl du in letzter Zeit übertrieben mürrisch bist. Hast du Probleme mit der Verdauung?«

»Nicht die geringsten«, antworte ich. »So, so, du hast deine eigene Gesellschaft also langsam satt? Wenn du mich fragst, ist das sehr verständlich.«

»Ich frage aber nicht«, sagt Henry. »Es gibt einige interessante Dinge, zu denen wir Stellung beziehen sollten. Ich habe Nachforschungen angestellt, und das Ergebnis ist überraschend … gelinde gesagt überraschend.«

Ich frage mich, welchen Schwachsinn er jetzt wieder ausgeheckt hat, bin mir aber zu schade, um mein Interesse zu zeigen. Bloß nicht. Ich denke einen Moment nach und sage, dass ich mich nicht stehenden Fußes entscheiden, mich aber am morgigen Vormittag bei ihm melden könne.

»Tu das«, sagt Henry. »Aber warte nicht zu lange. Sonst könnte es sein, dass ich mit etwas anderem beschäftigt bin.«

Er lügt wie gedruckt. Das Einzige, womit Henry Ullberg beschäftigt sein könnte, ist seine eigene Beerdigung, und trotz seines Aussehens gehe ich nicht davon aus, dass er in den nächsten Tagen den Löffel abgeben wird.

»Ich habe jetzt keine Zeit mehr für dich«, sage ich.

»Danke gleichfalls«, erwidert Henry.

Danach trennen wir uns.

Ich gehe nach Hause und lese *Ruf der Wildnis* aus. Das Abendessen fällt aus; die Pizza von Pellegrino ist längst noch nicht verdaut, auch das geht mit den Jahren immer langsamer.

Ich sehe die Fernsehnachrichten und lege mich schlafen.

Samstagvormittag. Ich habe gerade mein schlichtes Frühstück beendet, als meine Halbcousine Ingvor Stridh anruft. Sie klingt enthusiastisch und ein wenig atemlos, ich vermute, dass sie bereits eine belebende Runde mit ihren Stäben gedreht hat.

Ingvor: »Wie geht es dir?«

Ich: »Jeden Tag ein anderes Wehwehchen.«

Ingvor: »Das kann ich mir vorstellen. Du bewegst dich zu wenig.«

Woher will sie das wissen?, denke ich, sage es aber nicht.

Ingvor: »Also, ich habe eine Frage. Bist du noch auf der Suche nach dieser Frau?«

Ich: »Auf der Suche? Nein, das würde ich so nicht sagen, aber …«

Mir fällt keine Fortsetzung ein. Natürlich bin ich auf der Suche, aber sich Ingvor Stridh gegenüber zu eifrig zu zeigen, wäre ein Fehler. Mit der Wahrheit muss man behutsam umgehen, das hat das Leben mich gelehrt.

Ingvor (unterdrückt erregt): »Wie dem auch sei, ich habe sie gestern im Schwimmbad gesehen. Wir haben uns sogar unterhalten, sie scheint ein bisschen speziell zu sein.«

Ich (keuchend): »Aber was in …?«

Großer Gott, denke ich. Meine Halbcousine hat engen Kontakt zu Andrea Altman alias Beate Bausen gehabt. Sie wird ja wohl nicht …?

Ich: »Du hast ihr doch hoffentlich nicht meinen Namen genannt?«

Ingvor: »Das habe ich natürlich nicht getan, wofür hältst du mich? Sie heißt übrigens Beate und ist erst kürzlich hierhergezogen.«

Ich: »Hast du ihre Tätowierung gesehen?«

Ingvor: »Ja, klar. Wir haben uns in der Sauna unterhalten, da ist man in der Regel ziemlich leicht bekleidet.«

Ich: »Und du bist sicher, dass es sich um eine Tätowierung handelt?«

Ingvor (konsterniert): »Wie bitte? Wie meinst du das?«

Ich: »Äh … es könnte sich nicht zum Beispiel um eine Krampfader handeln?«

Ingvor: »Eine Krampfader? Bist du heute schwer von Begriff? Es ist ganz eindeutig eine Tätowierung. Der vierzehnte Sechste … soll ich herausfinden, was das bedeutet?«

Ich: »Ich weiß, was es bedeutet.«

Es rutscht mir einfach so heraus, ehe ich es verhindern kann, und ich bereue es sofort. Jetzt hat Ingvor ordentlich Wasser auf ihre Neugiermühlen bekommen. Mist, denke ich, spüre aber gleichzeitig, dass meine Erregung steigt. Denn plötzlich … plötzlich gibt es ja keinen Zweifel mehr.

Oder?, frage ich mich und lege auf. Ich muss einen Moment nachdenken, ohne eine keuchende Halbcousine im Ohr zu haben, rufe sie aber eine Minute später wieder an und behaupte, es habe ein Problem mit der Leitung gegeben.

Ingvor: »Tatsächlich? Nun?«

Ich: »Hm. (Ich begreife natürlich, was dieses kurze *nun* bedeutet.) Vielleicht sollten wir an einem der nächsten Abende im Stadthotel essen gehen … wie wir es besprochen haben. Wie sieht es bei dir nächste Woche aus?«

Ingvor: »Ich habe nur am Dienstag schon etwas vor.«

Ich: »Dann schlage ich den Mittwoch vor.«

Ingvor: »Am Mittwoch um sieben. Abgemacht.«

Nach dem Gespräch liege ich zwei Stunden auf der Couch. Ich versuche, ein Kreuzworträtsel zu lösen, komme aber ungewöhnlich schlecht voran. Im Grunde bin ich einzig und allein damit beschäftigt zu warten, dass mein Herzklopfen schwächer wird.

Samstagabend. Nein, mit diesem Schlagabtausch warte ich noch ein Kapitel.

24

Harald Mutti trifft am Montagabend in der Karwoche, an dem Tag, der *Blauer Montag* genannt wird, am Hauptbahnhof von *M* ein. Andrea steht auf dem Bahnsteig und nimmt ihn in Empfang, als er aus dem Zug steigt, ich halte mich etwas abseits an einer Ecke des Bahnhofsgebäudes auf, wo ich mich an die Wand lehne und so tue, als würde ich Zeitung lesen. An der Stelle hängt eine Laterne, meine Position ist also alles andere als auffällig.

Ich habe die Absicht, meinen Rivalen in Augenschein zu nehmen, die beiden werden in einem Abstand von nur einem Meter an mir vorbeigehen, und Andrea weiß Bescheid. Es hat einige Mühe gekostet, sie zu überreden, aber als ich behauptete, es sei mein gutes Recht, sehen zu dürfen, wer mir meine Geliebte nehmen werde, hat sie nachgegeben. Ich will ja nur wissen, wie er aussieht. Eine Bestätigung dafür bekommen, dass er aus Fleisch und Blut ist. Dass ich mich insgeheim mit einem bedeutend finstereren Gedanken trage, ist Andrea nicht bekannt, aber in dem Punkt könnte ich mich auch irren. Ich wiederhole: Hier könnte ich mich irren.

Der Zug quietscht auf Gleis eins herein. Ein Strom von Menschen ergießt sich auf den Bahnsteig, einige nehmen den Weg durch das Bahnhofsgebäude, andere kommen am Zeitung lesenden Adalbert Hanzon vorbei, der herumsteht wie ein Spion, der aus der Kälte kam. Ich entsinne mich dieser

Minuten mit fast einmaliger Schärfe. Sie kommen als Allerletzte, Andrea und ihr Verlobter Harald. Er trägt einen kleinen Koffer in der einen Hand, der andere Arm liegt ein wenig schlaff um Andreas Rücken. Sie bewegen sich langsam, sozusagen schlendernd. Er redet, dreht ab und zu den Kopf in ihre Richtung, sie stiert geradeaus, starr, stets bedacht, keinen Blick auf den Zeitung lesenden Spion zu werfen. Harald ist einen halben Kopf größer als seine Verlobte, stelle ich fest; ungefähr meine Größe, und trotz der Langsamkeit wirkt er irgendwie drahtig. Durchtrainiert; zum Teufel, denke ich. Hat man fast ein Jahr lang Krieg gespielt, muss man ja gut in Form sein, auch wenn einem ein Vielfraß in den Hintern gebissen hat.

Erst als sie nur noch zehn Meter entfernt sind, kann ich sein Gesicht sehen, wenn auch nur durch ein paar hastige Blicke über den Rand meiner Zeitung hinweg. Er ist ziemlich hässlich, stelle ich fest. Ein länglich schmales Pferdegesicht, rotblonde Haare, militärisch kurz geschnitten, blasser Teint und leichte Glupschaugen. Im Großen und Ganzen konturlos, gegen meinen Willen seufze ich vor Erleichterung auf. Wenn Harald Mutti sich als ein Muskelprotz herausgestellt hätte, als einer dieser Jünglinge, die junge Damen attraktiv finden und um die sie sich scharen, ja, dann wären meine Aktien sofort gefallen. Aber diese nichtssagende Gestalt? Es kann sich doch keine von einer Frau geborene Frau in einen solchen Mann vergucken? Ich falte meine Zeitung zusammen und sehe die beiden hinter einem der Bushaltestellenhäuschen verschwinden, die neben dem Bahnhof stehen. Atme mehrmals tief durch, erkenne, dass ich während der kritischen Augenblicke die Luft angehalten haben muss, aber das Gefühl, das sich nun einstellt, ist am ehesten … ja, was? Erleichterung?

Ja, in der Tat. Ich werde es schaffen. Harald Mutti ist zwar mein erbitterter Feind, aber nicht der gewaltige Krieger, den ich mir in meinen unruhigen Träumen manchmal vorgestellt habe. Er ist ein höchst ordinäres Muttersöhnchen, und ich werde mit ihm zurechtkommen.

Ich weiß nicht, ob ich das in diesem speziellen Moment denke, als ich meinen Widersacher zum ersten Mal leibhaftig vor mir sehe, oder ob ich es mir nachher so zurechtlege. Es ist das Situationsbild, das ich viel, viel später mit filmischer Schärfe sehe – das alte Bahnhofsgebäude, meine Zeitung, die schmutzig gelbe Lampe über meinem Kopf, der Strom der Reisenden, Harald Muttis etwas abgewetzter Koffer, der angespannte Gesichtsausdruck meiner Geliebten – nicht mein Inneres, nicht die Worte und Gedanken, die mir durch den Kopf gehen.

Abgesehen davon also, dass ich erleichtert bin. Vorsichtig optimistisch in die Zukunft blicke. Eins habe ich jedenfalls verstanden: Andrea hat mir nichts vorgespielt, sie ist nicht in den Mann verliebt, den sie heiraten soll. Die Liebe steht auf meiner Seite, und im Krieg und in der Liebe ist bekanntermaßen alles erlaubt. Ich spaziere zu meiner Wohnung im Vretens gränd, trinke zwei Gläser Rosé und plane die Fortsetzung.

In der Fryxneschule fallen die Ferien in die Karwoche, also die Woche vor den eigentlichen Feiertagen; ich habe noch ein paar Dinge zu erledigen, aber wenn ich mich richtig erinnere, habe ich ab Mittwoch frei. Stenströms Beerdigungsinstitut schließt Gründonnerstag am Mittag, und als Andrea aus der Tür tritt, sitzt ihr Verlobter im Sonnenschein auf einer Bank in dem kleinen Park gegenüber und wartet auf sie. Ich, ihr heimlicher Geliebter, beobachte ihn schon eine ganze Weile, denn ich sitze auf einer anderen Bank desselben Parks. Harald Mutti steht auf und winkt seiner Verlobten zu, sie entdeckt ihn und überquert die Straße. Sie umarmt ihn kurz, und danach gehen sie in meine Richtung. Ich reiße mich zusammen, und als ich sehe, dass Andrea mich entdeckt hat, stehe ich hastig auf und rufe:

»Hallo, Andrea! Das ist ja nett!«

Sie bleibt abrupt stehen, und für einen Moment glaube ich, dass sie beabsichtigt, ohnmächtig zu werden. Vielleicht auf diese *funktionale* Art wie ihre Mutter damals, bei unserer einzigen Begegnung. Harald Mutti macht ein fragendes Gesicht, und sein Blick pendelt zwischen mir und seiner Verlobten, er wartet auf eine Erklärung. Oder zumindest auf eine Fortsetzung. Andrea fängt sich.

»Adalbert. Hallo!«

Sie streckt die Hand aus und begrüßt mich, als wäre ich eine Tante aus Laxå. »Adalbert, darf ich dir Harald vorstellen, meinen Verlobten.«

Ich begrüße auch Harald. Sein Handschlag ist etwas unentschlossen, das wundert mich nicht. Andrea gelingt es, mir einen Blick zuzuwerfen, der sagt: *Was in aller Welt ist in dich gefahren? Hast du den Verstand verloren?*

»Andrea und ich sind gute Bekannte«, erläutere ich Harald Mutti. »Wir kennen uns jetzt seit … ja, wie lange, Andrea?«

»Äh … ich weiß es nicht mehr genau«, sagt Andrea. »Was … ich meine … wie lustig, dir so zufällig zu begegnen, mitten am … mitten am helllichten Gründonnerstag.«

Zu meiner großen Freude merke ich, dass ihr Ärger sich allmählich legt. Auf einmal scheint ihr die Situation zu gefallen, jedenfalls deute ich ihren verschmitzten Gesichtsausdruck so. Als wäre dies nur ein kleiner Scherz.

»Arbeitest du heute nicht?«, fragt sie.

»Nein, jetzt sind Osterferien«, antworte ich schlagfertig. »Und ihr?«

Ich wende mich an beide. Andrea erklärt, das Beerdigungsinstitut habe gerade für die Feiertage zugemacht. Harald Mutti räuspert sich, und das Erste, was ich ihn jemals sagen höre ist:

»Heimaturlaub.«

»Sitzt du im Gefängnis?«, frage ich.

Andrea kichert kurz, aber Harald verzieht keine Miene. »Wehrdienst. In Boden.«

»Was du nicht sagst«, erwidere ich. »Ja, das habe ich schon hinter mir. Kabelträger in Uppsala.«

»Hm«, sagt Harald und wirft einen Blick auf Andrea. »Und woher kennt ihr euch?«

Es vergehen zwei Sekunden. Andrea beißt sich auf die Lippe und starrt mich an. Ihr fällt offensichtlich keine akzeptable Erklärung dafür ein, dass sie die Bekannte eines Kabelträgers aus Uppsala ist, aber ich sehe nicht nur keinen Anflug von Panik in ihren Augen, sondern gleichzeitig etwas anderes. Dass diese Begegnung unter sechs Augen sie nicht nur beunruhigt, sondern auch amüsiert. Mit Schrecken vermischte Begeisterung, wie man so sagt.

Ich: »Wir sind beide Mitglieder im Verein der Vogelfreunde.«

Harald (erstaunt): »Im Verein der Vogelfreunde?«

Nein, er ist mehr als erstaunt. Er wirkt misstrauisch.

Ich: »Ja, genau. Andrea hat dir nichts davon erzählt?«

Harald (versucht mit seinen Glupschaugen zu blinzeln): »Nein, ich glaube nicht … wirklich nicht.«

Andrea: »Hm, doch, das muss ich eigentlich mal erwähnt haben.«

Harald (glotzt seine Verlobte an): »Ach ja?«

Andrea (errötend): »Ich bin ja erst seit letztem Herbst Mitglied, aber das habe ich dir bestimmt gesagt.«

Harald: »Das bezweifele ich. Wir haben uns doch noch nie über Vögel unterhalten?«

»Du interessierst dich nicht für Vögel?«, frage ich und wende mich ganz Harald zu. »Sie sind interessanter, als man denkt. Wenn du möchtest, können wir vielleicht dafür sorgen, dass …«

»Das glaube ich nicht«, schneidet Harald mir das Wort ab und sieht auf seine Armbanduhr. »Außerdem haben wir ehrlich gesagt einen Termin. Es war nett, dich zu treffen. Wie war noch einmal dein Name?«

»Adalbert«, sage ich und strecke mich. Doch, ein paar Zentimeter größer als mein Gegner bin ich schon. »Adalbert Hanzon. Angenehm, aber jetzt muss ich auch weiter.«

Harald: »Hrrmpff.«

Es gelingt mir, den Impuls zu unterdrücken, Andrea zu umarmen. Stattdessen begnüge mich damit, ihn leicht ironisch militärisch zu grüßen, der Kabelträger den Unteroffizier, und überlasse die beiden ihrem Schicksal. Ich hoffe, dass Andrea zumindest den Namen und das Aussehen von drei oder vier Vogelarten kennt. Es soll ja angeblich Hunderte geben, und zwar allein in unserem Land.

Sie ruft mich noch am selben Abend an.

»Adalbert, du hast sie wirklich nicht mehr alle. Mein Gott, ich kann ja kaum eine Kohlmeise von einer Krähe unterscheiden. Was sollte das?«

»Die Krähe ist größer«, erwidere ich.

Sie: »Ich habe nur eine Minute. Der Verein der Vogelfreunde? Wie bist du nur darauf gekommen?«

Ich (entschuldigend): »Mir ist nichts Besseres eingefallen. Meinst du, ein Schachverein wäre glaubwürdiger gewesen?«

Sie lacht auf, zweifellos nervös, aber es ist trotzdem ein Lachen. Das macht mir Hoffnung.

»Du Verrückter. Ein Glück, dass Harald auch absolut nichts von Vögeln versteht. Was soll ich sagen, wenn er anfängt, mich auszufragen?«

Ich: »Sag ihm, wie es ist.«

Sie: »Wie meinst du das?«

Ich: »Sag ihm, dass ich dein Liebhaber bin und er für den Rest seines Lebens ruhig in Boden bleiben kann, weil du nicht vorhast, ihn zu heiraten.«

Darauf folgt kein Lachen. Darauf folgt der Ernst.

Sie: »Adalbert. Du darfst das nicht tun.«

Ich: »Ich …«

Sie: »Ich muss jetzt Schluss machen.«

Ich sage ihr, dass ich sie liebe, aber da hat sie schon aufgelegt. Ich bleibe noch kurz mit dem Hörer in der Hand sitzen und denke nach. Finde letztlich, dass das Positive überwiegt; Harald Mutti ist nun bekannt, dass Adalbert existiert, und wenn ich die nächste Stufe meines Plans zünde, wird er Farbe bekennen müssen.

Ich muss zugeben, dass ich keine Ahnung habe, was ich damit meine, aber die Formulierung finde ich toll. Fünfundvierzig Jahre später finde ich das ehrlich gesagt noch immer. Zumindest, solange damit nicht ich gemeint bin.

Farbe bekennen.

25

Samstagabend. Es ist kurz nach halb sieben, als ich zu Henry Ullberg stiefele. Die Idee, ihm eine Topfpflanze zu schenken, ist auf später verschoben worden, aber ich habe immerhin eine Schachtel Chesterfield und zwei große Plastikflaschen Trocadero dabei. Ich bin ein wenig besorgt und leicht gereizt, den ganzen Nachmittag habe ich darüber nachgedacht, was der alte Fuchs am Vortag auf dem Platz gesagt hat. *Ich habe Nachforschungen angestellt, und das Ergebnis ist überraschend.* Was zum Teufel hat er damit gemeint? Auf was ist er gestoßen?

Er sieht dann auch übertrieben listig aus, als er mir die Tür öffnet und mich hineinlässt. Ein Säufer bei einer Partie Poker in einem Western, der plötzlich vier Asse im Ärmel hat und dem es schwerfällt, sich nichts anmerken zu lassen. Wir nehmen in unseren üblichen durchgesessenen Sesseln Platz, schenken uns den ersten Drink ein und zünden unsere ersten Zigaretten an. Ich frage mich, wie oft ich hier schon gesessen habe und ob es überhaupt möglich ist, sich zwei traurigere Lebewesen vorzustellen. Und eines der beiden sitzt auf einem viel zu hohen Ross.

Denn irgendetwas ist passiert.

»Schön, dass du die Zeit gefunden hast«, sagt Henry Ullberg und erhebt sein Glas.

Ich nicke, erhebe meines, denke, dass dies eine außergewöhnlich höfliche Einleitung ist und begreife, dass dies nichts Gutes zu bedeuten hat. Wir trinken beide einen tüchtigen Schluck und nehmen uns die Zeit, ihn gründlich sacken zu lassen. Der erste Schluck hat etwas, das man nicht vergeuden sollte, das ist einer der wenigen Punkte, in denen Henry und ich einer Meinung sind.

»Du hast gesagt, du hättest Nachforschungen angestellt«, sage ich. »Was zum Teufel hast du damit gemeint?«

Es kann nicht schaden, den Stier bei den Hörnern zu packen.

Der Stier rülpst und setzt seine Brille auf. Sie ist so verschmiert wie immer.

»Ich habe zufällig ein paar Dinge gelesen.«

»Lesen kannst du also noch?«

Er steckt das ein, ohne zum Gegenangriff überzugehen.

»In der Stadtbücherei. Ich habe dort gestern … nein, es war natürlich vorgestern, ein paar Stunden verbracht. Hm.«

Er wühlt in einer Plastiktüte, die an ein Tischbein gelehnt steht. Sie ist mir bis dahin nicht aufgefallen, aber warum hätte sie das auch tun sollen? Henrys Wohnung ist genauso verräuchert und vollgemüllt wie immer. Er holt einen Stapel Blätter heraus, gewöhnliche weiße Blätter im Format A4, und breitet sie in mehreren unregelmäßigen Haufen auf dem Tisch aus. Ich werfe einen Blick darauf und sehe, dass es sich um Kopien von Zeitungsartikeln handelt. Jedenfalls die obersten Seiten, und daraufhin taucht plötzlich eine Erinnerung auf: eine andere ziemlich verräucherte Wohnung vor fast einem halben Jahrhundert. Henning Ringman präsentiert mir den ungelösten Mordfall Herman Klinger. Bierbüchsen auf dem Tisch statt Gläsern mit Drinks, Commerce statt Chesterfield, zwei hoffnungsvolle junge Männer statt zwei alten Wracks. Ich habe in einem der vergangenen Kapitel davon erzählt, doch jetzt, an diesem Samstagabend Ende Oktober bei Henry Ullberg steht ein anderer Mord auf der Tagesordnung. Das steht fest, als er nach seinem nächsten Schluck und dem nächsten Zug das Wort ergreift.

»Du alter Mörder. Ich habe gedacht, ich würde dein Sündenregister kennen, aber das hier vermittelt einem ein etwas anderes Bild.«

Er macht eine ausschweifende Geste über den Tisch. Ich drücke meine Chesterfield aus, obwohl ich nur drei oder vier Züge geraucht habe. Erwäge, nach Hause zu gehen, sehe aber ein, dass ich fast immer zu Beginn meiner Sitzungen mit Henry überlege heimzugehen. Und danach noch mehrere Male, bis es endlich, nach viel zu vielen Drinks und viel zu vielen Wortgefechten über nichts und wieder nichts so weit ist.

»Wovon redest du?«, sage ich jetzt.

»Hiervon natürlich«, antwortet Henry und deutet mit einer neuerlichen Geste auf seine Kopien. »Möchtest du, dass ich es dir laut vorlese?«

»Ja, tu das«, sage ich, ohne nachzudenken.

»Also schön«, sagt Henry und hebt ein Blatt an. »Hör zu: *Doppelmord am Rossvaggasjön? Schulhausmeister unter Verdacht.*«

»Habe ich da ein Fragezeichen gehört?«, falle ich ihm ins Wort.

»Ja, nach dem Doppelmord. Nicht nach dem verdächtigen Hausmeister.«

»Mach weiter«, sage ich. »Ich bin ganz Ohr.«

Henry greift nach einem anderen Blatt. »Was sagst du hierzu? *Die Leiche eines siebenundzwanzigjährigen Mannes ist an einem Bootssteg im Rossvaggasjön gefunden worden. Die Polizei geht davon aus, dass der Mann ermordet wurde, seine Verlobte wird weiterhin vermisst. Allem Anschein nach befand sich das Paar am Wochenende auf einem Bootsausflug in Begleitung einer dritten Person, die derzeit von der Polizei vernommen wird. Kommissar Allan Fredin, der Leiter der Ermittlungen, möchte sich nicht dazu äußern, ob eine Verhaftung bevorsteht, bittet die Bevölkerung jedoch um sachdienliche Hinweise.* Und so weiter … hm.«

Ich denke, dass ich selber schuld bin. Ich hätte Henry nie von der Frau in der Apotheke erzählen, hätte niemals zulassen dürfen, dass er in dieser Angelegenheit Initiativen ergreift, früher oder später musste es ja auf die eine oder andere Art zum Teufel gehen. Jetzt hat er offenbar in der Bibliothek gesessen und Nachforschungen über meine alte Havarie angestellt. Was früher, vor allem während der Jahre im Gefängnis, ein ungeschriebenes Gesetz unter abgetakelten Gentlemen war – über die freiwillige grundlegende Information hinaus nicht im Strafregister der anderen zu wühlen –, ist nun gebrochen worden. Natürlich hat Henry Ullberg sich wie ein Miststück benommen, aber ich habe immer gewusst, dass er ein Miststück ist.

Ich: »So, so, mein Lieber. Du bist auf deine alten Tage also zum Schnüffler geworden?«

Henry: »Verflucht. Man will doch wissen, mit wem man es zu tun hat.«

Er zieht ein neues Blatt heran, räuspert sich und liest.

»*Heute beginnt am Amtsgericht in M der Prozess gegen den des Doppelmords verdächtigen Schulhausmeister. Dem Anwalt des Angeklagten zufolge hat sein Klient seine Verwicklung in den Fall zugegeben und den Mord an dem männlichen Opfer gestanden. Dagegen bestreitet er, etwas mit dem Verschwinden der jungen Frau zu tun zu haben.* Ich muss schon sagen, ich habe selten etwas so verdammt Kryptisches gelesen. Du gestehst, du leugnest, und du bestreitest. Ja, was denn jetzt?«

Ich: »Du zitierst einen Journalisten, der einen Anwalt zitiert.«

Henry (zufrieden prustend): »Doppelmord! Danach riecht es hier, wenn du einen alten Knastbruder fragst. Auf dein Wohl!«

Er kippt sich den Rest im Glas hinter die Binde, und ich folge seinem Beispiel. Wir schenken uns schweigend nach, der Whisky heißt diesmal Glen Orchy und ist ziemlich rauchig, selbst wenn man versucht hat, ihn mit Trocadero kleinzukriegen.

»Also, was hast du zu sagen?«, erkundigt sich Henry, sobald die Alkoholverteilung abgeschlossen ist.

Ich: »Wozu?«

Henry: »Was zum Teufel? Dieses Weibsbild, dem wir hinterherjagen. In der Zeitung steht doch, dass du sie ermordest hast … vor fünfundvierzig Jahren.«

Ich: »Das steht da überhaupt nicht. Du kannst nicht richtig lesen.«

Henry: »Ich kann zwischen den Zeilen lesen.«

»Fake news«, entgegne ich und fühle mich ausnahmsweise richtig modern. Man schnappt eben doch das eine oder andere auf.

»Großer Gott, du redest dir vielleicht einen Scheiß zusammen«, sagt Henry gereizt und blättert in seinen Papieren. »Ich habe Material von fünf oder sechs verschiedenen Zeitungen gesammelt, ich finde, die Sache ist so klar wie Kloßbrühe. Verdammt, du hast beide umgebracht, oder irre ich mich etwa?«

»Du irrst dich«, stelle ich fest. »Du hast alles falsch verstanden, aber das ist mir egal. Wenn wir uns weiter unterhalten wollen, musst du dich zusammenreißen. Zum Beispiel ein anderes Gesprächsthema finden … wie steht es um deine Gebrechen? Was macht die Prostata, ich fände es wirklich interessant zu hören, wie es ihr geht.«

Das reizt ihn fast bis zur Weißglut. Ich weiß nicht, welche Antwort er auf seine Unterstellungen erwartet hat, aber diese eindeutig nicht. Vielleicht hat er gedacht, ich würde klein beigeben, mich winden und lügen. Oder ihm plötzlich die Wahrheit sagen. Wenn es so ist, kennt er mich nach all den Jahren aber schlecht, und selbst wenn es so sein sollte, dass ich ein paar alte Geheimnisse hüte, habe ich jedenfalls nicht vor, sie nach diesem billigen Versuch, mich unter Druck zu setzen, zu verraten. Erst recht nicht einem Drecksack wie Henry Ullberg, das sollte ihm eigentlich klar sein.

Jetzt hämmert er mit geballter Faust auf den Tisch. »Du bist ein Lügner! Ich bin für dich da gewesen und habe dir in dieser verdammten … in dieser verdammten *Klemme* geholfen, und dann muss man feststellen, dass man … äh … hinters Licht geführt wurde. Ja, genau, hinters Licht! Schämst du dich nicht?«

»Nein«, antworte ich. »Ich schäme mich kein bisschen. Prost, ich glaube, es wird Zeit für mich zu gehen.«

Das veranlasst ihn, sich etwas zu beruhigen.

»Zu gehen? Wir haben ja gerade erst angefangen. Jetzt sei doch nicht so ein verfluchter Sturkopf.«

Ich zünde mir meine vorzeitig ausgedrückte Zigarette wieder an und denke schweigend nach. Henry kratzt sich zwischen den Hemdknöpfen am Bauch und scheint ebenfalls in Gedanken versunken.

»Jetzt komm mal zur Vernunft«, sagt er, auf einmal fast flehend. »Ist diese verdammte Braut jetzt tot oder nicht? Und wenn sie tot ist, wem zum Teufel jagen wir dann hinterher?«

Ich antworte nicht.

»Ich will doch nur, dass du mir erklärst, wie das alles zusammenhängt. Ist das denn so schwer?«

Ich trinke einen Schluck und betrachte eine Weile Holger Elch mit den drei Krawatten. Spanne Henry auf die Folter.

Dann tue ich es. Ich erkläre ihm, wie alles zusammenhängt.

Eine geeignete Version. Zurechtgelegt, wie man so sagt.

26

Es gibt ein Foto von Adalbert Hanzon und Andrea Altman, ein einziges.

Wir stehen nebeneinander vor dem Schwarzen Hengst, der im Sonnenschein glänzt, und Henning Ringman hat die Kamera gehalten. Man sieht, dass es Frühling oder Frühsommer ist, Andrea trägt ein helles, groß gemustertes Kleid. Marimekko, glaube ich, heißt sie, diese finnische Modemarke. Ich bewahre die Aufnahme in einem dunklen Umschlag auf, aber es nützt nichts, die Farben verblassen Jahr für Jahr ein wenig mehr.

Ich weiß natürlich, wann das Bild entstanden ist. Am zweiten Juni 1974, einem Sonntag. Alle namens Rutger haben da Namenstag, und das ist zufällig Hennings zweiter Vorname. Henning Rutger Ringman, wir haben gefeiert, indem wir ihn am Strandkiosk im Lyssnaviksbad, wo gerade die Saison begonnen hat, zu einem Softeis eingeladen haben.

Andrea ist zwei Kilometer geschwommen, im Gegensatz zu Henning und mir. Die Wassertemperatur liegt bei gerade einmal siebzehn Grad, wir sind nur kurz hineingesprungen, das muss reichen.

Auf dem Foto liegen Eis und Bad jedoch schon hinter uns. Wir wollen gerade in den Schwarzen Hengst steigen und einen Ausflug nach Kovik machen, wo wir vorhaben, eine Partie Minigolf zu spielen und eine Wurst zu essen. Es ist noch früher Nachmittag, das Wetter ist schön, und ich denke, dass es ein glücklicher Tag ist.

Zumindest denke ich das viel später beim Betrachten der Aufnahme und in der Rückschau. Es *ist* wirklich ein glückliches Bild. Niemand, der es betrachtet, kann sich etwas anderes vorstellen, als dass Andrea und ich zusammengehören. Man sieht es an ihrem Lachen, man sieht es daran, wie ich ihren Arm halte und sie sozusagen an mich ziehe. Deutlicher geht es nicht.

Ich habe Henning von Andrea erzählt, aber nicht alles. Ungefähr einen Monat vor dem glücklichen Sonntag sind die beiden sich zum ersten Mal begegnet, und man spürt, dass sie einander schätzen. Wir sind ein etwas spezielles Trio, das gemeinsam gut funktioniert. Hennings trockener Humor, seine Fixierung auf nebensächliche Details, Andreas schelmische Art und ihre Beharrlichkeit, meine eigene … tja, ich weiß nicht, was. Wenn wir in meinem alten PV unterwegs sind, sitzen Andrea und ich immer vorne und unterhalten uns, während Henning sich auf der Rückbank räkelt und verstreut altkluge Kommentare einwirft. So ist es mir im Gedächtnis geblieben, so sehe ich uns in diesen kurzen Monaten im Frühling und Sommer 1974; tatsächlich können es nicht mehr als fünf oder sechs Ausflüge mit dem Auto gewesen sein, aber die Erinnerung sucht nicht nach ausgedehnten Wiederholungen, die Erinnerung sucht nach Punkten. Nach bedeutsamen, deutlichen Punkten, besonders hellen oder besonders dunklen.

Ja, schon während unserer Tage in Kopenhagen zum Jahreswechsel habe ich das Dilemma Henning gegenüber angesprochen. Dass ich ein Verhältnis mit einer jungen Frau hätte, die leider anderweitig vergeben sei. Dass es schwierig sei. Dass ich manchmal weder ein noch aus wisse. Doch erst einige Monate später erfährt er ihren Namen und dass hinter der nächsten Ecke eine Hochzeit mit einem gewissen Herrn Mutti lauert. Um genau zu sein, am vierundzwanzigsten August, einem hoffentlich schönen Spätsommersamstag. In der Kapelle von Ulva, einer kleinen, pittoresken Dorfkirche an einem Fluss, zwei Kilometer außerhalb von *M*.

Verrückt, findet Henning. Völlig verrückt.

Dass ich die Absicht habe, den zukünftigen Bräutigam zu ermorden, habe ich ihm zum Zeitpunkt des Fotos am Lyssnaviksbad allerdings noch nicht erzählt. Auch nicht, dass er eventuell eine gewisse Rolle in dem Plan spielen soll, an dem ich feile.

Zum zweiten Mal treffe ich Harald Mutti in der Mittsommerwoche. Er ist auf seinem letzten Heimaturlaub vor der Entlassung knapp zwei Monate später. Ich begegne ihm und Andrea wie zufällig auf dem Marktplatz (ich habe eine gute Stunde auf die beiden gewartet); Andrea ist darauf vorbereitet, was ich vorhabe, was allerdings nicht bedeutet, dass sie sonderlich begeistert ist von meiner Idee. Dennoch hat sie nur mäßig protestiert, und wenn man hart sein will, ist sie auch gar nicht in der Position, Einwände zu erheben. Schließlich könnte ich problemlos enthüllen, dass wir ein Verhältnis haben, was, wenn ich recht sehe, die bevorstehende Hochzeit zunichtemachen würde. Mein Problem ist nur, dass es auch jede denkbare Fortsetzung unserer gemeinsamen Geschichte unmöglich machen würde. Davon bin ich fest überzeugt, vor allem deshalb muss ich meinen Rivalen ja umbringen.

Aber natürlich bleibt Andrea einem ein Rätsel, ich bin der Erste, der dies zugibt; und zwar immer mehr, je näher wir dem vierundzwanzigsten August kommen. Ihre Liebe zu mir ist über jeden Zweifel erhaben, genau wie meine zu ihr. Damals, als es geschieht, und fünfundvierzig Jahre später noch genauso. Aber wie sie mehr als einmal bemerkt hat: Man muss nicht verstehen, wen oder was man liebt.

Und man muss auch nicht den Mann heiraten, den man liebt. Es gibt Pflichten und Erfordernisse, die alle anderen Rücksichten ausradieren. Denkt sie so? Ich glaube es. Und gleichzeitig glaube ich etwas völlig anderes.

Jedenfalls treffen wir uns also rein zufällig am Springbrunnen auf dem Platz: Adalbert Hanzon, Andrea Altman und Harald Mutti. Es ist ein sonniger Vormittag, bis zur Sommersonnenwende sind es noch zwei oder drei Tage, und es sind viele Leute in der Stadt, weil es ein Markttag mit Verkaufsständen und Bauern ist, die gekommen sind, um die Früchte des Feldes feilzubieten.

»Hallo, ihr zwei. Was für ein Glück, dass ich euch begegne. Ich möchte euch einen Vorschlag machen, ich weiß nicht, ob Andrea dir schon davon erzählt hat?«

»Einen Vorschlag?«, sagt Harald Mutti und bleibt stehen. Er sieht mich skeptisch an, aber es ist ihm eindeutig klar, wer ich bin. Offensichtlich erinnert er sich an meinen letzten Vorstoß, aber ich schätze auch, dass Andrea von mir gesprochen, vielleicht sogar die Idee aufgegriffen hat, die ich nun erläutern werde.

»Kaffee am frühen Sonntagmorgen«, sage ich. »Andrea und ich haben darüber gesprochen. Ich weiß nicht, ob …?«

»Doch, ich habe davon gehört«, murmelt Harald und wirkt verlegen. »Aber ich denke, daraus wird nichts. Ich fahre am Nachmittag zu meinem Regiment zurück, und das wird zeitlich ein bisschen knapp.«

Es ist gar nicht vorgesehen, dass es klappt, aber ich spiele meine Enttäuschung, als käme sie aus einem gebrochenen Herzen.

»Wie schade, wirklich furchtbar schade. Aber dann holen wir das eben im August nach, denn dann kommst du ja zurück, nicht?«

»Das ist richtig«, bestätigt Harald Mutti. »Ja, ich weiß nicht …«

»Kein Aber«, sage ich. »Andrea und ich können die Sache im Voraus planen, vielleicht kommen noch ein paar andere aus dem Verein mit.«

»Dem Verein der Vogelfreunde?«, sagt Harald Mutti lahm.

»Genau«, antworte ich. »Ich weiß ja, dass ihr demnächst heiraten wollt, und danach wird vielleicht nichts mehr daraus. Ihr könnt es ja als einen kleinen Glückwunsch des Vereins sehen. Ein Ausflug mit Picknickkorb, Fernglas und guter Laune.«

Ich werfe einen Blick auf Andrea und entdecke, dass sie zu schielen scheint. Sie schielt und wirkt gleichzeitig rätselhaft. Und sieht sehr, sehr attraktiv aus.

»Mal sehen«, meint Harald. »Bis dahin ist es ja noch lange hin, da kann viel passieren.«

Genau das ist der Sinn des Ganzen, denke ich. Wenn du wüsstest, was alles passieren kann. Das sage ich jedoch nicht, sondern:

»Darf ich euch zu einer Tasse Kaffee in die Konditorei *Stern* einladen?«

»Äh …«, sagt Harald.

»Ja klar«, sagt Andrea. »Dafür haben wir doch Zeit, nicht wahr, Harald?«

Und dann sitzen wir dort. Am selben Tisch, an dem Andrea und ich ein gutes Jahr zuvor gesessen haben. An dem unsere

Liebesgeschichte begonnen hat, es fühlt sich noch seltsamer an, als ich gedacht hätte. Wie eine schlechte Szene aus einem unrettbar missratenen Film, und es fällt mir schwer zu begreifen, warum ich auf diese Idee gekommen bin. Ich weiß, dass ich vorgehabt habe, meinen Rivalen etwas besser kennenzulernen, bevor ich zur Tat schreite, dass mir das irgendwie notwendig erschienen ist, damit mein Plan funktioniert. Dass ich mich mit meinem Opfer vertraut machen muss, um seine Charakterzüge in meine Berechnungen einbeziehen zu können, oder so, aber es läuft schlecht. Ich bin zu nervös, meine Geliebte scheint auf dem schmalen Grat zwischen Weinkrampf und Lachanfall zu balancieren, und ihr Verlobter erzählt sterbenslangweilige Geschichten aus dem Leben im Feld. Es ist ein Glück, dass er das tut, denn ansonsten weiß ich nicht, worüber wir hätten reden sollen. Ich merke, dass ich ihn einerseits hasse und er mir andererseits leidtut. Ich hasse ihn, weil er die begehrenswerteste Frau der Welt heiraten will (die unter dem Cafétisch mit ihrem Fuß ab und zu über meine Wade streicht), leid tut er mir, weil er es niemals tun wird.

Aber zwischen seinen Betrachtungen über das Soldatenleben komme ich trotzdem auf meine Ausflugspläne im August zurück.

»Wir fahren zum Rossvaggasjön«, sage ich. »Dort gibt es immer eine Menge Vögel, auch wenn es im Frühling natürlich noch besser ist. Aber Reiher und Brachvögel werden wir mit Sicherheit sehen. Mit etwas Glück auch Wachtelkönige, es gibt nicht viele Orte, an denen man die noch findet.«

Ich habe mir einiges angelesen. Harald nickt, er weiß rein gar nichts über Vögel. Andrea nickt ebenfalls und beißt sich auf die Lippe, und ich erinnere mich, dass jetzt einer dieser Augenblicke eintritt, in denen ihre Rätselhaftigkeit zur vollen

Blüte gelangt. Für ein paar Sekunden, lang wie die Ewigkeit, sieht sie mir offen in die Augen, und ich denke, dass sie direkt in die Zukunft blickt. Sie weiß, was passieren wird, und widersetzt sich dem nicht. Sie ist einverstanden damit, dass ich ihren Verlobten ermorde, es ist ein Geheimnis, das niemals ausgesprochen werden kann, aber ihr Blick bestätigt unsere stillschweigende Übereinkunft. Unseren Pakt. *Du musst bereit sein zu töten.*

»Unser Nahkampfausbilder, Stabsunteroffizier Baldersson, hat etwas Interessantes erlebt, als er am Vittjärvasumpf Schützengräben ausheben wollte«, sagt Harald Mutti, und der Brust meiner Geliebten entfährt ein kaum hörbarer Seufzer.

»Interessant«, erwidere ich. »Erzähl uns bitte davon. Ich kann mich nicht erinnern, dass wir während meiner Zeit in Uppsala jemals Schützengräben ausgehoben hätten.«

Warum unterhalten wir uns nicht ernsthaft?

Es gibt so viele Fragen. Das Problem ist nur, dass ich sie nicht stelle. Ich frage nie direkt, ob Andrea versteht, was ich plane. Ich frage sie nie, wie es um ihre Mutter steht, ob diese nicht den Verdacht hegt, dass ihre Tochter ein Verhältnis mit einem anderen hat. Einem anderen Mann als dem Cousin, der dafür sorgen soll, dass der in den Tod gestürzte Andris Altman wiedergeboren wird. Vielleicht durch eine ganze Reihe von kleinen Andris, warum nicht? Ich frage nicht einmal, ob Andrea sich vorstellen könnte, unsere Beziehung weiterzuführen, auch wenn sie mit Mutti verheiratet ist.

Und warum? Warum frage ich nicht? Weil ich mich vor den Antworten fürchte? Oder nur, weil sie dann verschlossen und abweisend wird? Regt sich nicht in Wahrheit in mir der Verdacht, dass sie genauso irre ist wie ihre Mutter?

Dieser Gedanke verfolgt mich in all den Jahren hinter Schloss und Riegel. Während der schlaflosen Nächte. Ist sie verrückt? *War* sie verrückt? Das Tempus ist hier schwierig, ich wechsele zurück ins Präsens. Ist meine Geliebte geisteskrank? Verhält sie sich nicht so eigenartig, dass ich begreifen müsste, bei ihr läuft etwas fundamental falsch?

Aber würde das etwas ändern? Nein, nicht wirklich. Wir haben einander auf der Basis dieser Prämissen, es ist, wie es ist. Ich will an nichts rühren, was uns bedroht. Oder was auch nur stört. Lieber eine Liebe unter der Flagge des Wahnsinns als gar keine Liebe.

Und als wir an einem Julimorgen bei Sonnenaufgang in meinem Bett liegen, erschöpft, nachdem wir uns geliebt haben, spielt das natürlich keine Rolle. Krank oder gesund, gut oder schlecht, diese Fragen existieren nicht.

»Wollen wir schwimmen gehen?«, sagt Andrea.

»Können wir nicht erst ein paar Stunden schlafen?«

»Okay. Aber nicht mehr als zwei.«

Und der Erzähler? Was sagt uns eigentlich, dass es nicht Adalbert Hanzon ist, der hier verrückt ist? Woher will man wissen, dass seine Erinnerungen ihn nicht trügen? Oder er sich alles zurechtlegt und einem glatte Lügen auftischt, wenn er fünfundvierzig Jahre später an seinem Küchentisch sitzt und schreibt? Schriftsteller ist der freieste Beruf von allen. Sich selbst gut aussehen zu lassen, der einfachste Trick von allen. Und ich habe nicht vor, mich zu entschuldigen, so weit kommt es noch.

Gewisse Tatsachen sind allerdings unbestreitbar. Das Wetter in unserem Teil des Landes lässt sich im Juli am besten als wechselhaft beschreiben, aber zumindest in der zweiten Monatshälfte ist es einigermaßen trocken und warm. Zwei holländische Touristen stoßen ein paar Kilometer nördlich der Stadt mit einem entlaufenen Stier zusammen, kommen aber ohne ernste Verletzungen davon. Der Stier bricht sich dagegen ein Bein und muss notgeschlachtet werden. Die Popgruppe *Piska mig hårt* (später bekannt als *Eldkvarn*) tritt im Stadtpark auf und löst Krawalle aus. In der großen weiten Welt gewinnt Deutschland das Finale der Fußballweltmeisterschaft gegen Holland, und die griechische Militärjunta wird nach sieben Jahren diktatorischer Herrschaft gestürzt.

Ich leihe mir aus der Schule einige Vogelbücher aus und pauke mir etwa zwanzig Arten ein. Reiherente. Stockente. Blässhuhn. Rotschenkel. Versuche Andrea für das Thema zu interessieren, aber sie hat keine Lust und kein Interesse. Falls ich mir eingebildet haben sollte, dass sie eine aktive Rolle in meinem Plan spielen könnte, muss ich diesen Gedanken nun definitiv abschreiben.

Was leider bedeutet, dass Henning Ringman umso stärker einbezogen werden muss. Ich schreibe *leider*, und der Grund dafür wird sich in etwa dreißig Seiten erschließen.

Der August rückt mit beunruhigender Geschwindigkeit näher. Ein paar Tage verbringe ich mit Überlegungen zu einer völlig neuen Idee. Plan B: mit Andrea nach Australien zu fliehen. Auch diese Gedanken müssen leider zu den Akten gelegt werden.

Leider, leider.

27

Am Tag nach dem letzten Whiskyabend mit Henry Ullberg erwache ich um Viertel nach elf. Ich kann mich nicht erinnern, jemals so lange in den Tag hinein geschlafen zu haben, und ich kann mich ebenso wenig erinnern, wann oder wie ich nach Hause gekommen bin.

Aber ich liege in meinem eigenen Bett, also muss der Umzug zu irgendeinem Zeitpunkt geschehen sein. Mein Kopf fühlt sich an wie ein Lederfußball aus den fünfziger Jahren, bleischwer, nachdem er in einer verregneten Herbstspielzeit in der sechsten Liga auf matschigen Plätzen hin und her gekickt worden ist. Für den Fall, dass ich den Tag überleben sollte, beschließe ich, mich nie mehr mit Henry Ullberg zu treffen. Nicht einmal mit ihm zu sprechen. Andererseits sind meine Zunge und mein Hals so ausgedörrt wie eine abgestreifte Schlangenhaut in der Wüste, sodass ich wahrscheinlich ohnehin meine letzten Worte gesprochen habe.

Ich schlafe noch einmal ein und wache eine Stunde später wieder auf. Schaffe es aufzustehen. Im Laufe des Nachmittags trinke ich einen Liter Wasser und einen Liter Kaffee und nehme die fünf Aspirin, die es noch in meiner Medikamentenschublade gibt. Ich lese kein Buch, löse kein Kreuzworträtsel, schalte weder das Radio noch den Fernseher ein, sehe keine Menschenseele und denke nicht einen vernünftigen

Gedanken. Es passiert nur eins, Zeit vergeht, und dazu habe ich nichts zu sagen.

Aber es folgt ein weiterer Tag, und ich meine mich zu erinnern, dass es ein Montag ist. Ich habe vergessen, die Gedächtnisliste für diese Woche zusammenzustellen, komponiere aber eine beim Frühstück.

Alan Ladd
Tamara Press
Vivianne Pärlgren (hübsches Mädchen in der Stavaschule)
Hjalmar Branting
Golda Meir
Lola Lingonben (Ingvor Stridhs Pudel)
Harry Houdini

Als der Listenjob erledigt ist, beginne ich mit meiner zusammenfassenden Schreibarbeit, den Kapiteln zweiundzwanzig bis sechsundzwanzig, womit ich den Rest des Tages beschäftigt bin. Während gelbe Flecken und unzusammenhängende Buchstaben vor meinen Augen flimmern, taumele ich kurz vor Mitternacht ins Bett, und als ich schließlich erneut aufwache, ist es laut den gleichen Berechnungen wie zuvor Dienstag.

Nach dem Frühstück, zwei Stunden Korrekturarbeit und einer Tasse extra starkem Kaffee breche ich zu Pellegrinos Pizzeria auf. Dort treffe ich mitten in der mittäglichen Stoßzeit ein, was, Adalbert Hanzon nicht eingerechnet, drei Kunden bedeutet. An einem der Tische sitzt ein massiv gebauter Klempner und mampft gedankenverloren (ich komme zu dem Schluss, dass er Klempner ist, weil ein Transporter mit der Aufschrift *Roffes Rohre* auf der Straße parkt), zwei gepflegte Damen warten auf ihre Kartons. Ich setze mich an eines der Fenster und warte, bis der Andrang nachlässt.

Eine gute Stunde später habe ich eine Pizza Calzone gegessen, eine Flasche Mineralwasser getrunken (Trocadero ist vorübergehend in Verruf geraten), habe ein halbes Kreuzworträtsel gelöst und bin mittlerweile alleine in dem Lokal. Der Pizzabäcker hält sich im Hinterzimmer auf und spricht in sein Handy, auf der Östra Järnvägsgatan passiert absolut nichts. Ich spüre, dass sich ein Anfall mentaler Erschöpfung und Lustlosigkeit anbahnt, aber bevor er mich übermannt, verlasse ich das *Pellegrino* und begebe mich quer über die Straße. Verdammte Hacke, denke ich. Was glaube ich eigentlich, was ich zu verlieren habe?

Ich bleibe ein wenig breitbeinig vor Hausnummer vierundsechzig stehen und glotze durch die Glastür. Zehn Minuten vergehen. Weitere zehn Minuten vergehen. Ich bereue es allmählich, dass ich im *Pellegrino* nicht auf die Toilette gegangen bin, aber bevor ich mich entschließen kann, dorthin zurückzukehren, wird die Tür geöffnet. Ein etwa fünfzehnjähriges Mädchen schlüpft heraus, ich schlüpfe hinein.

Der Tafel mit den Namen der Mieter entnehme ich, dass B Bausen im dritten und obersten Stockwerk wohnt. Es gibt einen Aufzug, aber ich entscheide mich für die Treppe, im Treppenhaus hängt der Geruch von gekochtem Reis, und wenig überraschend wohnt in der zweiten Etage denn auch ein Wang Li. Mein Puls scheint mit jedem weiteren Schritt ein paar Schläge schneller zu gehen, was nicht nur an der körperlichen Anstrengung liegt. Ich versuche, mir Mut und Tatkraft einzuflößen, bin aber nicht sonderlich empfänglich dafür.

Drei Wohnungen in jedem Stockwerk. B Bausen wohnt hinten links. Der Name auf dem Briefeinwurf steht in Druckbuchstaben auf einem schlichten Stück Karton, allem Anschein nach ist die Mieterin erst vor Kurzem eingezogen. Unten im Eingang sah es genauso aus.

Ich bleibe stehen und zögere. Die Tür ist dunkelgrün und wirkt frisch renoviert, genau wie das restliche Treppenhaus, in dem der Boden dunkelgrau und die Wände vage graugrün sind. Mir fällt ein, dass ich farbenblind bin, aber das hat nichts zu bedeuten. Vermutlich ist mein Puls mittlerweile bei einhundertzwanzig; das kann für einen Menschen in meinem Alter nicht gesund sein. Wenn ich in diesem Moment einen Schlaganfall hätte und zusammenklappen würde, mit anderen Worten sterben, einen Abgang machen, den Löffel abgeben, und vor ihrer Tür liegen bliebe, wäre das eigentlich ein hübsches Ende für die Geschichte. Aber wer würde sie dann zu Ende erzählen?

Eine gute Frage, aber ich erkenne, dass ich nur darüber nachgrübele, um Zeit zu gewinnen. Um Zeit zu gewinnen und gegen meine Angst zu kämpfen. Die Tatkraft, die mich an diesem entscheidenden Tag bisher bedrängt hat, ist von mir abgeperlt wie Wasser von einer fetten Gans. Du feiger, erbärmlicher Waschlappen, denke ich, jetzt drück endlich den Zeigefinger auf den Klingelknopf und hör auf, hier so herumzulavieren! Möglicherweise handelt es sich um eine völlig fremde Frau, und im Übrigen ist sie mit Sicherheit nicht zu Hause.

Und dann tue ich es.

Ja, ich tue es. Ich sende einen langen, brummenden Ton in B Bausens Wohnung in der dritten Etage des Mietshauses in der Östra Järnvägsgatan 64, in jener Stadt, in der sich mein Leben und diese Geschichte gegenwärtig abspielen.

Mache auf dem Absatz kehrt und stolpere die Treppe hinunter.

Aber mein Schicksal holt mich ein und will etwas anderes. Jemand kommt die Treppe herauf, woraufhin ich mich eines anderen besinne und in den dritten Stock zurückeile. Es ist nichts passiert. Ich stehe still und erhole mich. Alle drei dunkelgrünen Türen sind nach wie vor geschlossen. Lindström und Toivonen und Bausen. Ich höre, dass jemand mit einem Schlüsselbund rasselt und die Tür zu einer Wohnung eine Etage unter mir aufschließt.

Sie ist ja doch nicht zu Hause, denke ich mit verbissener Entschlossenheit und klingele noch einmal. Bleibe stehen. Plötzlich höre ich, wie jemand hinter der Tür ein Radio oder einen Fernseher ausschaltet; das Geräusch wird mir erst jetzt bewusst, als es verstummt. Jemand hustet zweimal, Schritte nähern sich. Mein Puls stellt einen neuen persönlichen Rekord auf. Die Tür geht auf, und eine Frau schaut heraus.

»Ja bitte?«

28

Nachdem wir uns zum letzten Mal geliebt haben, bricht Andrea in Tränen aus, die nicht versiegen wollen. Es kommt wirklich nicht oft vor, dass sie weint – und vielleicht weint sie ja gar nicht, weil sie begreift, dass wir nie mehr gemeinsam in meinem Bett im Vretens gränd liegen werden.

Jedenfalls nicht nur, denn dummerweise habe ich, als wir nackt und ermattet auf dem Rücken liegen und zur Decke schauen, eine alte Frage gestellt. Nach der Sache damals, ein halbes Jahr zuvor, als wir oben in den Bergen in einem Hotel wohnten und sie angerufen wurde. Woher jemand wissen konnte, dass wir uns ausgerechnet dort aufhielten.

Statt mir zu antworten, fängt sie also an zu weinen. Erstaunt stelle ich fest, dass ich nicht erstaunt bin. Ich habe keine Antwort erwartet und hätte die Frage nicht stellen sollen. Wir liegen still Hand in Hand da, und Andrea weint noch eine gute Viertelstunde. Ich selbst bin vollkommen leer und denke, dass es sich so anfühlen muss, wenn man zum Tode verurteilt wurde und im Gefängnis viele Jahre darauf gewartet hat, dass das Urteil vollstreckt wird. Wenn man frühmorgens aus seiner Zelle geholt wird und man begreift, jetzt ist endlich alles vorbei. Es gibt nichts mehr zu sagen. Nichts mehr zu denken. Man hat mit allem abgeschlossen.

Am Ende sagt sie dennoch: »Es gibt so viele Gründe zu weinen. Ich habe wirklich keine Lust, jemals wieder fröhlich zu sein.«

Ich weiß nicht mehr, was ich erwidere, aber ich denke, dass es mir genauso geht. Es ist so leicht, den Mut zu verlieren, so leicht, seine Tatkraft zu verlieren. Sechs Stunden bleiben noch, bis Harald Mutti in *M* eintrifft. Eine gute Woche, bis er Andrea heiratet, aber nur vier Tage, bis ich beabsichtige, ihn zu töten. Werde ich dazu wirklich fähig sein? Je näher wir dem festgesetzten Zeitpunkt kommen, desto mehr setzen mir Unsicherheit und Zweifel zu. Die Theorie ist eine Sache, die Praxis eine ganz andere. Erst recht, wenn es um den Tod geht. Ich fühle mich so schlecht, dass es mir schlicht unmöglich erscheint, den Ausgang vorherzusehen.

Zwei Stunden vor der Ankunft des Zugs am Hauptbahnhof von *M* gehen wir auseinander. Dieser Zeitraum ist notwendig, weil Andrea Feldwebel Mutti bei seiner Heimkehr aus dem Krieg nicht alleine in Empfang nimmt. Andreas Mutter wird ebenso dabei sein wie Haralds Onkel und ein Cousin, beide wohnhaft in *M*. Sein Onkel, Lorenz Mutti, zugleich Immobilienbesitzer, hat außerdem dafür gesorgt, dass für das junge Paar eine Wohnung bezugsfertig bereitsteht. Genauer gesagt eine geräumige Dreizimmerwohnung in der Terminusgatan, weniger als einen Kilometer von der engen Zweizimmerwohnung im Vretens gränd entfernt, in der die Braut des Feldwebels an diesem Vormittag Hand in Hand mit ihrem Geliebten gelegen und geweint hat. Das ist die Lage. Es fällt einem nicht schwer, sich vorzustellen, dass gewisse Götter ihre Finger mit im Spiel gehabt haben und dass sie das Spektakel von ihrer höheren Warte aus mit einem gewissen Interesse verfolgen. Wenn man denn einen solchen Blickwinkel einnehmen möchte. Aber warum sollte man das tun?

Am Abend gehe ich zu Henning Ringman. Wir haben verabredet, alte akustische Bluesmusik zu hören – Lightnin' Hopkins, Blind Willie McTell, Mississippi John Hurt und andere. Es ist Hennings neuestes manisches Interesse, und wieso ich mich ein halbes Jahrhundert später noch an diese Namen erinnern kann, ist mir wahrlich ein Rätsel. Wir haben vor, ein paar Biere zu trinken und die Details der für Samstag geplanten Vogelexkursion zum Rossvaggasjön zu besprechen. Bis zum Schulbeginn sind es noch anderthalb Wochen, wir haben keine Pflichten, es macht also nichts, wenn es die ganze Nacht dauert.

»Wie geht es dir?«, fragt er, als er die Tür geöffnet und mich hereingelassen hat. »Nein, warte, vergiss es. Wir wollen uns lieber auf die praktischen Fragen konzentrieren.«

»Gut«, sage ich.

»Aber du sollst wissen, dass ich in dieser Sache voll und ganz auf deiner Seite stehe. Ein kleines *crime passionnel* sollte einen nicht in Zweifel stürzen.«

Er klopft mir aufmunternd auf den Rücken. *Ein kleines*?, denke ich. Ist es tatsächlich denkbar, dass ein Mord als ein *kleines* Verbrechen betrachtet werden kann? Wenn ja, dann mit Sicherheit nur in Frankreich vor dreihundert Jahren.

Ich: »Es kommt, wie es kommen muss. Wenn ich nichts tue, werde ich es mein Leben lang bereuen.«

Henning: »Zweifel wohnen in den Herzen von Narren. And if it's worth doing …«

Ich: »… it's worth doing well. Sicher, ich weiß. Ich bin dir dankbar, dass du mir hilfst. Und ich hoffe, du hast einige Vögel gelernt, denn ich werde dich als unseren Vereinsvorsitzenden vorstellen.«

Henning: »Kein Problem. Ich bin gerade dabei, den Paarungsruf der gabelschwänzigen Sturmschwalbe zu üben ... um nur ein Beispiel für mein Wissen zu nennen. Möchtest du ihn hören?«

Ich: »Nicht nötig, ich glaube dir.«

Und dann nehmen wir in den abgewetzten Cordsesseln Platz, öffnen unsere Bierdosen und beginnen, das Programm für den Samstag zu skizzieren.

Es mag seltsam erscheinen, dass mein guter Freund einen solchen Enthusiasmus für das Unterfangen an den Tag legt. Immerhin geht es darum, einen anderen Menschen aus dem Weg zu räumen. Einen Menschen, den Henning – während wir mit unseren Bierdosen zusammensitzen und diversen klagenden Bluessongs aus den dreißiger und vierziger Jahren lauschen (im Großen und Ganzen ein ausgezeichneter Rahmen) – noch nie gesehen hat und zu dem er in keiner Beziehung steht. Seine Rolle in dem Ganzen ist zwar untergeordnet, aber wichtig dafür, dass alles glatt läuft. Wie soll man seinen Eifer und seine etwas jungenhafte, kämpferische Stimmung verstehen? Es passt zwar ganz allgemein zu seinem Charakter, aber trotzdem.

Beunruhigt ihn meine Wankelmütigkeit und er erkennt, dass er den Antreiber spielen muss? Ich weiß es nicht. Und ich glaube auch nicht, dass ich seine Motive in Frage stelle oder finde, dass er sich eigenartig benimmt, an diesem Abend ebenso wenig wie an den Tagen bis zum entscheidenden Samstag. Ich bin viel zu verwirrt und überdreht, um irgendetwas in Frage zu stellen. Nein, meine Überlegungen zu Henning Ringman beginnen erst hinterher, als alles passiert und es zu spät ist, um die Uhr zurückzudrehen. Übrigens ist es vermutlich immer zu spät, um die Uhr zurückzudrehen. Die

Zeit ist ein Dieb, das hat Adalbert Hanzon der Ältere bereits festgestellt.

Es läuft dann ja nichts wie geplant, kein einziges Detail, und Henning und ich bekommen hinterher nie die Gelegenheit, die Dinge zu klären. Als ich aus dem Gefängnis komme, weilt er schon nicht mehr unter uns. Im Laufe der Jahre hat mich vieles gegrämt, aber das vielleicht mehr als alles andere. Ich hätte in meinem Leben gerne noch einmal mit Henning Ringman gesprochen.

Das mit Abstand wichtigste Puzzleteil des Plans ist natürlich, Andrea und Harald so weit zu bringen, dass sie sich auf die Sache einlassen und tatsächlich am Samstagmorgen um sechs Uhr auftauchen, um an einer frühen, aber erquickenden Vogelexkursion in der schönen Natur am Rossvaggasjön teilzunehmen. Der Verein der Vogelfreunde stellt die Ausrüstung und den Proviant, und wie ich dem zukünftigen Bräutigam bereits erläutert habe, lässt sich das Ganze als ein Hochzeitsgeschenk für das glückliche Paar betrachten, wenn sie das Band der Ehe knüpfen, oder wie das heißt. Genau genommen muss wohl nur der Bräutigam überzeugt werden, da der Braut logischerweise bewusst ist, dass nichts ist, wie es zu sein scheint, und kein Verein der Vogelfreunde existiert. Jedenfalls keiner mit diesen Mitgliedern und mit dem Namen KuF (Krähenfüße unter Flügeln, so selbstironisch und scherzhaft, wie es nur geht).

Aber die Braut ist auf unserer Seite; allerdings wissen wir nicht wirklich, was das heißt, es ist so kompliziert wie eine Gleichung dritten Grades, aber Henning und ich sind uns darin einig, dass wir von dieser Prämisse ausgehen müssen. Ich erinnere mich außerdem, dass ich ihm im Laufe unseres langen Bier-und-Blues-Abends ein weiteres Mal von meiner merkwürdigen Begegnung mit der alten Anhalterin und ihrer Weissagung erzähle – und Henning, der für solche unwissenschaftlichen Dinge sonst eigentlich wenig empfänglich ist, behauptet, man mache einen großen Fehler, wenn man Phänomene herunterspiele, nur weil man sie nicht verstehe. Im Grunde verstünde doch auch kein Mensch, wie es möglich sei zu telefonieren, aber es funktioniere ja ganz offensichtlich.

Erklärt Henning Ringman, Studienrat für Schwedisch und Geschichte.

Als ich in jener Nacht nach Hause komme, schaue ich nicht auf die Uhr, stelle aber fest, dass der Sonnenaufgang nicht mehr fern ist.

Vom Mittwoch ist mir nicht viel im Gedächtnis geblieben, aber am Donnerstag rufe ich Andrea im Beerdigungsinstitut an. Es kommt mir vor, als befänden wir uns auf verschiedenen Planeten oder als wären wir unsichere alte Bekannte, die seit vielen Jahren nichts mehr voneinander gehört haben. Wir spielen Rollen, die wir niemals geprobt haben, fast so, als würden wir abgehört, und hinterher denke ich, dass es das schlimmste Telefonat gewesen ist, das ich in meinem Leben jemals geführt habe. Drei Minuten lang reden wir gekünstelt wie in fremden Zungen, aber das Wichtigste wird dennoch entschieden. Andrea und Harald werden am Samstagmorgen um sechs Uhr vor ihrer Wohnung in der Terminusgatan stehen. Als ich den Hörer aufgelegt habe, bin ich in kalten Schweiß gebadet und zittrig.

Am Freitag treffen Henning und ich uns ein letztes Mal für den Feinschliff und um alles durchzugehen, aber wir trinken kein Bier und hören keine alten Bluesplatten. Wir sitzen auf einer Caféterrasse im Stadtpark, und nach einer einstündigen ernsten und schicksalsschweren Unterhaltung gehen wir nach Hause. Ich liege schon gegen neun Uhr im Bett, zum einen, weil ich um fünf Uhr morgens aufstehen muss, zum anderen, weil ich mich nicht gut fühle. Der Hals brennt, die Glieder schmerzen und mir ist kalt.

29

»Entschuldigen Sie bitte, ich glaube, ich bin falsch. Ich möchte zu einer Beate Bausen.«

»Nein, Sie sind nicht falsch.«

Sie spricht mit Akzent, ich glaube, es ist ein polnischer.

»Ich putze für Beate. Sie ist nicht zu Hause.«

Während ich nachdenke und meinen Puls anweise, auf hundert herunterzugehen, betrachte ich sie. Um die dreißig, kurze dunkle Haare, klein und zierlich, recht hübsch. Ich bilde mir ein, dass ich sie nicht zum ersten Mal sehe.

»Wissen Sie, wann Sie nach Hause kommt?«

Sie sieht auf ihre Armbanduhr und zuckt mit den Schultern. »Nein, das weiß ich nicht. In einer Stunde vielleicht? Oder in zwei? Ich bin gerade fertig geworden, muss nur noch den Herd trocken wischen. Möchten Sie hereinkommen und auf Beate warten? Ich heiße übrigens Marta.«

Sie streift einen Plastikhandschuh ab und streckt mir die Hand entgegen. Wir geben uns die Hand, und ohne weiter darüber nachzudenken, erwidere ich Vielen Dank und betrete die Wohnung. Ziehe im Flur Schuhe und Jacke aus und gehe ins Wohnzimmer. Setze mich auf einen von vier Stühlen an einem Tisch und schaue mich um. Es sieht alles ganz normal aus. Eine Couch, ein Fernsehapparat, ein altes Büfett, ein kleines Bücherregal. Gemälde mit Naturmotiven an den Wänden. Zwei große grüne Topfpflanzen, ein Stapel Illustrierte auf dem Tisch, an dem ich sitze. Man sieht, dass hier eine Frau wohnt. Ich schätze, dass sie allein lebt, was aber auch daran liegen mag, dass ich mir das wünsche.

Aber meinte Marta nicht, dass sie für Beate putzen würde? Von einem Mann war nicht die Rede, oder? Nach nur einer Minute kommt sie aus der Küche herein und erklärt, ihre Arbeit sei beendet, sie wolle jetzt nach Hause gehen. Sie ermahnt mich, die Tür gut hinter mir zuzuziehen, falls ich mich entscheiden sollte zu gehen, bevor Beate zurück sei.

Ich verspreche es ihr, und sie lässt mich allein, was ich äußerst seltsam finde. Warum hat sie mir erlaubt, in der Wohnung zu bleiben? Schließlich könnte ich ein Betrüger sein. Jemand, der Beate gar nicht kennt und gekommen ist, um ihr Tafelsilber und die Juwelen zu stehlen, oder was sich einem verschlagenen Dieb als Beute anbieten mag.

Aber es ist, wie es ist. Wenn die Polin Marta besonders gutgläubig ist, ist das nicht mein Problem. Mir stellen sich andere Fragen.

Beate? Andrea? Nur wenige Minuten nachdem die Wohnungstür ins Schloss gefallen ist, bin ich ein einziges Nervenbündel. Was tue ich hier? Warum befinde ich mich in einer völlig fremden Wohnung und warte darauf, dass eine Frau nach Hause kommt? Eine Frau, die mir vielleicht genauso unbekannt ist wie die Wohnung. Was soll ich sagen, wenn sie auftaucht? Wenn sich herausstellt, dass sie nicht die Frau ist, die ich mir erhoffe, wie soll ich dann meine Anwesenheit erklären?

Und wenn sie tatsächlich Andrea Altman ist, wird es dann so viel einfacher? Ich habe ein paar Phrasen eingeübt, und während ich dort sitze und mich quäle, murmele ich sie laut vor mich hin:

Entschuldige, ich kann verstehen, dass du aufgebracht bist, aber ich verspreche dir, dass ich keine bösen Absichten hege.

Ich heiße Adalbert. Adalbert Hanzon. Erinnerst du dich an mich?

Du heißt doch eigentlich Andrea Altman, oder? Wenn nicht, habe ich mich völlig getäuscht. Ich bitte vielmals um Entschuldigung, ich werde dich sofort in Ruhe lassen.

Vielleicht kann ich sie ja alle drei abspulen, außerdem muss ich natürlich versuchen, mich der Situation anzupassen. Schließlich weiß ich nicht, wie sie reagieren wird, wenn sie einen wildfremden Mann in ihrer Wohnung vorfindet. Ich hoffe jedenfalls, dass sie nicht einfach auf dem Absatz kehrtmacht, hinausrennt und die Polizei ruft. Einer Sache, einer einzigen, kann ich mir völlig sicher sein: Sie wird mich nicht erkennen. Ich war sicher keine Schönheit, als ich dreißig war, aber ich sah ganz normal aus. Heute bin ich so hässlich, dass ich nicht mehr in den Spiegel schaue.

Und wie gesagt, nervlich drehe ich allmählich durch. Als ich an dem Tisch sitze, ist mir beinahe schwindlig. Hände und Beine zittern, und ich frage mich, ob ich überhaupt in der Lage bin, aufzustehen.

Letzteres untersuche ich nicht näher. Stattdessen werfe ich einen Blick auf die Uhr und beschließe, noch exakt zwanzig Minuten zu bleiben. Passiert in dieser Zeitspanne nichts, gehe ich nach Hause.

Achtzehneinhalb Minuten sind vergangen, als ich höre, dass die Wohnungstür geöffnet wird. Kann man davon sprechen, dass das Herz kurz aussetzt, wenn es der letzte Herzschlag ist, denn dieser viel besungene Muskel hat eindeutig Probleme, wieder in Gang zu kommen. Außerdem scheint das

Blut aus meinem Kopf zu weichen, deshalb halte ich mich mit beiden Händen an der Tischplatte fest und schließe die Augen. Spreche rasch ein Stoßgebet und flehe darum, nicht ausgerechnet jetzt zu sterben, nicht in diesem Moment, das wäre ja so verflucht dämlich.

Und mein Herz kriegt die Kurve. Das Blut nimmt von Neuem Fahrt auf, und ich öffne die Augen, aber es sind meine Ohren, die als Erstes eine kalte Dusche abbekommen.

Ein Husten. Dunkel und grob wie aus einem Grubenschacht. Es kann unmöglich aus einer Frauenkehle kommen.

Schuhe, die abgestreift werden. Etwas, das auf einen Kleiderbügel gehängt wird. Ein unartikuliertes Murmeln und näher kommende Schritte.

Ich will mich spontan auf den Fußboden werfen und hinter der Couch verstecken. Dort ist bestimmt genügend Platz, aber es ist zu spät. Schon steht ein Mann in der Türöffnung zwischen Flur und Wohnzimmer und glotzt mich an. Eine Öffnung, die er mehr oder weniger komplett ausfüllt.

Knapp zwei Meter groß. Gut hundert Kilo schwer. Über den Daumen gepeilt vierzig Jahre jünger als Adalbert Hanzon. Muskulös, bärtig und mit Augen, die erstaunt aufgerissen sind.

»Was zum Teufel?«

Ich komme zu dem Schluss, dass keine meiner eingeübten Eröffnungsfloskeln die richtige ist, und mache Anstalten, von meinem Stuhl aufzustehen, aber als ich ungefähr zehn Zentimeter weit gekommen bin, spüre ich einen Stich im Rücken. Ein schneller, stechender Schmerz, als wäre ich von einer Kugel getroffen worden, ich kenne das. Es ist das einhundertfünfundsiebzigste Mal. Dieser verdammte stümperhafte Chiropraktiker, denke ich und sinke auf den Stuhl zurück. Diesmal hast du einen richtig miesen Job gemacht, Raymond Bolego!

»Wer sind Sie? Was tun Sie hier?«

Er klingt alles andere als freundlich. Er hat einen leichten Akzent, aber keinen polnischen. Vielleicht eher einen deutschen. Er ist zwei Schritte in den Raum getreten und türmt sich nur anderthalb Meter entfernt vor mir auf. Ein junger und selbstsicherer Grobian, der aus irgendeinem Grund leicht reizbar ist. Ich ziehe eine Reihe von Handlungsmöglichkeiten in Betracht und verwerfe sie wieder.

Ich: »Entschuldigen Sie, aber ich habe gerade einen höllischen Hexenschuss bekommen.«

Der Grobian: »Was?«

Ich: »Einen Hexenschuss. Ich kann mich kaum bewegen.«

Er zögert einige Sekunden. Ich sehe, dass die Pulsader an seiner Schläfe sich schlängelt wie eine wütende Kobra.

Der Grobian: »Es ist mir scheißegal, ob Sie Rückenschmerzen haben. Wer sind Sie, und was tun Sie hier?«

Ich: »Ich hatte gehofft, Beate zu treffen.«

Der Grobian: »Aha. Und dann gehen Sie einfach in ihre Wohnung und setzen sich?«

Ich: »Ich bin hereingelassen worden.«

Der Grobian: »Das glaube ich Ihnen nicht. Wie heißen Sie?«

Ich: »Adalbert. Adalbert Hanzon.«

Der Grobian: »Was?«

Ich: »Adalbert Hanzon. Das ist mein Name.«

Der Grobian: »Und woher kennen Sie Beate?«

Während er seine Fragen ausspuckt, steht er die ganze Zeit breitbeinig vor mir. Geballte Fäuste, ich rechne jeden Moment mit einem Angriff. Einem Schlag auf den Kopf oder etwas Ähnlichem.

Ich: »Wir sind vor langer Zeit Bekannte gewesen.«

Der Grobian: »Bekannte?«

Ich: »Ja.«

Der Grobian: »Und wann soll das gewesen sein?«

Ich: »Vor vierzig Jahren … vor fünfundvierzig.«

Der Grobian: »Vor fünfundvierzig Jahren! Spinnen Sie?«

Ich: »Entschuldigen Sie, ich habe wirklich fürchterliche Rückenschmerzen. Ich denke, ich brauche Hilfe, wenn ich gehen soll.«

Der Grobian: »Es ist mir scheißegal, dass Sie Rückenschmerzen haben.«

Ich: »Ja, das haben Sie schon gesagt.«

Der Grobian: »Und es ist mir scheißegal, ob Sie Beate vor hundert Jahren gekannt haben.«

Ich: »So, so.«

Er zögert noch einen Augenblick. Dann geht er um den Stuhl herum, auf dem ich sitze, packt mich unter den Armen, hebt mich in eine halb aufrechte Position und schleift mich quer durch den Raum. Mein Rücken brüllt vor Schmerzen auf, und ich bitte den Grobian aufzuhören. Aber das tut er nicht. Stattdessen zieht er mich in ein anderes Zimmer; es ist klein, ungefähr drei mal vier Meter. Eine Art Gästezimmer vielleicht. Es ist nur mit einem ziemlich schmalen Bett, einer Kommode und einem kleinen roten Plastiksessel möbliert. Er wirft mich auf dem Bett ab, und ich stöhne vor Schmerzen auf, aber es gelingt mir, mich in einer Art Fötusstellung zur Wand zu drehen. Er klatscht einige Male die Hände ab, als hätte er gerade eine unangenehme Arbeit erledigt.

»Hier kannst du liegen bleiben, du Miststück. Ich rufe jetzt die Polizei, mal sehen, was die hierzu sagt.«

Er tritt durch die Tür, schließt sie hinter sich und dreht einen Schlüssel um. Ich denke, dass ich ganz unten angekommen bin. Jetzt habe ich endgültig Schiffbruch erlitten; der größere Teil meines Körpers ist verkrampft, ich schäme mich wie ein nasser Hund, und als ich mich zu erinnern versuche, was für ein Wochentag es an diesem gottverlassenen Nachmittag ist, muss ich leider feststellen, dass ich nicht die geringste Ahnung habe.

30

Ich werde davon wach, dass das Telefon klingelt.

Nein, ich werde nicht wach. Ein fieberheißes Klicken meines Bewusstseins zuckt zusammen und stellt klar, dass ich existiere. Das ist alles.

Fünf oder fünfzig Klingeltöne später bekomme ich eine Hand hinaus, finde den Hörer und melde mich.

Nein, ich melde mich nicht. Ich halte den Hörer an mein Ohr. Das ist alles.

Ich höre eine Stimme. Erkenne sie, es ist Henning Ringman.

»Wo zum Teufel bist du?«

Das frage ich mich auch, erkenne im nächsten Moment aber, dass ich in meiner Wohnung im Bett liege. Erkenne außerdem, dass ich krank bin. Kränker, als ich es in meiner Erinnerung jemals gewesen bin, obwohl meine Erinnerung nicht speziell danach sucht. Meine Erinnerung sucht nach etwas Wichtigem, ich versuche, etwas zu Henning Ringman zu sagen, bringe aber nur ein schwaches Zischen heraus.

»Was ist los mit dir? Es ist zwanzig vor sechs, du hättest vor zehn Minuten hier sein sollen.«

Und daraufhin bekommt meine Erinnerung dieses Wichtige zu fassen. Die Exkursion, der Verein der Vogelfreunde, der Plan.

Der Plan! Großer Gott, in meinem Inneren detoniert eine Atombombe. Ich versuche aufzustehen, und mir wird schwarz vor Augen. Ich falle ins Bett zurück. Es blitzt in meinem Kopf, und ich beginne zu zittern. Im Übrigen zittere ich wohl schon seit einer ganzen Weile.

»Adalbert, was ist mit dir? Warum bist du nicht hier?«

»… aank«, bekomme ich heraus.

»Was? Was hast du gesagt?«

»Kraank«, gelingt es mir zu artikulieren.

»Krank?«, sagt Henning Ringman im Hörer, und auch er stöhnt.

»Aaah …«

Das soll Ja bedeuten, und das begreift Henning.

»Verdammt. Heißt das, du kommst nicht?«

»Aaa …«

»Ich verstehe. Scheiße. Ich melde mich. Geh ins Bett.«

Ich liege schon, denke ich und versuche auch, es zu sagen, aber da hat er schon aufgelegt. Ich friere ganz fürchterlich und ziehe die Decke über mich. Denke: Du bist niemand, nur ein großes Leiden. Du spielst keine Rolle auf der Welt, vergiss das nicht. Das hat jemand vor langer Zeit zu mir gesagt, ich weiß nicht mehr, wer.

Das Blitzen im Kopf geht weiter, nirgendwo ist Wärme, und es gibt keine Hoffnung, aber ich schlafe trotzdem wieder ein.

Nein, ich schlafe nicht wieder ein. Es ist mehr als das, ich falle in einen schwarzen Strudel.

Zeit vergeht. Minuten und Stunden, von Zeit zu Zeit lebe ich ein wenig auf, schaffe es aber nie bis zur Oberfläche. Am frühen Nachmittag komme ich für einen kurzen Moment zu mir, und es gelingt mir, auf die Uhr zu sehen, es ist kurz nach halb drei. Ich verstehe, dass alles schiefgelaufen ist, und schlafe wieder ein.

Ich träume, dass ich nackt auf einem Floß bin. Es ist schlecht gezimmert, ich liege auf dem Bauch und muss mit meinen ausgestreckten Armen die miserablen Balken und Bretter zusammenhalten, aus denen der schwimmende Untersatz besteht. Wir treiben in einem flotten Tempo auf einem breiten Fluss, die Strömung ist stark, und wir nähern uns einer Stromschnelle.

Nein, mehr als das: einem Wasserfall. Ich habe mit Andrea in einem Café gesessen und in einer Touristenbroschüre gelesen, dass es der gewaltigste Wasserfall der Welt ist, er ist doppelt so gefährlich wie die Niagarafälle. Andrea ist jedoch nicht mehr bei mir auf dem Floß. Sie ist vorhin ins Wasser gefallen und höchstwahrscheinlich tot. Obwohl sie eine verdammt gute Schwimmerin ist.

Es ist ein grauenvoller Traum, und ich schätze, dass er tausend Jahre dauert. Ich werde ihn im Laufe meines Lebens noch sehr oft träumen, aber das ahne ich bei diesem ersten Mal nicht.

Als ich das nächste Mal die Augen aufschlage, wache ich richtig auf. Komme sogar aus dem Bett, wanke in die Küche, stopfe mir drei Schmerztabletten in den Mund und trinke Wasser. Verbringe eine ganze Weile auf der Toilette. Kehre zum Bett und dem Telefon zurück.

Rufe Henning an.

Er meldet sich nicht. Ich schaue auf die Uhr. Halb fünf. Wahrscheinlich Nachmittag.

Ich versuche es noch einmal.

Er meldet sich nicht.

Bleibe im Bett und warte darauf, dass die Kopfschmerzen nachlassen. Friere wieder, ziehe die Tagesdecke über das Oberbett. Falle in den Strudel zurück.

Ein paar Stunden später bin ich wieder auf den Beinen. Tappe durch die Wohnung und suche nach einem Fieberthermometer, ich weiß, dass ich irgendwo eins habe. Aber ich kann es nicht finden und denke, dass es egal ist, es würde mit Sicherheit explodieren, wenn ich es benutze. Stattdessen trinke ich Wasser und versuche, einen Apfel zu essen. Zwei Bissen bekomme ich hinunter, dann muss ich mich übergeben.

Allmählich frage ich mich, was mir fehlt. Frage mich auch, warum Henning sich nicht meldet, wenn ich anrufe. Frage mich, was passiert ist. Es muss natürlich gar nichts passiert sein, aber ich spüre mit aller Kraft, dass etwas geschehen ist.

Nein, nicht mit Kraft, denn in mir ist keine Kraft mehr. Ich schlummere ein und denke, falls ich nie mehr aufwachen sollte, ist mir das auch egal.

Aber der Tod will mich nicht haben. Ein weiteres Mal schlage ich die Augen auf, und als ich die Nachttischlampe einschalte, stelle ich fest, dass es fast Mitternacht ist. Außerdem stelle ich fest, dass der Hörer nicht richtig auf der Gabel liegt. Sollte Henning versucht haben, mich anzurufen, ist immer besetzt gewesen. Oder wenn Andrea angerufen hat, aber warum in aller Welt sollte sie das tun? Ich wähle mit einem zittrigen Zeigefinger Hennings Nummer.

Er geht nicht ans Telefon. Warum zum Teufel meldet Henning Ringman sich nicht? Wo ist er? Was ist passiert?

31

Vieles geht einem durch den Kopf, wenn man tief unten auf dem Grund des Lebens liegt.

Die eigene Situation, dass man in einem kleinen Zimmer in einer fremden Wohnung eingesperrt ist, dass man sich wahrscheinlich bis auf die Knochen und noch weiter blamiert hat und unter solchen Rückenschmerzen leidet, dass man sich weder bewegen noch stillliegen kann, ist einem schon bald egal.

Vor allem, wenn die Zeit vergeht und nichts passiert, ist man gewissermaßen seinem eigenen Kopf und dem dürftigen Inhalt ausgeliefert, den man aus ihm herauswaschen kann.

Ich denke an meinen Vater, den armen Kerl, der mich das Wichtigste überhaupt lehrte: dass ich vollkommen bedeutungslos bin – und an meine französische Mutter, einen traurigen Schmetterling, der vorbeiflatterte, ehe ich dazu kam, sie wahrzunehmen. An Tante Gunhild, wahrlich nicht dürftig und keine arme Frau, denn ohne sie wäre mein Leben wesentlich schneller den Bach hinuntergegangen, als es das tatsächlich getan hat. Wieder steigen mir bei dem Gedanken an sie Tränen in die Augen, ich denke, es liegt daran, dass sie der einzige wirklich gute Mensch gewesen ist, der meinen Weg gekreuzt hat. Ja, natürlich hat sie mehr getan, als nur meinen Weg zu kreuzen, viel, viel mehr, und ich würde eine Menge dafür geben, eine Weile in ihrem uneigennützigen

Kopf verweilen zu dürfen, statt in meinem eigenen. Und sei es auch nur für ein paar Momente. Was dachte sie? Warum nahm sie mich in ihre Obhut? Hatte sie jemals einen Mann? Barg sie in ihrem Innersten eine tiefe Trauer?

Haben wir nicht alle diese Bürde zu tragen, oder die meisten von uns? Eine tiefe, grundlegende Trauer, und wir geben unser Bestes, um sie unter allem Möglichen zu begraben, was uns in den Sinn kommt: Karrieren, Nachkommen, Kochsendungen im Fernsehen, Fußballspiele, fernöstliche Mystik und ermüdende Trivialitäten. Whisky und Trocadero.

Ich denke an Rüne Larzon und die Anhalterin im Schwarzen Hengst in jener Sommernacht Mitte der sechziger Jahre. An Henning Ringman natürlich, an alles, was niemals aufgeklärt wurde; auch er war ein guter Mensch, Tante Gunhild konnte er zwar nicht das Wasser reichen, aber er war besser als die meisten anderen, viel besser. Warum hat er getan, was er getan tat? Wenn ich doch nur die Chance bekommen hätte, noch einmal mit ihm zu reden. Hätte das nicht ein neues Licht bedeutet?

Ein neues Licht? Was zum Teufel meine ich damit?

Ich weiß es nicht. Ich denke auch an Henry Ullberg, aber da ist Schluss. Man sollte nicht jeden Idioten über die Brücke lassen, und ungefähr in diesem Stadium meiner Erinnerungskavalkade wird mir bewusst, dass ich dringend pinkeln muss.

Hat man dieses Bedürfnis erst einmal bemerkt, wird es nicht kleiner, das ist eine alte und bewährte Wahrheit. Im Gegenteil, es verstärkt sich. Man rechnet sich aus, dass man noch fünf bis zehn Minuten durchhalten wird, aber nicht länger.

Was also tut man, wenn man in einer Räumlichkeit eingesperrt liegt, die nicht einmal ansatzweise einer Toilette ähnelt? Es gibt mit Sicherheit keinen Nachttopf unter dem Bett, wie er dort vor hundert Jahren gestanden hätte. Nicht einmal einen Blumentopf; nur eine kleine Kommode, den lächerlich kleinen Plastiksessel sowie einen Umzugskarton, den ich erst jetzt bemerke, als es mir gelingt, mich umzudrehen und meine nähere Umgebung zu erkunden. Der Umzugskarton stärkt die Theorie, dass die Frau, die hier wohnt, erst neulich eingezogen ist, was mir jedoch keine Freude bereitet. Nicht in meiner delikaten, in meiner *außerordentlich* delikaten Situation.

Verflucht, denke ich, denn nicht immer veredelt die Schreibkunst Sprache und Denken. Was soll ich bloß tun? In einer sehr nahen Zukunft muss ich meine Notdurft verrichten, zwar nur die kleine, die aber deshalb nicht weniger dringend ist. Ich habe wirklich geglaubt, bereits auf dem Schamgrund des Lebens zu liegen, aber offenbar gibt es doch noch ein Kellergeschoss. Angenommen nämlich, dass die einzige Frau außer Tante Gunhild, die Adalbert Hanzon während seiner ganzen düsteren Wanderung auf Erden etwas bedeutet hat, nach fünfundvierzigjähriger Trennung und vollkommener Abwesenheit, in einer Stunde oder so, die Tür zu diesem Zimmer in ihrer Wohnung aufschließt und dort was vorfindet? Nun, einen alten Tattergreis mit Hexenschuss, unendlich hässlich, unendlich abstoßend und unendlich nach seinem eigenen dickflüssigen Urin stinkend … tja, ich nehme mal an, dass sie sich jedenfalls das Lachen wird verbeißen können.

Ich raffe mich auf und schleppe mich zum Fenster. Es ist die einzige Lösung.

Ich schaffe es, das Fenster zu öffnen und lasse die Hose herunter. Ich beschreibe dies nur ungern, aber wenn man ein richtiger Schriftsteller sein will, darf man nichts beschönigen. Im Gegenteil: Das Leben muss von innen nach außen gekehrt werden, und man darf selbst vor den dunkelsten Ecken und Nischen nicht zurückschrecken. Vor den beklemmendsten Dingen und allem, was man am liebsten vergessen würde.

Ich erreiche genau die richtige Höhe. Der Hinterhof ist so gut wie menschenleer, wofür ich dankbar bin. Nur zwei Mädchen schaukeln in einiger Entfernung auf dem kärglichen Spielplatz, schauen aber nicht in meine Richtung, und ich bete, dass ich ihnen nicht ins Auge falle. Meine Blase zu entleeren dauert ein wenig, und in der halben Minute, die ich dafür in meinem Alter benötige, kann viel passieren.

Bevor ich loslege, denke ich kurz darüber nach, stattdessen zu springen. Aber ich stehe im dritten Stock; bis zum Erdboden sind es nicht mehr als zehn bis zwölf Meter, es ist also längst nicht gesagt, dass es mir auf die Art gelingen würde, mich in den Tod zu stürzen. Außerdem gibt es da unten eine wildwüchsige, aber dämpfende Hecke, und missglückte Selbstmorde sind besonders peinlich. Allein schon der Gedanke, mit Knochenbrüchen im Krankenhaus zu liegen und Besuch von Henry Ullberg mit einer Tüte zerquetschter Weintrauben in der Pranke zu bekommen, hält mich davon ab.

Also pinkele ich, schließe die Augen und schäme mich.

Öffne die Augen zehn Sekunden später wieder, als ich eine junge Stimme höre.

»Mama, guck mal!«

Es ist ein fünf oder sechs Jahre alter Junge, aber ich bin schlecht darin, das Alter von Kindern zu schätzen. Vielleicht ist er auch schon sieben oder acht.

Die Frau dagegen dürfte ungefähr Mitte dreißig sein. Sie sieht jung und gesund aus, und ihr Blick folgt dem zeigenden Finger des Jungen.

»Menschenskind, was tun Sie denn da?«

Was soll man sagen? Gute Frage. Ohne meine Tätigkeit abzubrechen, antworte ich:

»Ich bin eingesperrt.«

Was tun die Frau und der Junge daraufhin? Wie gehen sie mit dieser Information um? Nun, der Junge tut nichts weiter, als sein einfältiges Glotzen fortzusetzen. Die Frau zieht dagegen schnell ihr Handy heraus und macht ein Foto. Vielleicht auch zwei, ich weiß es nicht.

»Lebenslänglich, hoffe ich!«

Faucht sie. Nimmt den Jungen an der Hand und eilt davon.

Ich bin fertig und schließe das Fenster.

Jetzt ist man also auch noch verewigt worden. Vielleicht landet man am nächsten Tag in der Lokalzeitung, und jeder Mensch bekommt den morgendlichen Haferbrei in die falsche Röhre, verflucht und bespuckt einen. Grundgütiger, ist das eklig, das schlägt dem Fass den Boden aus! Nur ein einziger Bürger in unserer Stadt wird sich über den pissenden alten Sack freuen: Henry Ullberg. Er wird sich totlachen. Jedes Übel hat sein Gutes.

Denke ich resigniert, als ich wieder an meinem Platz im Bett bin. In derselben Stellung wie zuvor, die Knie leicht angezogen, den Blick auf die Wand gerichtet. Die Rückenschmerzen sind nach meinem kurzen Ausflug noch schlimmer, ich nehme an, das geschieht mir recht.

Ich wünschte, ich wäre an jenem Tag im August nicht in die Apotheke gegangen.

Wünschte, ich wäre niemals geboren worden. Aber da ich nun einmal zur Welt gekommen bin, wäre es wohl das Beste, der junge Grobian würde zurückkehren und mich erwürgen.

32

Am folgenden Tag, einem Sonntag Mitte August, sonnig und schön, fühle ich mich ein wenig besser. Ich wache früh auf, schaffe es, ein Brot zu essen, eine Tasse Tee zu trinken und mein Fieberthermometer zu finden. Achtunddreißig fünf. Das ist nicht weiter schlimm, ich bin eindeutig auf dem Weg der Besserung und dürfte überleben. Sobald ich wieder ganz gesund bin, werde ich einen neuen Plan skizzieren. Man darf sich von einer Grippe, oder was auch immer mich umgehauen hat, nicht aufhalten lassen. Ich darf jetzt nicht den Mut verlieren, wer aufgibt, hat verloren.

In diesen Bahnen fantasiere ich bis kurz nach zehn, denn dann meldet sich endlich Henning Ringman bei mir.

»Wie geht es dir?«, will er wissen. Mir fällt auf, dass er anders klingt als sonst.

»Besser«, sage ich. »Nicht gut, aber gestern war ich im Vorhof der Hölle.«

»Ja, das habe ich kapiert«, erwidert Henning. »Das war nicht so gut.«

»Nein. Es tut mir leid, dass es nicht so gelaufen ist, wie wir uns das vorgestellt haben. Aber ich bin wirklich völlig außer Gefecht gesetzt gewesen ...«

»Dumm, dass es so gelaufen ist.«

»Ja.«

Er schweigt. Ich auch. Ich spüre, dass er mehr zu sagen hat, aber aus irgendeinem Grund fällt es ihm schwer, es über die Lippen zu bringen. Dann räuspert er sich und nimmt Anlauf.

Henning: »Also, ich denke, es ist ein Fehler gewesen, dass ich getan habe, was ich getan habe …«

Ich: »Hä?«

Henning: »Ich habe stattdessen mein Auto genommen …«

Seit ein paar Wochen ist Henning Besitzer eines roten Volkswagens, aber ich verstehe nicht, was der Wagen mit irgendetwas zu tun haben soll.

Ich: »Aha?«

Henning: »Ich meine, ich hätte es besser gelassen.«

Ich: »Henning, wovon redest du?«

Henning: »Also gestern …«

Ich: »Ja?«

Henning: »Ich habe spontan gehandelt, das hätte ich nicht tun sollen.«

Er klingt wirklich niedergeschlagen. Die Worte kommen ihm nur widerwillig über die Lippen, und ich ahne, dass etwas fürchterlich schiefgegangen ist.

»Ich hätte es irgendwie schade gefunden, das Ganze einfach im Sande verlaufen zu lassen … das ist mir durch den Kopf gegangen.«

»Henning, was ist passiert? Was hast du getan?«

Er schweigt wieder einige Sekunden. Dann seufzt er so schwer, dass ich den Luftzug durch den Telefonhörer spüren kann.

»Ich habe deinen Job übernommen … könnte man vielleicht sagen.«

»Du hast …?«

»Ja. Wir hatten ja ohnehin alles zusammen geplant. Ich hielt es für die beste Lösung.«

»Die beste Lösung? Wovon redest du, Henning? Jetzt rück schon raus damit, verdammt noch mal!«

»Ich … ich habe ihn erledigt.«

»Erledigt?«

»Also umgebracht. Ich habe Harald Mutti umgebracht, darauf hatten wir uns ja geeinigt, nicht wahr?«

Mir wird schwarz vor Augen. Das Blut weicht aus dem Kopf, und ich verliere wahrscheinlich für einige Sekunden das Bewusstsein.

Henning: »Hallo? Bist du noch da?«

Ich: »Ja … warte mal kurz, ich muss mich hinlegen.«

Bisher habe ich während unseres Gesprächs auf der Bettkante gesessen, jetzt lege ich mich auf den Rücken. Es kommt mir so vor, als würde die Decke sich bewegen.

Ich: »Was hast du gesagt, Henning? Noch einmal.«

Henning: »Ich habe ihn umgebracht.«

Ich: »*Du* hast Harald Mutti umgebracht?«

Henning: »Ja.«

Ich: »Aber das sollte ich doch tun.«

Henning: »Ich weiß. Ich hätte es nicht tun sollen.«

Ich: »Moment mal. Von wo aus rufst du an?«

Henning: »Von zu Hause. Ich wollte nur …«

Ich: »Ja?«

Henning: »Ich wollte nur, dass du Bescheid weißt. Falls die Polizei auftaucht.«

Ich: »Aber wie hat es sich abgespielt? Wo ist Andrea?«

Henning: »Ich …«

Ich: »Mhm? Was?«

Henning: »Ich glaube, ich bin nicht fähig, es zu erzählen. Nicht jetzt. Aber du musst Bescheid wissen. Es war ja nicht so gedacht … es war so verdammt bescheuert. Nein, ich halte es nicht aus, mehr zu sagen.«

Ich: »Verdammt, Henning. Hat die Polizei … ich meine, haben sie es entdeckt? Was sagt Andrea? Was ist passiert? Du musst doch …«

Henning: »Ich weiß nicht, wo Andrea ist.«

Ich: »Was?«

Henning: »Ich weiß nicht, wo sie ist. Ich mache jetzt Schluss, ich ertrage es nicht, weiter darüber zu sprechen. Vergib mir, Adalbert.«

Ich: »Henning, verflucht. Wir müssen doch …«

Es klickt im Hörer. Er hat aufgelegt.

Und danach spreche ich nie wieder mit Henning Ringman. Das Letzte, was er jemals zu mir sagt, ist *Vergib mir, Adalbert.*

In den Stunden nach unserem Gespräch rufe ich ihn zehn- oder zwölfmal an, aber er geht nicht an den Apparat. Es kommt mir so vor, als säße ich in einem Traum fest, einem wirklich kranken Fiebertraum, denn ich kann mir nicht vorstellen, dass das, was Henning mir erzählt hat, real ist. *Wirklich.* Dass er Harald Mutti tatsächlich umgebracht hat und … und dass er nicht weiß, wo Andrea ist. Was soll das heißen? Was bedeutet das?

Alles ist auseinandergebrochen, das ist die simple Wahrheit. Plötzlich geht es mir fürchterlich schlecht, ich weiß nicht, ob die Krankheit erneut zuschlägt oder ob es an Hennings Geschichte liegt.

Aber was heißt hier Geschichte? Er hat ja überhaupt nichts erzählt. Ich habe nicht das Geringste erfahren, wenn man einmal von der schlichten Tatsache absieht, dass er meine Rolle übernommen und die Handlung ausgeführt hat, von der ich nach wie vor nicht weiß, ob ich selbst zu ihr fähig gewesen wäre. Was ich jetzt auch niemals erfahren werde, weil … mein Gott, ich kann nicht fassen, dass er das wirklich getan hat. Das Ganze muss ein Traum sein. Es muss ein kranker Scherz sein.

Ich liege da und kaue immer wieder diese Fragen und Gedanken durch, während das Fieber steigt und sinkt. Immer von Neuem steigt und sinkt, und in regelmäßigen Abständen wähle ich seine verfluchte Telefonnummer und lausche den trostlosen Tönen und fluche über ihn und sage ihm, dass er verdammt noch mal ans Telefon gehen soll, sonst … nun, ich weiß nicht, was.

Ich weiß nicht, wo Andrea ist.

Es ist unglaublich, aber mitten in all dem schlafe ich ein, vielleicht tritt in meinem Inneren irgendein Sicherheitsventil in Funktion. Jedenfalls werde ich davon geweckt, dass jemand an der Tür klingelt. Es fühlt sich an wie ein Peitschenhieb oder Pistolenschuss, und ich bin so schnell auf den Beinen, dass mir schwarz vor Augen wird und ich fast zusammenbreche.

Aber ich bleibe bei Bewusstsein, schlurfe in den Flur und öffne die Tür.

Zwei Männer. Ein etwa fünfzigjähriger in Zivil. Ein jüngerer in Uniform.

»Adalbert Hanzon?«, fragt der Ältere.

»Äh … ja.«

Er hält eine Art Metallmarke hoch, vielleicht ist sie auch aus Plastik, ich sehe auf die Schnelle nicht, was es ist.

»Polizei.«

Ich entdecke einen dritten Mann hinter den beiden. Er steht etwas weiter hinten, ist ebenfalls uniformiert und hält eine Waffe in der Hand. Mir wird klar, dass sie es ernst meinen.

»Wir möchten Sie bitten, sich etwas anzuziehen und uns zu begleiten.«

Ich erkenne, dass ich nur eine Unterhose und ein schmutziges T-Shirt anhabe. Und wahrscheinlich nicht besonders gut rieche. Ich sehe auch nur verschwommen, aber das merkt man mir vermutlich nicht an.

»Worum geht es?«, frage ich.

»Ich denke, Sie wissen, worum es geht«, sagt der Ältere.

Ich erwidere nichts.

Eine halbe Stunde später sitzen wir in einem Zimmer im Polizeipräsidium. Es handelt sich wohl um das, was man gemeinhin einen *Vernehmungsraum* nennt. Es ist graugrün, betäubend trist und hell erleuchtet. Wir sind zu dritt: ich selbst, der Polizeibeamte in Zivil, der mich abgeholt hat, und ein weiterer Polizist. Auch er trägt normale Kleider, scheint in meinem Alter zu sein und kommt mir irgendwie bekannt vor.

»Ich bin Kommissar Fredin«, sagt der Ältere. »Sie befinden sich hier, weil wir Ihnen einige Fragen stellen möchten. Wenn ich den Namen Harald Mutti nenne, was sagen Sie dann?«

Ich schüttele den Kopf, versuche verwirrt zu wirken, und finde, dass mir das auch recht gut gelingt, denn wenn ich etwas bin, dann verwirrt. Ich versuche auszurechnen, wie viele Stunden vergangen sind, seit ich mir das letzte Mal die Zähne geputzt habe, komme aber zu keinem Ergebnis.

»Harald Mutti«, wiederholt Kommissar Fredin.

»Ja, ich habe es gehört«, sage ich. »Was ist mit ihm?«

33

Ich ziehe gerade wieder in Erwägung, mich doch noch aus dem Fenster zu stürzen, als ich höre, dass die Wohnungstür geöffnet und anschließend geschlossen wird. Außerdem dringen leise Stimmen an mein Ohr, sie scheinen einem Mann und einer Frau zu gehören. Vielleicht auch zwei Männern und einer Frau, ja genau, so ist es wohl; sie unterhalten sich gedämpft im Wohnzimmer, so gedämpft, dass ich nicht verstehen kann, was sie sagen. Lasst mich heraus und gehen, denke ich. Ich verspreche, mich für den Rest meiner Tage von sämtlichen menschlichen Kontakten fernzuhalten.

Oder öffnet, wie gesagt, die Tür und erwürgt mich, aber seht zu, dass es schnell geht.

Die Stimmen unterhalten sich weiter, sie scheinen eine Taktik zu entwerfen und sich einig zu sein. Keiner muss die Stimme erheben, alle drei sind auf einer Linie, was aber natürlich reine Spekulation meinerseits ist. Des Mannes, der im Warteraum des Todes liegt und jeglichen Elan verloren hat.

Dann wird der Schlüssel im Schloss gedreht, und die Tür geht auf. Ich liege immer noch der Wand zugewandt, ich habe keine Veranlassung, mich in dieser Lage charmant und kooperativ zu zeigen. Im Gegenteil, ich beschließe, dass ich schlafe. Einer der Männer räuspert sich vielsagend, ich schere mich nicht darum.

Wenn ich wüsste, wie man sich tot stellt, würde ich es tun, aber als eine kräftige Hand meine Schulter packt und sie ein paarmal rüttelt, gebe ich nach und schlage die Augen auf. Drehe mich mühsam auf den Rücken und mustere die drei Menschen, die vor mir stehen und mich betrachten. Der junge Grobian steht mir am nächsten, wahrscheinlich hat er mich wach gerüttelt. Jetzt hat er die Arme vor seiner Brust verschränkt und glotzt mich an, als hätte ich gerade seinen neuen Sportwagen mit meinem Traktor überrollt. Neben ihm türmt sich ein fast ebenso kräftig gebauter Typ in Uniform auf, zweifellos ein Polizist. Seine Arme hängen herab, und sein Blick ist ungefähr so sympathisch wie der des Grobians.

Und schließlich sie.

Sie.

Sie steht ein wenig schräg hinter den beiden Männern, die dunklen Haare fallen zu beiden Seiten ihres Kopfs hübsch herab, ich sehe keine grauen Strähnen, vermutlich sind sie an einem der letzten Tage frisch gefärbt worden. Sie macht zudem ein etwas anderes Gesicht als die beiden bedrohlichen Brocken; sie sieht in erster Linie verwirrt aus, zweifellos auch besorgt, aber nicht offen feindselig oder abweisend.

Der Polizist bricht das Schweigen.

»Nun?«, sagt er. »Könnten Sie die Güte haben und uns erklären, was Sie in dieser Wohnung zu suchen haben.«

Ich erwäge, ihm mit den Worten zu antworten, die sie in Amerika immer benutzen. *Ohne meinen Anwalt sage ich kein Wort.* Verwerfe die Idee aber. Ich habe gar keinen Anwalt, und auch wenn mir einer von Nutzen sein könnte, will ich keinen haben. Ich will nur sterben. Und wenn das nicht funktioniert: möglichst reibungslos aus der Sache herauskommen.

Aber eigentlich: Eigentlich will ich aufstehen, ohne dass der Rücken protestiert, geschmeidig und leichtfüßig zu Andrea Altman gehen wie ein junger Panther oder etwas in der Art, die Arme um sie legen und sie küssen. Etwa eine halbe Minute lang, denn Unschlüssigkeit und Zweifel, die zuvor ihre Krallen in mich geschlagen hatten, haben sich jetzt vollständig verflüchtigt. Es besteht kein Zweifel, die Sache ist glasklar, und es ist alles paletti. Beate Bausen ist identisch mit Andrea Altman, der Frau, die ich fünfundvierzig Jahre lang nicht mehr gesehen habe und die bei einem fähigeren Autor meines erbärmlichen Lebensdrehbuchs vor langer Zeit meine Ehefrau geworden wäre und mir mindestens drei Kinder geschenkt hätte. Zwei Jungen und ein Mädchen. Oder auch zwei Mädchen und einen Jungen, das ist nicht wichtig.

»Nun?«, wiederholt der Polizist. »Heraus mit der Sprache, sonst machen Sie die Sache für sich selbst nur noch schlimmer!«

»Das Miststück hat seelenruhig auf einem Stuhl gesessen und geglotzt«, sagt der Grobian. »Er ist verrückt. Ein altes, verrücktes Fossil, das nicht frei herumlaufen sollte.«

»Was ich bin, werden Sie irgendwann sein, junger Mann«, sage ich inspiriert. »Was Sie sind, bin ich einmal gewesen. Allerdings …«

»Was?«, sagt der Grobian und wirkt konsterniert. »Was faseln Sie da?«

»… allerdings war ich damals wesentlich besser erzogen als Sie. Habe älteren Menschen zum Beispiel den ihnen gebührenden Respekt erwiesen. Sind Sie nie in die Schule gegangen und haben etwas gelernt?«

Ich weiß nicht, woher ich diese weisen Worte hole, aber ich bin froh, dass sie mir in den Sinn kommen. Froh, dass sie wahrscheinlich widerstandslos durch die hohlen Schädel des

Bullen und des Grobians wehen, aber Andrea/Beate gleichzeitig ein wenig beeindrucken sollen. Ob das so funktioniert, steht in den Sternen, aber man darf die Hoffnung niemals aufgeben.

»Wie heißen Sie?«, sagt der Polizist und zieht einen Notizblock aus der Brusttasche seiner Uniformjacke. »Name und Adresse, wenn ich bitten darf!«

Ich antworte nicht. Irgendetwas sagt mir, dass es besser ist, meine Identität nicht auszuplaudern. Jedenfalls nicht zu früh. Wenn ich es recht bedenke, habe ich das jedoch schon getan, als der Grobian und ich uns zwei Stunden zuvor begegnet sind.

»Was zum Teufel?«, faucht dieser jetzt. »Nun sagen Sie schon, wer Sie sind, Sie alter Penner!«

Doch dann, genau in diesem überhitzten Moment, passiert etwas Interessantes in unserem Meinungsaustausch. Andrea/Beate tritt einen Schritt vor und legt eine Hand auf die Schulter des Grobians.

»Ruhig«, sagt sie. »Beruhige dich, Truls, es hat keinen Sinn, so aggressiv zu sein. Lass mich nachdenken.«

»Was, was denn?«, sagt der Grobian, der offenbar Truls heißt, schlägt ihre Hand aber nicht weg. Plötzlich wirkt er etwas gestutzt, als wäre er gerade von jemandem zurechtgewiesen worden, der absolute Macht über ihn hat. Oder ihm zumindest überlegen ist. Ich merke, dass sich die Atmosphäre im Raum sachte verändert. Ein Hoffnungsschimmer ist aufgetaucht, und ich denke, dass es dafür auch höchste Zeit wurde.

»Was meinen Sie?«, erkundigt sich der Polizeibeamte und betrachtet sie erstaunt.

»Ja, genau«, sagt der Grobian lammfromm. »Was meinst du?«

Sie seufzt und mustert mich sekundenlang ernst. Ich erwidere ihren Blick, und meine Augen geben mein Bestes, um einen viereinhalb Jahrzehnte langen Marsch durch die Wüste zu überbrücken. Außerdem gelingt es mir, mich aufzusetzen, obwohl mein Rückgrat, dem Schmerz nach zu urteilen, an drei Stellen bricht und ich denke, dass ... ja, was denke ich? Nun, mir kommt dieser alte Gedanke in den Sinn, dass die Zeit tatsächlich ein Dieb ist. Sie stiehlt unser Leben; die Stunden, die Tage, die Jahre; alles rafft sie an sich. Aber solange man sich noch nicht in den Staub gelegt hat und Futter für die Würmer geworden ist, denke ich auch, solange man wider Erwarten die Schatten sehen und den Regen spüren kann, gibt es noch Hoffnung. Die Hoffnung, sich ab und zu etwas von dem Diebesgut zurückholen zu können, in den Besitz der Beute zu gelangen, zumindest Teilen davon, woraufhin man tatsächlich das Gefühl bekommt, dass es ja vielleicht, vielleicht, doch eine gute Idee war, dass man einst, im Anbeginn der Zeit, entstanden ist. Sozusagen.

Ich räuspere mich, bringe nach diesen pompösen Gedanken aber nichts Verständliches heraus. Stattdessen sitze ich nur schweigend da und sehe weiter Andrea/Beate an. Ich beschränke mich darauf und hoffe das Beste. Eine Reihe schicksalsschwerer Gedanken zieht vorüber, prall gefüllt mit dem Warten darauf, dass etwas entschieden wird; *erlöst* wird, würde ich fast behaupten wollen.

»Entschuldigt bitte«, sagt sie schließlich mit schwacher, fast atemloser Stimme. »Aber ich glaube ehrlich gesagt, ich weiß, wer er ist.«

Eine Stunde später sitze ich an meinem Küchentisch. Ich fühle mich wie ausgespuckt aus dem Bauch des Wals, oder wie das mit diesem Jona in der Bibel gelaufen ist. Wie gesagt, ich habe ziemlich viel gelesen, aber in der Heiligen Schrift kenne ich mich nicht aus. Egal, wenn ich an die Ereignisse des Tages zurückdenke, finde ich es kaum zu fassen, dass sie sich tatsächlich ereignet haben. Aber deshalb sitze ich jetzt hier mit drei Tabletten gegen die Schmerzen in meinem rumorenden Rücken: um mir das Geschehen zu vergegenwärtigen und kein Detail auszulassen, wenn ich alles zu Papier bringe. Für einen Schriftsteller ist es ja so viel leichter, einfach alles Mögliche zusammenzulügen, viel schlimmer ist es, wenn man erzählen möchte, wie es wirklich ist und war. Und obwohl ich ein ziemlich geschickter Lügner bin, habe ich den Ehrgeiz gehabt, mich vom Beginn dieser Chronik an möglichst an die Wahrheit zu halten. Sie neigt ja dazu, sich im Laufe der Zeit zu verändern, diese viel diskutierte Größe, vor allem, wenn sie im unzuverlässigen Gedächtnis eines alten Mannes umherschwappt und verwässert wird, aber was sich an diesem Nachmittag in der Östra Järnvägsgatan abgespielt hat, lässt sich letzten Endes relativ leicht in Erinnerung rufen. Vor allem von der Hauptperson, dem Erzähler; eine Thermoskanne Kaffee, ein paar Kekse, die Stifte und das Notizbuch, das ist die erforderliche Ausrüstung. Es ist kurz nach sechs, die Straßenlaternen im Spillkråkevägen sind bereits angegangen, ich werde den ganzen Abend benötigen.

Fünf Stunden später bin ich fertig. Fast zehn Seiten. Die Kaffeekanne ist bis zum letzten Tropfen geleert, der Rücken ist steif, aber relativ schmerzfrei. Ich lese mir nicht durch, was ich geschrieben habe. Ich habe anderes zu lesen.

Ich wiederhole: Ich habe anderes zu lesen.

Es ist eine Art Brief. Ein alter, brauner Umschlag, sie hat gesagt, sie habe ihn vor mehr als zwanzig Jahren geschrieben, zumindest den ersten Teil. Im Falle ihres Ablebens zu übergeben an Adalbert Hanzon. So steht es auch auf dem Umschlag. *Im Falle meines Ablebens*.

Aber es kann vielleicht nicht schaden, wenn du ihn schon jetzt bekommst, hat sie auch gesagt. Wir haben ja beide nicht mehr so lange zu leben. Vermutlich nicht, habe ich erwidert. Alles hat seine Zeit.

Dass es mir gelungen ist, mich bis zu diesem Moment davon abzuhalten, den Umschlag aufzuschlitzen und den Brief zu lesen, während all dieser Abendstunden, betrachte ich als einen Beweis für meinen starken Charakter. Dafür, dass ich meine schriftstellerische Tätigkeit sehr ernst nehme.

Aber jetzt ist es so weit. Ich habe meine Abendtoilette abgeschlossen und mich ins Bett gelegt, es ist fast Mitternacht, mein Puls schlägt schnell.

34

»Erkennst du mich nicht?«, fragt der andere Polizist nach nur einer Minute des Verhörs.

»Nein«, antworte ich erstaunt, obwohl mir nicht entgangen ist, dass er etwas vage Bekanntes an sich hat.

»Rune Larsson«, sagt er. »Wir sind in der Stavaschule in dieselbe Klasse gegangen.«

Das ist ja ein Ding, denke ich. Er ist es wirklich.

»Ja, mein Gott«, sage ich. »Das bist ja du.«

Denn was soll man da sagen? Wenn der einstmals beste Freund Polizist geworden ist und man in einem betäubend tristen Vernehmungsraum sitzt und von ihm nach dem eigenen Tun und Lassen befragt wird? Aus guten Gründen und zusammen mit einem sehr verbissenen Kommissar Fredin, der offensichtlich Runes Chef oder zumindest sein Vorgesetzter ist.

Genauer gesagt werde ich nach meinen Aktivitäten am Vortag gefragt. Bis jetzt ist allerdings nicht viel festgehalten worden. Eigentlich nur, dass ich Adalbert Hanzon heiße, als Hausmeister an der Fryxneschule arbeite sowie dass mir bekannt ist, wer die beiden sind, Harald Mutti und Andrea Altman.

Und so kommt es nie dazu, dass wir über unsere Erinnerungen an die Schulzeit reden, es ist einfach nicht der richtige Moment dafür. Stattdessen tischt der Kommissar mir die

Frage auf, die ich schon erwartet habe, sodass ich in der Zwischenzeit entschieden habe, wie ich mit ihr umgehe.

Fredin: »Uns liegen Informationen vor, nach denen Sie einen Teil des gestrigen Tages gemeinsam mit dem Paar Mutti und Altman am Rossvaggasjön verbracht haben. Trifft das zu?«

Ich: »Woher stammt diese Information?«

Fredin: »Dazu kommen wir später. Bitte beantworten Sie die Frage.«

Ich: »Nicht, wenn ich nicht erfahre, woher diese Information stammt.«

Der Kommissar zögert und wechselt einen Blick mit Rune Larsson, einen Blick, der bedeutet, dass er schweigen soll. Ich habe nichts über meinen erbärmlichen Zustand am Vortag gesagt, natürlich nicht, und hoffe, dass man mir nichts ansieht. Ich habe zwar auch jetzt noch Fieber, aber es ist nur ein Schatten im Vergleich dazu, wie ich mich vor vierundzwanzig Stunden gefühlt habe.

»Was ist passiert?«, frage ich, als ich finde, dass ich schon etwas zu lange gewartet habe. »Ich sollte ja wohl erfahren dürfen, warum Sie mich hierhergeschleift haben.«

Ich überlege, ob ich einen Anwalt verlangen soll, und vielleicht denkt auch der Kommissar darüber nach, mir das vorzuschlagen. Aber wenn ich die Lage richtig verstanden habe, ist er dazu erst verpflichtet, sobald er eine Form von Anklage gegen mich ausspricht. Jedenfalls kommt er mir jetzt entgegen, als er erklärt:

»Nach dem, was nahe Angehörige von Andrea Altman und Harald Mutti behaupten, sind Sie gestern am frühen Morgen mit dem Paar zum Rossvaggasjön gefahren, um dort Vögel zu beobachten. Ist das korrekt?«

Nahe Angehörige? Natürlich. Mutter Altman und Onkel Mutti haben von der Sache gewusst. Vielleicht auch dieser

Cousin. Warum habe ich damit nicht gerechnet? Schlampig, denke ich. Ungeheuer schlampig.

»Nun?«

»Das ist korrekt«, antworte ich.

»Na also«, sagt der Kommissar nicht ohne einen Anflug von Triumph in der Stimme. »Dann informiere ich Sie hiermit darüber, dass Sie verhaftet sind und unter dem dringenden Tatverdacht stehen, Harald Mutti ermordet zu haben. Sie stehen des Weiteren in dem Verdacht, Andrea Altman getötet zu haben. Alles, was Sie sagen, kann gegen Sie verwendet werden, Sie haben das Recht zu schweigen, und Ihnen wird ein Anwalt gestellt. Haben Sie noch Fragen?«

»Mord?«, sage ich. »Andrea auch? Was zum Teufel meinen Sie?«

Der Schatten eines Lächelns, eines dunklen und professionellen Lächelns, huscht über das Gesicht des Kommissars, und Rune Larsson schüttelt ungläubig den Kopf.

Und ich erfahre nicht, was sie meinen. Jedenfalls nicht bei diesem einleitenden Verhör. Stattdessen werde ich in einem kleineren Zimmer allein gelassen, das außer Wänden, Decke und Fußboden lediglich eine Pritsche mit einer dünnen Matratze und einem Kissen enthält. Sowie eine Klingel, die ich betätigen kann, wenn ich die Toilette aufsuchen muss. Mit anderen Worten *eine Zelle*. Ich lege mich auf die Pritsche und verbringe anschließend zweieinhalb Stunden damit, an die Decke zu starren und meine weitere Strategie zu planen.

Das ist trotz der Frage, was mit Andrea passiert ist, letztlich nicht besonders kompliziert. A man's gotta do what a man's gotta do. Und wenn man das nicht tut, ist man kein Mensch, sondern nur ein Fliegenschiss. Das ist es in etwa, was mir durch den Kopf geht.

»Wollen Sie sich schuldig oder unschuldig bekennen?«, fragt der Anwalt.

Er heißt Göransson, ist um die sechzig und hat einen gewachsten Schnäuzer.

»Ich gestehe den Mord an Harald Mutti«, antworte ich.

Göransson: »Wie haben Sie es getan?«

Ich: »Dazu werde ich nichts sagen.«

Göransson: »Man wird Sie aber danach fragen.«

Ich: »Ich werde dazu nichts sagen. Nur gestehen.«

Göransson: »Ich verstehe. Und Andrea Altman?«

Ich: »Ich habe sie nicht getötet. Ich weiß nicht, wo sie ist.«

Göransson: »Sie werden verstehen, dass dies ein wenig seltsam klingt.«

Ich: »Es ist mir egal, wie es klingt. Ich sage nur, wie es ist.«

Göransson: »Und Sie wissen nicht, was mit ihr passiert ist?«

Ich: »Nein.«

Göransson: »Ob sie lebendig oder tot ist?«

Ich: »Warum sollte sie tot sein?«

Er nickt und wirkt zufrieden. Macht sich Notizen auf dem Block, der auf seinem Oberschenkel ruht. Wir befinden uns in meiner Zelle, in der es keine Tischplatte gibt.

»Eine Tochter von mir arbeitet in derselben Schule wie Sie«, sagt er, als er seine Notizen beendet hat. »Allerdings heißt sie mittlerweile Melander. Ulrika Melander, Mathe und Physik, nur zur Information.«

»Ich weiß, wer sie ist«, bestätige ich.

»Nur zu Ihrer Information«, wiederholt er. »Sie werden aller Wahrscheinlichkeit nach verurteilt, sodass einige Jahre im Gefängnis vor Ihnen liegen. Was Fräulein Altman angeht, ist es unklar, das kommt selbstverständlich ganz darauf an, ob sie auftaucht oder nicht. Tot oder lebendig. Aber all das dürfte Ihnen klar sein, oder?«

»Vollkommen klar«, erwidere ich.

»Man wird die Frage des Motivs ansprechen«, fährt er fort. »Haben Sie dazu etwas zu sagen?«

Ich schüttele den Kopf.

»Sind Sie sicher?«

»Ganz sicher.«

»Man wird möglicherweise auch ein psychiatrisches Gutachten zur Feststellung der Schuldfähigkeit anordnen«, erläutert er. »Sind Sie darauf gefasst?«

»Das ist kein Problem«, versichere ich.

»In Ordnung. Das soll fürs Erste reichen. Hier ist meine Telefonnummer. Sie haben das Recht, jederzeit Kontakt zu mir aufzunehmen. Morgen sehen wir uns auf jeden Fall wieder, ich werde bei den weiteren Vernehmungen anwesend sein.«

»Danke.«

»Das ist mein Job. Nichts zu danken, ich werde dafür bezahlt. Ich hoffe, Sie können diese Nacht schlafen.«

Damit verlässt er mich.

Ich schlafe in dieser Nacht höchstens eine Stunde. Ungefähr zwischen vier und fünf. Träume von Andrea und Henning. Sie gehen durch einen dichten Wald, halten beide ein schweres Gewehr in den Händen und sind auf der Suche nach einem Dodo, den sie erlegen werden. Sie glauben, dass er Harald heißt, aber in Wahrheit heißt er Adalbert. Er hat sich in einem sumpfigen und dornigen Gestrüpp versteckt, wo er liegt und zittert und friert. Es ist ein furchtbar unangenehmer Traum, und es tut gut, aus ihm aufzuwachen.

Ungefähr zwei Monate später beginnt der Prozess. Er dauert vier Tage, und das Urteil wird ein paar Wochen später verkündet, am dreizehnten November. Andrea ist nicht wieder aufgetaucht, weder tot noch lebendig. Man attestiert mir, dass ich zurechnungsfähig und voll schuldfähig gewesen bin, als ich Harald Mutti getötet habe, sodass ich zu einer Haftstrafe von vierzehn Jahren verurteilt werde. Mit der eventuellen Möglichkeit einer früheren Haftentlassung, wenn ich es richtig verstanden habe.

Das Motiv bleibt für alle Beteiligten im Dunkeln, aber die Zeitungen sind sich einig, dass ich ein ungewöhnlich kaltblütiger und raffinierter Mörder bin. Ungefähr zu der Zeit, als ich im Gefängnis in *K* hinter Schloss und Riegel komme, erfahre ich, dass Henning Ringman seine Stelle an der Fryxneschule gekündigt hat und nach Klintehamn auf Gotland gezogen ist. Ich höre nie wieder von ihm, bekomme fünf Jahre später jedoch einen Brief von seiner Schwester. Darin steht in aller Kürze, er sei nach einer Krankheit gestorben. Nach *kurzer* Krankheit, um genau zu sein.

35

Ich gebe den Brief wortgetreu wieder. Er ist handschriftlich verfasst mit dunkelblauer Tinte, und ich habe ihn dreimal gelesen. Wenn ich jetzt beginne, ihn zu kopieren, würde ich mir wünschen, ich hätte eine schönere Schrift. Andreas Text läuft gleichmäßig und hübsch über die Zeilen, und ich denke, dass ich ein Landstreicher bin, der mit einer Prinzessin spielen will. Das ist natürlich ein höchst alberner Gedanke, aber er bringt mich zum Lächeln. Es ist ein wenig verlegen, außerdem spannt die Haut in meinen Wangen seltsam; ich lächele in der Regel nicht, so weit ist es mit mir gekommen.

Für Adalbert,
du sollst wissen, dass ich diesen Brief nicht schreiben möchte, aber das Gefühl habe, es tun zu müssen. Es ist einfach meine Pflicht, ich denke seit Jahren an ihn, und er geht mir einfach nicht mehr aus dem Kopf.

Es ist so viel Zeit vergangen, dass ich mir oft einbilde, heute ein völlig anderer Mensch zu sein. Vielleicht geht es dir ja genauso, ich denke schon.

Ich möchte dir erzählen, was an jenem Tag wirklich passiert ist, denn ich weiß natürlich, dass ich als Einzige Bescheid weiß. So ist es gekommen, und ich bin mir ziemlich sicher, dass es dafür einen Grund gab und es eine Art Fingerzeig Gottes gegeben haben muss, der mir den richtigen Weg wies. Aber es gibt Dinge, die wir nicht verstehen können, und es ist sinnlos, es überhaupt zu versuchen.

Anfangs war ich maßlos enttäuscht von dir, ja, jahrelang. Daran hat sich im Grunde nichts geändert, deshalb habe ich mich auch nie gemeldet. Du schicktest einen Freund, um das zu tun, was du hättest tun sollen, ich begreife es bis heute nicht. Als er uns an jenem Morgen abholte und du nicht im Auto saßt, kam es mir so vor, als würde sich Nebel auf mich herabsenken. Oder eher, als dränge er in meinen Kopf ein, ich glaube, er deutete an, dass du am Rossvaggasjön auf uns warten würdest, aber in dem Punkt mag meine Erinnerung mich trügen. Als wir zu dem kleinen Parkplatz kamen, auf dem wir immer den Wagen abstellten, warst du nicht da, und ich hätte ihn bitten sollen, kehrtzumachen und uns in die Stadt zurückzufahren.

Aber ich war wie gelähmt und wusste nicht, wie ich mich ihm und Harald gegenüber verhalten sollte, denn vielleicht hattest du ja doch irgendeinen Plan geschmiedet, der mir unbekannt war. Ich muss hinzufügen, dass ich in der Nacht kaum ein Auge zugemacht hatte, weil ich begriff, dass ... tja, was begriff ich eigentlich? Vielleicht, dass mein Leben vor einem entscheidenden Moment stand? Dass ich an einen Punkt gelangt war, an dem alles deutlich werden musste? Wenn ich versuche, mich selbst zu verstehen, zu begreifen, wie ich damals funktionierte – und nicht funktionierte, taucht regelmäßig ein ganz bestimmter Gedanke auf: Ich muss ein anderer Mensch gewesen sein. Ein Mensch, der wirklich nicht leicht zu verstehen war. War ich eigentlich psychisch gesund? Meine Mutter wurde nur eine Woche nach dem Mord an Harald in eine Klinik eingewiesen und hat den Rest ihres Lebens dort verbracht, ich weiß nicht, ob dir das bekannt ist. Und verletzte Seelen werden vererbt, das ist kein Geheimnis.

Aber genug davon, an jenem schicksalsschweren Morgen ging es so weiter, dass wir uns alle drei in ein Boot setzten, das ein Stück von der Stelle entfernt lag, wo wir das Auto geparkt hatten, Hennings Auto, nicht deins. Wir ruderten auf den See hinaus, keiner von uns schien Lust auf eine Unterhaltung zu haben, ich erinnere mich nur an Haralds Worte, dass er gerne einen Kaffee bekommen würde. Bevor er morgens seinen Kaffee getrunken hatte, fiel es ihm schwer, den Mund aufzumachen.

An jenem Morgen bekam er jedoch keinen Kaffee, stattdessen stach dein Freund das Messer in ihn hinein, als wir zweihundert Meter weit auf den See hinausgekommen waren. Es war ein so schöner Morgen, und Harald lag in diesem schlanken Nachen und schaute sich um, während das Blut aus ihm rann und dein Freund Gewichte an seinem Körper befestigte, damit er tief versank. Das Ganze dauerte nicht mehr als fünf bis zehn Minuten, und es sind die seltsamsten Minuten meines ganzen Lebens gewesen. Es war so still dort, keiner sagte etwas, man hörte nur das schwache Rauschen des Waldes und das sanfte Gluckern des Wassers gegen die Seiten des Boots. Als wären wir drei Schauspieler in der letzten Szene eines alten Dramas, das wir Hunderte Male gespielt hatten. Alles war entschieden und in einem Drehbuch festgehalten, das nicht verändert werden konnte, ich weiß nicht, ob ich so dachte, als es sich abspielte, oder ob das etwas ist, was ich erst im Nachhinein formuliert habe. Es kam, wie es kam, weil es so sein musste, und gleichzeitig war alles vollkommen falsch, denn du warst nicht da. Du warst nicht da, Adalbert, und das habe ich dir niemals verzeihen können.

Als dein Freund Harald über die Bootkante wälzte, sprang ich gleichzeitig ins Wasser und schwamm davon. Ich glaube, dein Freund rief mir zu, dass ich zurückkommen solle, aber er ruderte mir nicht hinterher, er ließ mich verschwinden.

Und verschwunden bin ich, und zwar in einem höheren Maße, als ich es mir jemals hätte vorstellen können. Doch vorher bin ich geschwommen. Stunde um Stunde schwamm ich im Rossvaggasjön, in Kleidern, Schuhen und allem. Erst am Nachmittag ging ich an Land, ließ mich auf dem Stein, auf dem du und ich immer gelegen hatten, von der Sonne trocknen und wanderte gegen Abend blindlings durch den Wald und stieß irgendwann auf eine Straße. Nicht die zurück nach *M*, sondern die Straße Richtung Süden, ich kann mich nicht mehr an die Nummer erinnern, und warum sollte ich auch?

Es kamen nicht viele Autos, und ich hatte nie die Absicht zu trampen. Aber als es allmählich richtig dunkel wurde, hörte ich von Norden ein Auto näher kommen und hob den Daumen. Und das war der Moment, in dem der Rest meines Lebens seine Richtung fand.

Das Auto hielt. Am Steuer saß ein Mann namens Morten Bausen. Er war Däne und auf dem Heimweg nach Odense in Dänemark. Zweiunddreißig Jahre alt, kam er gerade aus Sundsvall, wo er seine Frau beerdigt hatte, die an Leukämie gestorben war. Sie hieß Karin und war in Sundsvall aufgewachsen. Die beiden hatten keine Kinder. Morten weinte, was er schon seit Stunden tat, seit er Sundsvall verlassen hatte, erzählte er mir. Aber er hielt an.

Ja, er hielt an und nahm mich an dem Abend mit, wir waren zwei bedauernswerte Menschen, die am Abgrund der Verzweiflung standen, er fand diese Worte, nicht ich. Wir standen am Abgrund der Verzweiflung, Beate, dort haben wir einander gefunden. Das sagte er einige Zeit später. So beschrieb er gerne unsere Begegnung.

Als er mich fragte, sagte ich also, dass ich Beate hieße, tat das aber nicht, weil ich etwas verbergen wollte. Ich tat es, weil ich eine andere werden wollte. So einfach war das, und natürlich war es alles andere als einfach. Nichts war einfach, aber wenn das Leben so schwer ist, wie es überhaupt sein kann, und wir Entscheidungen treffen müssen, tun wir das. Wir entscheiden uns. Ich weiß nicht, ob du verstehst, was ich meine, aber ich glaube es. An jenem Tag und Abend wurde ich ein anderer Mensch und hielt mich daran fest. Das habe ich für den Rest meines Lebens getan.

Doch jetzt möchte ich eine lange Geschichte kurz machen, und die nun folgenden Zeilen füge ich wesentlich später hinzu. Ich begleitete Morten damals nach Dänemark und Odense. Wir wurden ein Paar, was wir zunächst geheim hielten, aber Morten gelang es, alle Probleme zu lösen, die meine Identität betrafen. Ich weiß nicht, wie er es anstellte, und wollte es auch nie wissen. Wir heirateten und bekamen mit der Zeit zwei Kinder. Truls und Lene. Truls hat in seinem Leben einige Probleme gehabt, Lene hat dagegen getanzt wie ein Schmetterling. Sie hat mir meine drei Enkelkinder geschenkt. Morten hat mich vor zwei Jahren verlassen, er bekam Krebs, und es ging schnell. Als ich allein war, erkannte ich nach geraumer Zeit, dass ich nach Schweden zurückkehren wollte, aber nicht nach *M*.

Dass ich ausgerechnet in dieser Stadt gelandet bin, ist reiner Zufall. Abgesehen davon, dass ich nicht an den Zufall glaube. Alles hat einen Sinn, auch wenn sich uns dieser meistens nicht erschließt. Ich glaube, darüber haben wir irgendwann einmal gesprochen, Adalbert, zu jener Zeit, als ich noch Andrea hieß und glaubte, dass du und ich ein Paar sein würden. Und gleichzeitig glaubte ich, Harald Mutti und ich würden ein Paar sein. Wie ich diese beiden Gedanken gleichzeitig in meinem Kopf haben konnte, ist mir ein Rätsel, aber so war es. Vielleicht war ich verrückt, aber vielleicht geht es auch allen Menschen so. Wir hängen irgendwie nicht richtig zusammen.

Jedenfalls habe ich jetzt meine Pflicht getan, und wenn ich in mich hineinhorche, stelle ich fest, dass ich eigentlich nicht mehr wütend auf dich bin. Es stimmt, was man sagt, die Zeit heilt alle möglichen Wunden, und ich hoffe, dass du lebst und alles, was ich in diesem Brief geschrieben habe, auf die beste Art und Weise annehmen kannst.

Mit freundlichen Grüßen
Beate Bausen

Ich lege den Stift beiseite. Mir brummt der Schädel, und ich versuche, an den gestrigen Tag zurückzudenken. An alles, aber am Ende vor allem an den Grobian, der ja der problematische Sohn Truls sein dürfte.

Aber ich denke wohl nur an ihn, um mir zu ersparen, mich mit allem anderen auseinanderzusetzen.

Der Rossvaggasjön an jenem Morgen vor fast einem halben Jahrhundert. Was damals wirklich passiert ist und was ich nun endlich erfahren habe.

Andrea im Wasser. Die in ihrem wahren Element von allem davonschwimmt.

Henning Ringman. Der ebenfalls verschwunden ist. Verdammt, wie ist das eigentlich mit seinem Tod in Klintehamn gewesen? Wenn ich richtig gerechnet habe, ist er nur fünfunddreißig Jahre alt geworden.

Harald Mutti. Der nicht so versank, wie er es tun sollte. Der noch am selben Abend im Uferwasser gefunden wurde.

Harald Mutti, der nicht einmal dreißig wurde. Ich verkürzte – über einen Stellvertreter – sein Leben um dreißig oder fünfzig oder siebzig Jahre. Ich habe ganz am Anfang die beiden Mieter in meinem Kopf erwähnt. Die Herren Schuld und Scham. Ich habe es bisher vermieden, über sie zu schreiben, aber wenn es einen Leser gäbe, was natürlich nicht der Fall ist, würde das Ganze ihm oder ihr wahrscheinlich sowohl unanständig als auch unverständlich erscheinen. Die ganze Geschichte, diese ganze querulantische Chronik; zum Teufel, wie kann man denn nur planen, einem vollkommen fremden Menschen das Leben zu nehmen? Wie kann man sich das Recht dazu anmaßen?

Um der Liebe willen. Soll das die Antwort sein?

Nein, es gibt keine Antwort. Und keine Verteidigung.

Gibt es wenigstens eine Chance auf Versöhnung? Zu guter Letzt?

Nein, auch das nicht. Das kann ich nach zwölf Jahren hinter Gittern mit einer gewissen Überzeugung sagen.

Man muss damit leben. Oder sein Leben beenden; das Problem ist nur, dass eine solche Tat kein bisschen versöhnt, obwohl manche Leute das zu glauben scheinen. Terroristen und gewöhnliche Menschen. Was wir getan haben, das haben wir getan, vielleicht gibt es da oben jemanden, der uns Trost spenden kann, aber das liegt nicht in unserer Hand. Wenn wir unbedingt danach streben müssen: Vergebung und Verständnis. Wer hat behauptet, das Leben sei eine Gleichung, für die es eine Lösung gibt?

Es ist, wie es ist, und wieder einmal habe ich hier gesessen und bis tief in die Nacht geschrieben. Bis zur Mitte meines dritten Notizbuchs bin ich gekommen, und jetzt liegt wohl nur noch ein Kapitel vor mir. Ja, nicht mehr. Jedes Buch hat genug an seiner eigenen Plage.

In fünf Minuten gehe ich ins Bett. Andreas Brief werde ich unter das Kissen legen.

Leichte Halsschmerzen. Der Rücken geht so.

36

Mehr als eine Woche ist vergangen. Es ist nicht viel passiert, zumindest nicht im Vergleich zu den Tagen, von denen ich neulich erzählt habe. Ich bin zu Hause geblieben und habe nachgedacht. Habe mit den Mietern in meinem Kopf in Verbindung gestanden, Entscheidungen getroffen und sie wieder verworfen.

Wenn ich ganz ehrlich sein soll, habe ich mich verwirrter und dementer gefühlt als seit Langem. Henry Ullberg hat mich angerufen, aber ich habe erklärt, ich sei kränklich und nicht fit genug, um ihn zu sehen oder zu reden.

Mehrmals habe ich am Küchentisch Platz genommen, um ein letztes Kapitel zu beginnen, aber daraus ist nichts geworden. Die Worte haben sich nicht eingestellt, ich weiß nicht, woran es liegt. Man hat ja von diesem Zustand gehört, den man Schreibblockade nennt, aber es kommt mir so verdammt sinnlos vor, unter einer zu leiden, wenn man nur noch ein paar läppische Seiten von der Ziellinie entfernt ist.

Heute Morgen bin ich bis nach neun Uhr im Bett geblieben, was in erster Linie daran gelegen hat, dass ich nur fünf von meinen Namen geschafft habe. Jimmy Carter, der Ende der siebziger Jahre kurz Präsident der USA war, und Anna Månsdotter, die Yngsjömörderin, haben es verstanden, sich mir immer wieder zu entziehen. Der Präsident tauchte schließlich auf, die Mörderin dagegen nicht, was immer das bedeuten mag.

Wir stehen auf der Schwelle zum November, und das Wetter ist entsprechend. Grau, nass und schwermütig. Die Regenschirme der Leute unten auf dem Spillkråkevägen werden vom Wind umgestülpt, und man kann ein grimmiges Vergnügen daran finden, sich das Schauspiel am Küchenfenster stehend anzuschauen. Allerheiligen steht vor der Tür. Hätte man diesen verdienten Dienern des Herrn nicht eine bessere Jahreszeit gönnen können? Den Toten?

Dennoch besteht Grund zum Optimismus, trotz des Wetters und der herbstlichen Dunkelheit, und vermutlich hat mich das wieder in Schwung gebracht. Ich denke dabei nicht in erster Linie daran, dass das Schreiben nun bald vorbei ist, denn es gibt einen anderen Lichtblick. Einen *möglichen* Lichtblick, sollte ich wohl lieber sagen, denn es wäre dumm, überheblich zu werden. Ich will es erklären.

Heute Nachmittag habe ich, aufgrund der erwähnten leicht optimistischen Lage, einen Termin bei dem Friseur am Marktplatz. Lingonstam oder wie er noch heißt. Morgen sind Malvina und die Zehen an der Reihe, und wenn ich danach nicht die Lust verliere, werde ich eine Runde drehen, um mich neu einzukleiden. Seit zehn Jahren habe ich keine Kleidung mehr gekauft, ausgenommen ein Paar Schuhe letzten Herbst, weil an den alten die Sohle durchgelaufen war. Gibt es überhaupt Kleider für Leute in meinem Alter und mit meinen Vorlieben? Mit anderen Worten für alte Säcke, denen Geschmack und Mode so fern sind, wie es nur geht. *Mir ist doch verdammt noch mal scheißegal, was ich anhabe,* pflegt Henry Ullberg zu fauchen, *Hauptsache, es ist warm genug und kratzt nicht.* Manchmal findet sogar er ein Korn.

Wie auch immer: Es hat sich eine besondere Situation ergeben. Das ist der Grund für meine geplanten Aktivitäten.

Es ist so. Drei Tage nach meinem *Debakel* (dünkelhaftes Wort für etwas, das gründlich schiefgelaufen ist, es lag ganz hinten in meinem schimmeligen Schädel begraben, aber ich habe es gefunden) in der Östra Järnvägsgatan, drei Tage nachdem ich pinkelnd an einem Fenster gestanden habe und am Tiefpunkt des Lebens umhergekrochen bin, drei Tage nachdem ich ihren Brief bekommen und gelesen habe, nehme ich all meinen Mut zusammen und schreibe ihr eine Antwort.

Nur ein paar Zeilen, die aber viele Stunden in Anspruch nehmen.

Zu lang? Fang noch einmal an.

Zu kurz? Fang noch einmal an.

Zu halsstarrig? Fang noch einmal an.

Zu beflissen, zu unterwürfig, zu gekünstelt, zu schlampig? Fang noch einmal an.

Zu trocken, humorlos, gaga …

Und als ich meine Zeilen einfach nicht noch einmal formulieren kann, ist es meine miserable Handschrift, die meinen ritterlichen Absichten Knüppel zwischen die Beine wirft. Am Ende ist er dennoch fertig; ich stecke ihn in einen Umschlag (beim vierten Versuch fehlerfrei beschriftet mit ihrem Namen und Adresse und Briefmarke) und platziere ihn feierlich auf meiner wackelnden Kommode im Flur, in der ich Schals, Mützen und diverse andere Winterverkleidungen aufbewahre.

Eine Stunde später, im Schutz von Regen und Dunkelheit, werfe ich mein Schicksal in den Briefkasten am Markt, weniger als fünfzig Meter von der Stelle entfernt, an der ich sie zum ersten Mal in modernerer Zeit gesehen habe. An jenem

Tag im August, vor fast drei Monaten. Ich habe heftiges Herzklopfen, kein Wunder.

Anschließend finde ich die ganze Nacht so gut wie keinen Schlaf, es ist wie verhext. Aber ich lese ein Buch von einem Isländer, in dem unter anderem diese Zeilen über eine Frau stehen, die ich mit einigem Zeitaufwand auswendig lerne:

… die Zeit knipst einmal mit dem Auge, und schon ist sie ein gebrechliches altes Weib, das in einer Ecke schale Erinnerungen und Namen wiederkäut, die kein Mensch mehr kennt.

Verflucht, denke ich. Das trifft den Nagel auf den Kopf, es hat wirklich keinen Sinn, bis in alle Ewigkeit zu warten.

Und heute ist ihre Antwort gekommen. Sie ist bereit, sich mit mir zu treffen. Am Samstag im Stadthotel, so wie ich es ihr vorgeschlagen habe.

Das ist übermorgen.

Es ist schwindelerregend. Ja, weiß Gott, mein weiteres Leben wartet um die Ecke, die Zeit der Wunder ist noch nicht vorbei. Als ich am Abend bei Linderstam (so heißt er, wie sich herausstellt) im Friseurstuhl sitze, fragt er mich, wie ich die Haare geschnitten haben möchte.

»Ich möchte schön sein«, antworte ich. »Ich werde heiraten.«

»Tatsächlich?«, erwidert Linderstam. »Ja, dazu ist es nie zu spät. Ich werde mein Bestes geben.«

Dafür danke ich ihm. »Diese ganzen verdammten Haare, die überall heraussprießen, sorgen Sie doch bitte dafür, dass die auch verschwinden«, ergänze ich.

»Natürlich«, sagt Linderstam. »Sie werden sich nicht wiedererkennen.«

Hervorragend, denke ich. Das Beste wäre natürlich, wenn ich am Samstag ein ganz anderer Mensch wäre, aber so läuft das leider nicht auf dieser Welt. In guten wie in schlechten Zeiten muss man sich mit diesem Leib herumschlagen, der einst aus einem alten Ersatzteillager auf einem jenseitigen Hof herausgezogen worden ist. Genau wie die Seele natürlich, die allerdings aus einem anderen Lager stammt.

Als Linderstam fertig ist, befolge ich auch seinen gut gemeinten Rat zu Pomade und einem diskreten Rasierwasser, und der ältere Gentleman, der mich daraufhin aus dem Spiegel anstarrt … nun ja, sagen wir, er hätte schlimmer aussehen können. Mit Hilfe eines einigermaßen erfolgreichen Kleidungskaufs am nächsten Tag werde ich in neuem Glanz erstrahlen.

Doch bevor es so weit ist, bitte ich meine Darstellung abschließen zu dürfen. Wie die Fortsetzung aussieht, welche Erfolge und Missgeschicke mich auf meinem besudelten Lebensweg noch erwarten, das ist eine andere Geschichte. Unzählige Wörter sind aus mir herausgesprudelt, und ich habe wesentlich weniger gelogen, als ich gedacht hätte, ehrlich gesagt so gut wie gar nicht. Vielleicht werde ich nie mehr mit Henry Ullberg trinken, aber sollten wir eines Abends doch wieder zusammensitzen, mit unseren Chesterfields und unserem idiotischen Gelaber, dann haben wir es auch nicht besser verdient. Jedenfalls wird er mich nie mehr ans Schachbrett bekommen, was das angeht, bleibe ich standhaft.

Die Mieter wohnen hier noch.

HÅKAN NESSER bei btb

Die Kommissar-Van-Veeteren-Serie

Das grobmaschige Netz. Roman
Das vierte Opfer. Roman
Das falsche Urteil. Roman
Die Frau mit dem Muttermal. Roman
Der Kommissar und das Schweigen. Roman
Münsters Fall. Roman
Der unglückliche Mörder. Roman
Der Tote vom Strand. Roman
Die Schwalbe, die Katze, die Rose und der Tod. Roman
Sein letzter Fall. Roman

Weitere Kriminalromane

Barins Dreieck. Roman
Kim Novak badete nie im See Genezareth. Roman
Und Piccadilly Circus liegt nicht in Kumla. Roman
Die Schatten und der Regen. Roman
In Liebe, Agnes. Roman
Die Fliege und die Ewigkeit. Roman
Aus Doktor Klimkes Perspektive. Erzählungen
Die Perspektive des Gärtners. Roman
Die Wahrheit über Kim Novak. Roman
Himmel über London. Roman
Die Lebenden und Toten von Winsford. Roman
Der Fall Kallmann. Roman
Der Choreograph. Roman

Die Inspektor-Barbarotti-Serie

Mensch ohne Hund. Roman
Eine ganz andere Geschichte. Roman
Das zweite Leben des Herrn Roos. Roman
Die Einsamen. Roman
Am Abend des Mordes. Roman
Der Verein der Linkshänder. Roman
Barbarotti und der schwermütige Busfahrer. Roman